어서 오세요, 여생 은행입니다

Kimi No Yomei Ga Kienumani
Text Copyright © Inujun 2023
All rights reserved.
First published in Japan in 2023 by Poplar Publishing Co., Ltd.
Korean translation rights arranged with Poplar Publishing Co., Ltd.
through Amo Agency

이 책의 한국어판 저작권은 AMO에이전시를 통해 저작권자와 독점 계약한 모노하우스에 있습니다. 저작권법에 의해 한국 내에서 보호를 받는 저작물이므로 무단 전재와 무단 복제를 금합니다.

일러두기 본문 괄호 속 내용은 옮긴이의 보충 설명입니다

어서 오세요, 여생 은행입니다

지은이 이누준   옮긴이 서지원

모노하우스

차례

Chapter 1 여생 은행의 신입 사원   007

Chapter 2 소중한 친구에게   049

Chapter 3 나의 생명을 너에게 줄게   109

Chapter 4 언젠가, 배턴을 넘기는 날에 179

Chapter 5 망가진 사랑을 고치는 방법   247

Chapter 6 네가 마지막을 향해 나아갈 때 285

에필로그   348

Chapter 1

여생 은행의 신입 사원

로커에 붙은 '이케우치 하나'라는 이름이 적힌 얇은 자석을 떼어낼 때, 분명 가슴이 찌릿했다.

3월 24일 금요일. 오늘은 마지막 출근일이다. 인수인계를 하는 사이에 어느덧 퇴근 시간이 훌쩍 지나 있었다. 지난주부터 개인 물건은 조금씩 집에 가져갔고, 옷걸이는 두고 가기로 했기 때문에 남은 건 칫솔 세트 정도다. 소독용 티슈로 닦고 로커 문을 닫았다.

사무실로 돌아가니 아까 인사를 나눈 상사는 이미 집에 간 모양이었다. 야근하는 사람도 몇 남지 않았다. 퇴근 시간 전에 마지막 인사는 끝낸 터라 동료에게 받은 꽃다발만이 덩그러니 책상 위에서 백합 향기를 흩뿌리고 있다.

인재 파견 회사의 영업부는 애초에 입사와 퇴사가 잦다. 그래서 입사 때는 상사가 두 손 들고 환영하는 분위기지만 떠나는 사람한테는 지극히 사무적이다. 3년간 그런 광경을 몇 번이나 봐왔다.

그런데 뭘 기대했을까? 스스로 퇴사를 결심한 주제에 이제 와서 쓸쓸해하다니 한심하기 짝이 없다. 스물다섯 씩이나 돼서 아직도 미숙함을 버리지 못했다. 한숨을 삼키고, 책상에 있는 짐을 상자 안에 넣었다.

대학 졸업 후에 이 회사에 들어온 지 3년이 지났다. 말이 영업직이지, 직원 수도 적은 회사라서 능력이 되든 안 되든 닥치는 대로 일해야 했다. 돌연 휴직한 파견 직원의 자리를 메꾸기 위해 고객사에서 일한 적도 있다. 지금 내가 뭘 하고 있나 혼란스러웠던 적이 한두 번이 아니다. 그래도 피로보다는 크나큰 보람과 충만함을 느끼는 하루하루를 보냈다.

"아아, 하나 짱도 결국 나를 버리고 가네."

캔 커피를 한 손에 든 무토 리카 씨가 옆자리에 털썩 앉았다. 무토 씨가 입사한 건 작년 2월 무렵이었다. 첫날부터 과할 정도로 사근사근한 신입 사원이었는데, 그녀는 내게도 대번에 성이 아닌 이름으로만 불렀다. 소문에 의하면 그녀는 몇 번이나 이직을 했다고 한다. "1년씩이나 다니다니, 처음이에요." 상사에게 이렇게 자랑을 했다던가.

"무토 씨, 신세 많이 졌어요."

"신세는 무슨, 항상 하나 짱한테는 도움만 받았는걸."

오늘도 화장이 완벽하다. 형광등 아래에서조차 반질반질 빛나는 머릿결, 세심하게 관리한 손톱 끝. '요염하고 매력적인 여성'이 무토 씨라면, 나는 '평범하고 눈에 띄지 않는 여성'이라는 표현이 딱 맞을 것이다. 물론 나도 그럭저럭 화장을 하기는 했지만, 말 그대로 그럭저럭이다. 미용실에는 언제 갔는지 기억도 나지 않으니 말다 했지.

불쑥 내민 캔 커피를 고맙게 받아 들었다. 아직 날씨가 추운데 아이스커피를 주는 게 딱 그녀다웠지만.

무토 씨는 계속 앉아 있을 모양인지 책상 위에 올린 양손으로 턱을 괴더니, 짐 정리 중인 나를 곁눈으로 쳐다본다. 이건 무토 씨가 뭔가 하고 싶은 이야기가 있을 때 하는 몸짓이다.

"내일부터 뭐 해? 진짜 이직하는 거 아니야?" 아니나 다를까, 넌지시 속을 떠보는 무토 씨를 보며 미간을 찌푸렸다.

"이직이라뇨, 갈 데가 있었으면 이런 우중충한 얼굴을 하고 있겠어요?"

"유급휴가 일주일밖에 안 남았지? 지난달에 꽤 많이 쉰 것 같던데."

"그랬죠. 입원해서 검진받고, 친척한테 안 좋은 일도 있었고, 친구 결혼식도 있어서 여러 가지로 겹쳤어요." 입원해서 검진받은 건 사실이지만 나머지는 꾸며냈다. 무의식중에 가슴에 댄 손을 슬그머니 내렸다. 무토 씨는 눈치챈 기색도 없이 사무실을 둘러보더니 근처에 아무도 없는 걸 확인하고 거리를 좁혀왔다.

"저기, 여생 은행에 대한 소문 알아?" 화제가 급격히 바뀌어 머리가 팽글팽글 돌아가지 않았다.

"여생 은행이요? 아…… 중학생 때 들어봤어요." 중학교 3학년 때 여생을 맡길 수 있는 은행에 대한 소문이 학교에서 유행처럼 퍼진 적이 있다. 그 이후 몇 번 화제에 오른 적은 있지만 '화장실의 하나코', '기라사기역 괴담'같이 누군가가 만들어낸 이야기라고 여겼다.

"하나 짱은 뭐라고 들었어?"

"그거 도시 전설 아니에요?" 수상쩍은 눈초리에도 무

토 씨는 꿈쩍도 하지 않았다.

"상관없으니까 알려줘 봐."

큰일이다. 아직 수다 떨고 싶은 기색이 완연한 모습인데 나는 한시라도 빨리 회사를 뜨고 싶다. 하지만 지난 1년간 무토 씨는 만족할 때까지 이야기하지 않으면 입을 멈추지 않는다는 걸 뼈저리게 경험한 터였다.

"그게 말이죠." 허공을 보며 과거의 기억을 떠올렸다.

"나에게 남은 생명을 누군가 한 사람에게만 줄 수 있는 은행이라는 것밖에 몰라요."

사실은 아는 게 더 있다. 생명을 준 사람은 생명을 받은 상대와 일생에 단 한 번밖에 만나지 못한다든가, 받은 생명만큼 나이를 먹지 않는다든가. 동화 같은 설정에 친구인 이에다 가스미와 왁자지껄 떠들어댔었지……. 현실 세계에서 세탁기 속 빨랫감처럼 이리저리 치이는 지금의 우리에게는 그때가 가장 즐거운 시절이었을지도 모른다.

머리카락을 쓸어 올린 무토 씨에게서 화이트 머스크 향이 은은하게 풍겨왔다.

"하나 짱보다 쪼끔 나이가 많은 나도 어릴 적부터 그 소문 자주 들었거든." 다섯 살이나 많으시죠, 라는 말이

입 밖으로 튀어 나가려는 걸 꾹 참았다.

"나도 생명을 맡길 수 있는 은행이 있다고는 생각도 안 했어. 그런 은행이 있으면 온 세상이 난리 날 테니까." 대충 고개를 끄덕이는 나에게 "그런데……." 하고 무토 씨가 목소리를 낮춰 말했다.

"놀라지 말고 들어. 여생 은행이 실제로 있다나 봐."

"네네, 그렇겠죠."

무토 씨가 소문을 좋아하는 건 회사 내에서도 유명하다. 연예인 가십부터 평소에는 코빼기도 내밀지 않는 사장 이야기까지 장르는 폭넓다. 뭐, 감이 좋은 건 인정한다. 이제까지도 '영전'이라는 명목으로 지방에 좌천된 예전 상사의 불륜이나, 지금은 퇴사한 직원이 동종 업계 타사의 스파이였다는 걸 간파한 적도 있으니 말이다. 하지만 여생 은행 이야기는 미심쩍은 소문 정도가 아니다. 도저히 믿을 수가 없다.

어느덧 사무실에는 나와 무토 씨만이 남아 있었다.

"우리끼리라 하는 말인데, 여생 은행에 생명을 맡긴 사람을 알아." 한 귀로 흘러나오던 무토 씨의 말이 순간 유턴하여 다시 귀에 박혔다. 나도 모르게 짐을 정리하던 손을 멈추고 무토 씨를 바라보자, 그녀는 밝은 목소리와 반비례하듯 자못 진지한 표정을 지었다.

"그래, 안다니까. 근데 규칙이 있어. 생명을 예치한 사실을 다른 사람한테 말하면 그 계약은 무효가 된대. 그래서인지 본인에게 아무리 물어도 입을 꾹 다물던데, 내 예상엔 분명 생명을 맡겼을 거야."

여생 은행이 정말 있다면 나도 가볼 수 있을까? 칠흑같은 어둠 속으로 가라앉아 아무것도 보이지 않던 세상에 한 줄기 빛이 드는 느낌이었다. 내가 아무 말도 못 하고 있자 무토 씨가 조용히 입을 열었다.

"여기서부터가 본론인데, 솔직하게 대답해 줄래?"

"……네." 안 좋은 예감이 들면서 한 줄기 빛은 흔적도 없이 사라져 버렸다.

"회사를 그만두는 이유, 인사부에는 엄마 간병 때문이라고 설명했다던데 거짓말이지?"

"……진짜예요."

거짓임을 간파당하지 않기 위해서는 상대방의 눈을 보고 말해야 한다. 그러나 나를 보는 무토 씨의 눈이 슬픔으로 뒤덮여 있는 것 같아 무심결에 눈을 내리깔았다. 양 무릎을 아무런 의미도 없이 쳐다보는 나에게 무토 씨가 이렇게 말했다.

"하나 짱, 아파?" 그 말은 머릿속에 떠오른 동화를 일순 지워 없앨 만큼 현실로 다가왔다.

지금 생각하면 전조는 반년 정도 전부터 있었다. 약간 달린 것만으로도 숨이 차오르거나 피로가 풀리지 않았으니까. 당시에는 지금보다 일손이 더욱 부족했기에 과로가 원인이라고 믿었는데, 3개월 전부터는 자는 도중에도 가슴이 찌르르 아플 때가 많았다. 건강검진 결과에는 심전도와 혈액 재검진을 받으라고 나와 있었지만 일에 쫓겨 무시하고 지나쳐 버렸다.

온갖 핑계를 대면서 하루하루를 보내던 어느 날 밤, 호흡곤란에 빠졌다. 물속에 잠겨 있는 것처럼 산소를 좀처럼 들이마실 수 없어 엉겁결에 구급차를 불렀다. 그대로 지난달 입원하여 정밀검사를 한 후에 의사가 선고한 것은 '확장성 심근병증 의심'이라는 난생처음 들어보는 병명이었다. 나보다도 피곤에 찌든 의사는 이 병에 대해 자세히 설명해 주었지만 무슨 말을 들었는지 기억이 모호했다.

기억나는 건 확장성 심근병증 발병 전 단계라는 것. 국가에서 보조금을 주는 지정 난치병으로, 발병하면 치료가 필요하다는 것. 아직은 의심 단계이지만 심부전 등이 발생하기 쉬우니 예방치료를 시작하겠다는 말을 들은 것이었다.

아직 의심 단계니까 괜찮겠지. 어떻게 해서든 스스로를 납득시키고 있을 때, 삐걱거리는 의자 소리를 내며 의사가 엑스레이사진을 들어 올렸다.

"이대로라면 아마 8년 정도일 겁니다." 마치 날씨 이야기라도 하는 듯 시한부 선고를 내렸다.

고지대에 들어선 공동주택으로 돌아와 난간이 녹슨 계단을 올랐다. 오늘은 로커 룸에서 가슴이 찌릿했을 뿐 다른 건 괜찮았다. 의사는 병세가 악화하는 원인에는 스트레스도 있다고 했지만 회사를 그만두는 게 지금의 나로서는 가장 큰 스트레스다.

계단을 다 오르고 나서 크게 심호흡했다. 그러면 심장에 가해지는 부담을 줄일 수 있다고, 확장성 심근병증이 의심되는 환자에게 배포하는 병원 안내문에 나와 있었기에 가능한 한 지키려 하고 있다.

무토 씨의 추궁을 어찌저찌 피한 자신을 칭찬해 주고 싶다. 내일부터 소문이 도는 것만큼은 피하고 싶었으니까. 여기까지 생각하다가 이제는 상관없나 싶어 울적해졌다. 뒤돌아보니 시선 아래 펼쳐진 주택가 사이로 군데군데 오렌지색 빛이 보였다. 그 반대편에는 전철역이 하얀 빛으로 둘러싸여 있었다.

2층 가장 안쪽 집의 얄따란 문을 열고, 가슴팍에 안고 있던 상자를 가까스로 내려놓았다. 정장을 입은 채 오른쪽에 있는 침실로 들어가 침대에 쓰러져 누웠다. 거실과 방이 하나 있는 공간은 낡았지만 역과 가깝고 월세도 저렴하다. 회사까지 가려면 환승을 해야 하지만 그것도 오늘로 끝이다.

"아아." 오늘로 몇십 번째쯤 되는 한숨을 내쉬고 천천히 몸을 일으켰다.

"앞으로 8년이라······." 이 말도 시한부 선고를 받은 이래 몇 번이나 입에 담았다.

실감 나지 않는 나의 남은 생은 이러고 있는 동안에도 재깍재깍 짧아지고 있다. 아울러 절망감도 나날이 커져 마치 암흑 속에 있는 것 같다. 이런 일이 나에게 일어나리라고는 상상도 못 했다.

어두운 방구석에서 선향 불꽃처럼 노랗게 점멸하고 있는 건······ 스마트폰이었다. 손을 뻗어 가방을 낚아채 스마트폰을 꺼냈더니 화면에 '이에다 가스미'라는 이름이 떠 있었다.

"여보세요."

"하나, 일 무사히 끝났어? 벌써 집이야? 컨디션은 어때?"

"음, 전부 대답은 예스라고 해야 하나." 질문 공세를 퍼붓는 가스미에게 답하며 거실로 향했다. 텔레비전 앞에 있는 장식장에는 약이 진열한 것처럼 정리돼 있다.

후우, 가스미가 한시름 놓은 듯 숨을 내쉬는 소리가 들려왔다.

"그렇구나, 수고 많았네." 가스미의 애교 섞인 목소리에 "응."이라고 대답하고 유리잔에 물을 따랐다. 아직은 약이 세 종류지만 앞으로 서서히 늘어날 거라는 설명을 들었다.

"다음에 퇴사 기념 파티 하자. 왜, 새로 생긴 카우만까이 음식점에 가고 싶다고 했잖아."

같은 중학교에 다녔던 가스미하고는 고등학교 1학년 때 같은 반이 된 이후로 더 친해졌고 같은 대학에 진학했다. 가스미는 쭉 변함이 없다. 귀엽고 천진난만해서 남녀 불문하고 인기가 많았다. 인스타만 해도 매일같이 갱신하는, 트렌드에 민감한 멋쟁이다.

카펫에 앉자 가슴이 살짝 따끔한 느낌이 들었다. 괜찮아. 금세 괜찮아질 거야…….

"고마운데 우선은 일자리를 찾아야 할 것 같아." 힘든 상황에서도 아무렇지 않은 말투를 가장하게 된 건 언제부터였을까.

"그런 건 금방 찾을 수 있어. 정 못 찾겠으면 우리 회사로 와. 우리도 채용 중이거든."

"가스미네 회사는 도쿄잖아? 멀어도 너무 멀고, 애초에 스펙이 없다니까." 가스미는 출판사에서 일하고 있다. 처음에는 판매부였다가 지금은 편집부에 있다고 한다.

"요코하마에서면 전철로 한 방에 올 수 있잖아. 경력 없어도 걱정할 것 없고 재택근무도 많으니까 추천하고 싶은데." 하하, 경쾌하게 웃는 가스미의 목소리가 노래하듯 가벼웠다.

"아무리 그래도 친구랑 같은 직장에 다니는 건 신경 쓰이기도 하고."

"나는 신경 안 써."

"내가 신경 쓰여." 스마트폰 너머로 가스미가 불만스

럽게 웅얼거렸다. 쿡쿡하고 웃는데 조금 전 통증이 사라지고 있는 게 느껴졌다.

"당분간 본가에서 지내?"

"아, 그건 아니고 한동안 느긋하게 쉴 거야."

가족에게조차 진짜 병명은 알리지 않았다. 가스미에게는 '과로'가 퇴직 사유라고 전달해 두었고.

"조만간 한번 보자."

"그래, 그러자."

통화 마무리에는 약속이라도 한 듯 이 말을 주고받는다. 매일같이 만나던 가스미와도 취직한 이후로 만나는 횟수가 줄어들었다. 특히 지난 2년간은 몇 번밖에 만나지 못했다. 일자리를 찾으면 가스미랑도 꼬박꼬박 만나야지.

전화를 끊을 무렵에는 방을 지배하던 무거운 공기가 가벼워진 느낌이 들었다. 그래, 우선 나라도 할 수 있는 일을 찾는 것부터 시작하자.

다행히 '고액 요양비 제도'라는 게 있다고 의사가 알려주었다. 처음에 비용을 지불하고 며칠 후에 반환되는 시스템이 번거롭기는 하지만 취미도 없어 저축액은 어느 정도 있다. 발병하면 그때는 국가 보조금도 나온다고

하니 돈 문제는 걱정하지 않아도 될 듯하다. 이제부터는 내 몸을 보살피면서 여유 있게 지내자.

인간이란 단순한 동물이다. 안심한 순간 갑자기 졸음이 얇은 담요처럼 몸을 감싸왔다. 문득 무토 씨가 했던 여생 은행 이야기가 머리를 스치고 지나갔지만 금세 털어냈다. 동화에 기댈 때가 아니야. 평온한 마음은 분명 내일 아침쯤이면 사라지겠지. 한 발짝 앞에서 기다리는 건 평온이라고 할 수 없는 혹독한 현실이니까.

"좋은 일자리를 구할 수 있도록 해주세요." 현실적인 소망을 입 밖에 내고 커튼을 열자 하늘에는 금방이라도 부러질 듯한 초승달이 떠 있었다.

고용지원센터 '헬로워크'는 생각보다 텅텅 비어 있었다. 회사로부터 이직표(離職票)가 도착한 수요일 오후, 처음으로 방문한 헬로워크 건물은 빈말로도 깔끔하다고 할 수 없는 데다 연두색 벽에는 군데군데 금이 가 있었다. 고용보험 수급 신청과 구직 희망 절차를 밟고 있는 동안에도 건물 안은 휑뎅그렁했다.

"아, 건강이 안 좋으신가요?" 내가 쓴 구직표를 지그시 바라보면서 남자 직원이 머리에 손을 가져다 댔다.

타닥타닥 자판을 두들기고 하아, 하고 조금 전보다도 깊은 한숨을 내쉰다.

"지정 난치병에 해당하는 질병이 의심된다는 거네요. 과연, 그렇군요. 그럼 다음에 다시 뵙죠." 짤막하게 매듭짓더니 직원은 내게 구직 신청 용지를 돌려주었다. 욱하고 치밀어 오르려는 걸 꾹 참고 고개를 갸웃해 보였다.

"다음이요……?"

"회계연도가 새로 시작하는 이 시기에는 그다지 좋은 일자리가 없어요. 심장질환을 앓고 계시면 되도록 편안하고 몸을 쓰지 않는 일을 찾는 편이 좋겠죠. 신체장애인 수첩은 가지고 계십니까?"

"아니요. 선생님이 말씀하신 건—."

"신청하면 4급이나 3급이 나올 수도 있어요." 서글픔에 할 말을 잃었다. 그건 의사에게도 들은 이야기다. 어떻게 할지는 다음 달 진료일까지 결정하기로 보류해 두었지만.

"여러 공제나 통신비 할인도 받을 수 있어요. 무엇보다 장애인 전형으로 구직할 수 있고요." 아까 전과는 달리 막힘없이 술술 설명한 뒤, 직원은 처음으로 내 눈을 똑바로 쳐다보았다.

"몸조리 잘하시면서 건강 상태에 맞는 일을 찾아봅시다." 아주 조금 비틀어진 입꼬리. 그게 미소임을 깨달은 건 건물에서 나온 후였다. 코트를 단단히 여미며 걷는데, 머지않아 4월임에도 꽁꽁 얼어버릴 정도로 싸늘한 바람이 공격해 온다.

직원이 말한 대로 신체장애인 수첩을 신청하면 이점은 많을지도 모른다. 다만 다음 직장에서 난치병 환자라는 걸 밝히기가 망설여진다.

요 며칠간 몸 상태는 정말 좋다. 숨 막힘도 없고 무엇보다도 잠을 푹 잔다. "스트레스였을까……." 회사를 그만두어 몸 상태가 안정된 것 같다.

역 옆에 붙어 있는 오래된 상점가는 드문드문 셔터가 닫혀 있었고 오가는 사람도 적었다. 방금 전 헬로워크에서도 그렇고, 마치 세상에 홀로 남겨진 기분이다.

요코하마라고 해도 이 주변은 시골이라 번화한 거리는 역 앞뿐이다. 상점가를 빠져나가자 적신호가 켜져 있어 걸음을 멈췄다. 이 교차점을 경계로 서서히 빌딩들이 늘어선 거리가 이어진다. 편의점에 들러 먹을거리를 사고 무료 구인지를 가지고 집으로 돌아가자. 이런 생각을 할 때 우측에서 목소리가 들렸다.

"얘." 처음에는 나에게 말을 걸었으리라고는 생각하지 못했다. 힐끔 확인해 보니 60대 정도 되는 고상한 여성이 나를 쳐다보고 있어 소스라치게 놀라고 말았다.

"아까는 많이 난처했겠더라." 새하얀 머리를 하나로 묶고 화장을 옅게 한 여성이 걱정 어린 표정을 하고 있다. 할머니와 아주머니 중간 정도의 인상이려나.

"······네?" 나에게 건넨 말인가?

얼어붙은 나와 거리를 살짝 좁힌 여성이 눈가 주름을 깊게 만들며 미소 지었다.

"나이토 씨는 생각을 거리낌 없이 말로 내뱉거든. 나도 두 손 들 때가 있으니까 이해해. 실장한테도 자주 야단맞는 것 같던데 좀처럼 달라지지 않나 봐."

아까 만난 직원의 이름이 나이토구나. 그러고 보니 명찰에 그렇게 적혀 있었던가······.

"하지만 상냥한 구석도 있어. 일을 착실하게 찾는 사람을 응원하고 싶어 하는 마음이 있거든."

그건······ 맞는 것 같다. 내 건강도 염려해 주었고 마지막에는 미소도 보여줬다. 고개를 끄덕이려다 겨우 정신을 차렸다.

"저기······." 내가 어찌할 바 몰라 하자 여성은 찰싹하고 양손으로 얼굴을 때렸다.

"어머나, 자기소개도 안 하고 말을 붙였네. 미안해. 난 스즈모토 도모코야."

어디선가 만난 적 있는 사람일까. 인재 파견 회사에서 일하다 보면 거리에서 등록자와 우연히 마주치는 경우가 왕왕 있는데 몇백 명이나 담당하다 보니 일일이 기억하지는 못한다.

"어디서 뵌 적이 있나요?"

"초면이야. 방금 전 나도 헬로워크에 있었는데 이야기가 들려서 말이지. 왠지 풀 죽어 있는 것 같아서 그만 알은척해 버렸네." 팔꿈치에 매달려 있는 검은 가방에서 서류가 빼꼼 얼굴을 내밀고 있다. 헬로워크 구인표를 갖고 있다는 건 이 여성도 일을 찾고 있다는 뜻이리라.

"그런가요. 저는—."

"하나 짱이지? 성은 못 들었는데 가르쳐줄래?"

"이케우치예요."

"이케우치 하나구나. 난 도모코 씨라고 불러줘." 후후후, 하고 웃는 그녀에게 어떻게 반응해야 할지 몰라 그저 머리를 끄덕였다.

"이야기 들었는데, 난치병이 있다고?"

신호가 파란색으로 바뀌어 건너기 시작했다.

"아직 의심 단계이지만 심장에 너무 부담 되는 일은 못 할 것 같아서요······." 어째서 초면인 타인에게 이런 이야기를 하고 있을까. 냉정하게 생각해 보면, 다짜고짜 자기소개를 하고 병에 대해 질문하다니 수상쩍기 그지없다. 그만큼 도모코 씨가 이야기하기 편한 사람이라는 거겠지만 왠지 마법에 걸린 듯하다. 그래, 이건 마치 최면술 같은 거야. 줄줄 입에서 새어 나오는 말을 막을 수가 없어.

횡단보도를 다 건넌 도모코 씨가 발걸음을 멈추자 나도 따라서 우뚝 멈춰 섰다.

"하나 짱, 엔트리시트(Entry Sheet) 보여줘."

"엔트리시트요?"

낯선 단어에 멍하니 있다가, 아까 작성한 구직 신청서를 일컫는다는 걸 깨달았다. 개인정보가 총망라된 종이를, 평소라면 절대 보여주지 않았을 터다. 그런데 도모코 씨가 너무나 당당하게 활짝 편 오른손을 내미는 바람에 홀린 듯 넘겨주고 말았다. 그녀는 신청서를 물끄러미 바라보며 몇 번이나 고개를 끄덕인 후에 다시 돌려주었다.

"이전엔 인재 파견 회사 영업부에서 일했구나. 어쩐지 응대를 착실하게 잘하더라."

"허울만 그럴싸해요. 영업직인데 사무 일부터 현장 일까지 뭐든 도맡았으니까요."

얼마 전까지 일하던 직장이 어느덧 찬란한 추억으로 변해 있었다. 더 이상 돌아갈 수 없으니 과거를 미화해 버리는 걸까.

"회사, 그만두고 싶지 않았나 보네?" 조용히 말하는 도모코 씨를 보며 엉겁결에 입술을 꽉 깨물었다. 그렇게라도 하지 않으면 마음속에 꼭꼭 감춰두었던 본심이 흘러나올 것 같았으니까.

다들 힘들고 바쁘기만 한 일이라고 여겼지만, 나는 좋아했다. 꼬리에 꼬리를 무는 문제점이 하나씩 해결되어 가는 것도 지금 생각하면 보람찼다. 그래서 병에 걸렸다는 사실을 알게 된 순간에 퇴직을 결심했다. 버려지기 전에 도망치고 싶었으니까…….

감정이 드러날세라 꾹 참고 있는데 도모코 씨가 양손으로 내 손을 감쌌다. 놀랄 정도로 따뜻해 무심코 눈물이 흘러나올 것 같았다.

"다음에는 어떤 일을 찾을 생각이야?"

"아직 모르겠⋯⋯어요."

말을 끝내기 전에 싱겁게도 눈물이 뺨으로 흘러내렸다.

"저⋯⋯ 정사원이 안 되면 파견 사원이라도 괜찮지 않나 싶어요. 현장도 몇 군데 경험했고, 앉아서 작업할 수 있는 공장도 알고 있고요."

"지금은 파견 사원이라도 사회보험에 가입할 수 있지." 도모코 씨가 쥐고 있던 손을 놓은 틈에 얼른 코트 소매로 눈물을 닦았다. 오랜만에 운 게 처음 만난 사람 앞이라니, 정신을 어디 두고 다니는 거야. 어떻게든 화제를 바꿔야겠어.

"저, 도모코 씨는 어떤 일을 찾으세요?" 울음 섞인 소리를 내지 않도록 의식적으로 목청을 높였다. 도모코 씨는 눈을 동그랗게 뜨고, 눈가 주름을 깊게 만들며 쿡쿡 웃었다.

"글쎄. 정사원으로 주 4일제, 보너스도 많고 장기 휴가도 많은 곳이려나. 더 자세히 말하면 외근은 가끔 있지만 접수 업무를 주로 하는 곳."

"⋯⋯그런 곳이 있어요?" 어리둥절해하는 나에게 도모코 씨는 방금 건너온 교차로 너머를 가리키며 말했다.

"그럼 지금부터 같이 가보자. 난 하나 짱도 그곳에 취직해야 한다고 생각해." 너무 놀란 나머지 입도 벙긋하지 못하는 그때, 눈앞의 신호가 다시 파란색으로 바뀌었다.

자동문 너머로는 작은 사무실이 자리하고 있다. 여기는…… 대체 무슨 회사일까? 세 열로 놓인 소파 건너편에는 카운터가 있는데 안쪽이 사무 공간인 듯하다. 카운터를 경계로 앞쪽은 벽지도, 바닥도, 소파도 하양으로 통일된 까닭인지 공중에 떠 있는 착각이 든다. 반대로 뒤쪽은 책상도, 벽지도 검정 계열 일색이다. 맨 안쪽에는 커다란 창이 있는데 뒤로 높은 건물이 없어 봄 하늘이 드넓게 펼쳐져 있다. 직원용 출입구로 보이는 뒷문은 반쯤 열려 있다. 마치 오셀로게임 같은 흑백의 사무실인데, 어디선가 본 적 있는 느낌도 든다.

"자, 하나 짱은 저기에 앉아서 견학해." 담담한 도모코 씨의 말을 듣고 멈칫했다.

"견학이요? 도모코 씨도 구직 중이잖아요?"

"아아." 하고 웃더니 그녀가 가방에서 구인표를 꺼냈다.

"사실 나, 스파이야."

"……."

아무래도 최면술이 풀린 모양인지 도모코 씨가 돌연 미심쩍게 느껴졌다. 혹시 대부업체 같은 곳……? 조심성 없이 따라온 걸 후회하면서 구인표에 눈길을 주는데 전당포와 학원 구인표가 보였다. 소재지는 모두 여기서 먼 곳이다.

어지간히 얼굴을 굳히고 있었는지 도모코 씨가 "어머!" 하며 손으로 입을 가렸다.

"농담이야, 농담. 지점장이 동종 업계 타사 정보를 알아 오라고 해서 가봤어. 유감스럽게도 정보는 손에 넣지 못했지만 대신 하나 짱을 발견했지."

"혹시 도모코 씨는 이곳에서 일하고 계시나요?"

"맞아. 파트 근무지만. 우리도 인력 부족으로 어려움을 겪고 있거든."

즐겁게 웃고 있는 도모코 씨와 달리 난 상황을 전혀 이해할 수 없었다. 어쨌든 지금은 도망치는 편이 좋겠어. 발끝을 자동문 쪽으로 돌린 찰나, 도모코 씨가 어깨에 손을 올렸다.

"흥미가 없으면 가도 돼, 알지?" 도모코 씨는 맨 뒤 소파에 나를 앉히고 카운터 안쪽으로 들어갔다. 머릿속에서 경고음이 울리고 있다. 지금 당장 이곳에서 나가지 않으면—.

"늦었군." 낮은 목소리에 고개를 돌리자 안쪽 문에서 젊은 남성이 나온 참이었다. 무언가 검은 물체를 가슴에 안고 있다. 저건…… 고양이?

장례식에라도 참석하는 듯한 검은색 정장을 입은 남성은 키가 훤칠했다. 볼륨감을 준 스타일로 앞머리가 눈을 뒤덮고 있다. 흑록색 안경 속 눈빛은 날카로워 웃는 얼굴을 상상하기가 어렵다.

"늦어서 죄송해요. 이래 봬도 고생해서 비슷한 직종으로 찾아 왔다고요." 도모코 씨는 가방에서 구인표를 꺼냈다. 건네받는 남성의 품 안에 있던, 고양이 같아 보이던 동물은 흔적도 없이 사라졌다.

"학원? 은행 업무와 전혀 다르잖아."

"은행 퇴사자면 취직이 잘되거든요. 헬로워크에 구인표가 나와 있을 리 없잖아요. 지점장은 세상 물정을 몰라도 너무 몰라요." 무서워 보이는 남성 앞에서도 꿈쩍하지 않는 도모코 씨. 둘은 마치 부모와 자식 같았다. 아니, 할머니와 손자 같아 보이기도 했다. 어라……? 방금 은행이라고 하지 않았나?

"그렇군……."

이곳은 내가 평소에 이용하고 있는 은행과 외관이 닮았다. 어디서 본 적 있다고 느낀 것도 그 때문이리라. 하지만 은행치고는 꽤나 좁은데.

  문득 시선을 느꼈다. 지점장이라 불린 남성이 나를 지그시 쳐다보고 있다. 아니, 앞머리와 안경 탓에 그 눈동자는 보이지 않지만 얼굴이 이쪽을 향해 있다. 웃음기도 없이 일자로 꾹 닫힌 입이 나를 거부하는 것 같았다. 역시 따라오는 게 아니었어. 돌아가자, 하고 엉거주춤 일어나려던 찰나 소리도 없이 자동문이 열리고 노부부 한 쌍이 들어왔다.

  연령은 80대 정도 되려나. 할아버지는 지팡이를 짚고 있었지만 가슴을 쭉 편 채 일직선으로 카운터로 향했다. 할머니는 약간 허리가 굽어 있어 조금 늦게 도달했다.

  "어서 오세요." 서둘러 카운터에 앉는 도모코 씨와 눈이 마주치자 그녀는 윙크를 했다. 잘 지켜보라는 뜻이겠지…….

  소파에 다시 걸터앉는데, 지점장은 카운터 너머 안쪽 책상에 앉았는지 내 쪽에서는 보이지 않았다.

  "내점해 주셔서 감사합니다. 예치하시겠어요?" 격식 차린 어조로 묻는 도모코 씨.

아, 역시 이곳은 은행이구나……. 파견 업무 중에도 은행 접수 일이 있는데 실제 몇 번인가 일손이 부족해 내가 자리를 채워준 적이 있다.

그건 그렇고 정사원이 주 4일제로 일하는 은행이 있다고? 금시초문이다. 무릇 일반 은행이라면 벽에 홍보 포스터가 붙어 있거나 예적금을 할 때 필요한 서류 안내문 따위가 곳곳에 있을 텐데 어디에도 보이지 않았다.

천천히 닫히는 자동문 밖은 인도로 연결되어 있는데, 그러고 보니 ATM 기계도 없다……. 그래, 어쨌든 여기는 죄다 압도적으로 단출해. 묵묵히 생각에 잠겨 있는데 할아버지가 "이보게." 하고 도모코 씨에게 얼굴을 들이미는 모습이 보였다.

"이곳이 여생 은행인가?"

여생 은행. 여생…… 은행…… 여생 은행……?

"엑?" 무의식중에 튀어나온 내 목소리에 반응한 건 도모코 씨뿐이었다. 그녀는 나를 보고 고개를 작게 끄덕였다. 잠깐. 여기가 그 여생 은행이라고? 설마 그럴 리가. 그냥 도시 전설일 텐데.

"손주를 위해 우리 여생을 맡기고 싶어서 말이야. 설마하니 이렇게 집 옆에 있을 거라고는 생각도 못 했어."

"그러니까요. 항상 다니던 길인데 몰랐어요."

반가운 듯 이야기하는 노부부의 깜짝 카메라 기획에 참여하는 것 같은 기분을 지울 수가 없었다. 이런 비현실적인 일을 간단히 받아들일 정도로 어리지도 않거니와…….

"그러면 두 분의 신분증을 확인하겠습니다." 도모코 씨의 말에 할머니가 지갑에서 보험증 같은 것을 꺼냈다.

"감사합니다." 신분증을 받아 든 도모코 씨의 얼굴이 살짝 흐려졌다.

"요시카와 겐타로 님과 요시카와 미요 님이시네요. 어떤 분께 여생을 주실 예정이죠?"

"증손주가 태어났는데 축하의 의미로 이 늙은이 둘의 여생을 선물해 주고 싶다네."

"그러면 두 분 모두 예치를 희망하십니까?"

대화에 귀를 기울이는데 웬걸, 발에 무언가 닿는 느낌이 들었다. 살펴보니 검은 고양이가 오도카니 앉아 나를 올려다보고 있다. 고운 털은 선명하게 빛나고 있었고 커다란 눈동자는 털보다 더욱 짙은 색을 띠었다. 만지려고 손을 뻗자 쏙 빠져나간 검은 고양이는 다시 나에게 눈길을 주었다. 붉은 목줄에 달린 방울이 딸랑, 소리를 냈다.

"유감이지만 겐타로 님은 예치하실 수 없습니다." 그 목소리에 고개를 들었다.

"뭐라고? 무슨 말이야? 왜 나만 안 돼?"

"겐타로 님은 현재 여든넷이십니다. 여생을 맡길 수 있는 연세를 넘기셨어요."

"헛소리 마! 우리 집은 마누라가 연상이라고. 나보단 이 할망구가 넘었을 게야." 커다란 목소리에 노여움이 서려 있다. 고객이라 불리는 사람들은 자그마한 계기로 진상이 되고 만다. 파견 회사에서 일했을 때도 그랬다. 불합리한 민원을 들은 직원이 다음 날부터 출근하지 않은 적도 몇 번인가 있었다.

"설명해 드리겠습니다. 이걸 봐주세요." 도모코 씨가 태블릿을 건네려 했지만 겐타로 씨는 곧바로 퇴짜를 놓았다.

"그런 작은 글자는 안 보여."

"실례했습니다. 그러면 이걸로 설명드릴게요." 이번에는 큰 홍보판을 꺼낸 도모코 씨가 설명을 하기 시작했다. 요시카와 부부가 바싹 붙어 앉은 탓에 이야기가 잘 들리지 않는다.

"알겠나?" 옆에서 갑작스럽게 들린 목소리에 말 그대

로 펄쩍 뛰고 말았다.

"네……?" 쳐다보니 오른쪽에 조금 전 지점장이라 불렸던 남성이 앉아 있었다. 팔짱을 끼고 앞을 똑바로 바라보고 있다. 언제 옆에 온 거지……. 설마 아까 고양이가 지점장으로 변신이라도 한 건가? 황급히 흔적을 찾는데 고양이는 아까 그 위치에서 실눈으로 나를 주시하고 있다. 순간적으로 입을 열지 못하자 지점장은 턱으로 노부부를 가리켰다.

"할아버지 쪽이 연하. 그런데 여생을 맡길 수 없다. 이유는?" 가까이서 보니 안경 너머로 눈동자가 보였다. 예리하게 쏘아보는 듯한 눈, 높은 콧대에 얄브스름한 입술. 시커먼 정장 탓에 영화에 나오는 살인 청부업자가 연상된다.

"어…… 그……." 목이 바짝 말라 쉰 목소리가 나오고 말았다. 배에 꾹 힘을 주고 지점장 쪽으로 몸을 돌렸다.

"여기는 정말로 여생 은행인가요?"

힐끔 나를 보더니 지점장은 기다란 다리를 꼬았다.

"질문하고 있는 건 나다. 할아버지보다도 나이가 많은 할머니만 여생을 맡길 수 있는 건 어째서지?"

"그건……."

머리를 굴려, 하고 뇌에 지령을 내렸음에도 전혀 소용이 없었다. 지점장의 말이 마치 외국어처럼 들린다.

"힌트를 주지. 지금이야 남녀평등을 외치고 있지만 은행 시스템상 남성이 불리한 건 별수 없어."

다시 한번 노부부를 바라보았다. 왁왁 불평을 늘어놓는 할아버지를 할머니가 필사적으로 달래고 있다. 여기가 여생 은행이라고 치고, 왜 남성이 불리할까? 최근에는 '실버 인재'라고 불리는 노인들도 파견 회사에 등록하는 경우가 있다. 등록자는 여성이 많고, 내가 담당했던 사람 중에서는 여든을 넘긴 노령자가 수두룩했다.

"아……."

문득 떠오른 생각이 서늘한 지점장의 시선으로 인해 지워져 버렸다. 그런데 어쩌면…….

"수명 문제인가요?" 머뭇머뭇 입을 열자 지점장은 "호오." 하더니 짧게 덧붙였다.

"더 자세하게."

"그…… 평균수명은 여성이 더 높다고 들었어요." 카운터에 선 두 사람에게 들리지 않도록 소리를 낮추었다.

"요시카와 겐타로 씨에게는 예치할 정도의 수명이 남지 않은 것 아닐까요?"

잠깐의 정적 후, 지점장은 흑록색 안경을 벗었다. 전보다도 부드러운 이미지의 눈동자가 나를 향했다.

"절반만 정답이다."

"절반이라니……."

"이곳에서는 여생을 맡길 수 있는지 없는지 판단할 때 평균수명을 이용하지."

일본인의 평균수명은 여성이 남성보다도 높다고 들은 적이 있다. 고개를 까닥이는 나를 확인하고 나서 지점장이 어깨를 으쓱거렸다.

"할아버지는 남성 평균수명보다도 길게 살고 있으니 예치할 수 없어. 할머니는 비록 나이가 더 많긴 하지만 여성 평균수명을 넘기지 않았으니 예치할 수 있다. 저 나이면 3년 정도겠지만."

"3년……."

"여생은 가능한 범위 내에서 예치할 수 있어. 3년이든 한 달이든 일주일이든 하루든." 그렇게 말하고 지점장은 소리도 없이 일어나 카운터로 다가갔다.

"고객님, 실례하겠습니다." 나와 대화를 나누었을 때보다 단조로운 목소리 톤이 올라가 있다.

"뭐야, 당신은." 거친 콧김을 내뿜는 겐타로 씨에게 지점장이 천천히 머리를 숙였다.

"지점장, 이부키라고 합니다. 뭔가 궁금하신 점이 있습니까?"

조금 전과는 사뭇 다르게 미소까지 띠고 있다. 눈이 갈매기처럼 곡선을 그리고 있지만, 아마 평소에는 웃지 않는 모양이다. 부자연스러운 영업용 미소로 입꼬리가 부들부들 떨리고 있다.

"내 나이가 평균수명을 넘어서 예치할 수 없다니! 무릎은 안 좋지만 큰 병을 앓은 적도 없는데, 어디서 돼먹지 못한 소리야!" 얼굴을 새빨갛게 물들이고 노발대발하는 겐타로 씨에게 이부키 씨가 깊게 고개를 끄덕여 보였다.

"대단히 죄송합니다. 고객님처럼 건강하신 분이 많다는 것을 왜 회사는 이해해 주지 못할까요. 정말 저희도 답답한 심정입니다."

솔직히 능숙하다고 생각했다. 직원이 아니라 회사로 불만의 화살 끝을 돌리는 기술은 여간 어려운 게 아니니까.

"의견은 회사에 잘 전달해 두겠습니다. 증손주에게 여생을 맡기고 싶으십니까?"

"어어." 다소 화가 풀린 겐타로 씨가 검지를 세웠다.

"곧 한 살이 된다네."

"한 살이요? 축하드립니다."

"축하의 의미로 여생 은행을 찾으면 예치하고 싶다는 이야기를 하던 중에 우연히 발견해서 말이야. 그 아이에게 여생을 조금이라도 나누어 줄 수 있다면 소원이 없겠어." 이미 흐뭇한 표정으로 바뀐 겐타로 씨가 퍼뜩 정신을 차렸다.

"그런데 나만 맡길 수 없다니 이 무슨 망발이야." 너무나 쉽게 분노에 다시 불이 붙은 모양이다. 이부키 씨는 머리를 크게 주억거렸다.

"매우 유감입니다. 다만 할머…… 미요 님께서 맡기시는 건 가능합니다. 두 분의 선물이라고 하시는 게 어떻습니까? 지금이라면 수수료 할인 이벤트도 실시하고 있으니 최고의 타이밍이죠." 생글생글 웃으며 이야기하자 겐타로 씨가 미요 씨에게 시선을 주었다.

"그래도 괜찮나?"

"여보, 그렇게 해요. 두 사람이 주는 선물이라고 하면 되잖아요."

그러나 거기에 제동을 건 것은 다름 아닌 도모코 씨

였다.

"조금 전 이야기를 들은 바로는 미요 님에게는 고혈압 지병이 있다네요."

"그게 무슨 문제라도 되나."

"커다란 문제죠." 의자에서 일어난 도모코 씨가 카운터에 놓여 있던, 조금 전에도 보여주었던 홍보판을 가슴팍에 들었다.

'여생을 예치할 수 있는 고객님에게'라는 커다란 제목이 여기서도 보인다. 아니, 도모코 씨가 나에게도 보이게끔 해주었구나.

"두 번째 항목을 봐주세요. 여생을 예치할 경우에는 의사의 진단이 필요합니다. 여생 은행 시스템에서는 예치한 사람의 질병도 여생과 함께 이관되거든요."

"……."

순간 말문이 막혔다. 신체 상태도 이관된다면 이제 나는 누군가에게 여생을 줄 수가 없는 것이다. 그럴 예정조차 없었지만 조금 허무해졌다.

이부키 씨가 "자, 자." 하고 끼어들었다.

"괜찮습니다. 고혈압 정도면 의사가 안 된다고 하지는 않아요. 아이들은 다들 고혈압이니까요." 그럴 리가 없어요, 하고 무심코 내뱉을 뻔했다. 성의라고는 찾아볼 수 없는 설명이었지만 노부부는 기세에 눌린 듯 수긍하고 있다.

"안 돼요. 계약하고 싶어 하는 지점장 마음은 알겠지만 여생과 함께 고혈압을 물려받으면 기쁘지 않을 거예요."

"그건 아이가 결정할 일이야."

"한 살짜리 아기가 어떻게 결정해요? 됐으니까 지점장은 물러서 주세요."

딱 자른 말에 이부키 씨는 떨떠름하게 한발 물러섰다. 도모코 씨가 이번에는 밑에 적힌 문장을 가리켰다.

"더불어 말씀드리면 1년 이상 맡기실 경우에는 제약이 따릅니다. 예치할 생명이 많을수록 심사도 엄격해지고요." 한번 숨을 쉰 뒤에 도모코 씨는 앞에 있는 두 사람을 응시했다.

"다음 항목이 중요해요. 예치한 당사자는 상대방과 앞으로 한 번밖에 만나지 못합니다. 즉, 미요 님은 증손주분과 평생 단 한 번만 볼 수 있어요."

"만나지 못한다고? 그게 무슨 말이야!" 또다시 화를 내기 시작하자 겐타로 씨의 팔에 미요 씨가 손을 올렸다.

"여보, 이번에는 포기해요. 증손주와 만나지 못한다니, 이런 경우가 어딨어요."

"어차피 안 할 생각이었어. 무슨 이따위 은행이 다 있어!" 젠타로 씨가 지팡이를 휘두르며 은행을 나섰다. 미요 씨는 인사를 하고 뒤따라 나갔다.

"감사했습니다." 머리를 숙인 도모코 씨를 보며 이부키 씨는 땅이 꺼져라 한숨을 쉬었다.

"나 참, 도모코 씨는 쓸데없는 소리만 한다니까."

"당연하잖아요. 니즈에도 맞지 않고, 나중에 클레임 처리하는 게 더 힘들어요." 이런 일은 이전에도 있었으리라. 예사롭게 이야기하는 도모코 씨를 한번 노려보고 나서 이부키 씨는 카운터 안 사무 공간으로 들어가 버렸다.

"하나 짱." 도모코 씨가 손을 살랑살랑 흔들었다. 빛에 이끌리는 벌레처럼 카운터까지 다가가자 그녀가 고개를 까딱 기울였다.

"기다리게 해서 미안해."

"도모코 씨, 여기가 정말…… 여생을 맡길 수 있는 은행인가요? 저기, 전 틀림없이 현실에 존재하지 않는다고 생각했는데……."

초봄인데도 등이 땀으로 흠뻑 젖었다. 지금 눈앞에 펼쳐지고 있는 일을 아직도 믿지 못하는 나를 보며 도모코 씨는 상냥하게 방긋 웃었다. 안쪽 책상에 자리한 이부키 씨는 더 이상 나에게 흥미가 없는지 컴퓨터 화면과 눈싸움을 벌이고 있다. 안경알이 모니터 빛으로 번득였다.

"여생 은행은 정말로 필요한 사람 앞에만 나타난다고 해. 가끔 방금처럼 비정기적으로 고객이 오기도 하지만 기본적으로는 기다리기만 하는 일이야."

"그렇군요."

"그래서 말인데……." 잔뜩 시간을 끈 후에 도모코 씨가 눈을 치뜨고 나를 쳐다보았다.

"하나 짱, 여기서 일할 수 있을 것 같아?"

"제가요? 어…… 하지만……."

설마 이런 전개가 펼쳐지리라고는 생각도 못 했다. 뭐라고 대답하면 좋을지 망설이고 있는데 도모코 씨가 용지 한 장을 내 앞에 놓았다. 거기에는 근로 조건이 인쇄되어 있었다. 초봉은…… 전직보다 다소 낮지만 나쁘지는 않다. 근무일은 화요일부터 금요일로, 진짜 주 4일제였다. 보너스도 그럭저럭 있고…… 업종은 '접수 업무'로

되어 있다.

"일하고 싶은 마음은 있어요. 하지만 저…… 건강진단에서 걸릴 것 같아요."

"괜찮아. 그렇죠, 지점장?"

뒤돌아본 도모코 씨를 향해 이부키 씨는 화면에서 눈을 떼지 않은 채 "어어." 하고 성의 없이 대답했다.

"건강상태를 조사받는 건 고객에 한해서다."

"……."

여생 은행이 실제로 존재하고 여기서 내가 일할 수 있을지도 모른다니. ……혹시 이곳에서 일하면 나의 여생에도 변화가 일어날 가능성이 있을까? 누군가에게 여생을 받을 수 있다든지, 직원은 여생이 적립된다든지……. 평소라면 지워버릴 간사한 생각임에도 남은 생이 짧은 지금은 떨쳐내지 못하고 있다.

"일하게 해주세요. 면접, 잘 부탁드려요." 정신을 차리고 보니 고개를 숙이고 있었다. 얼굴을 들자 "어머." 하고 도모코 씨가 웃었다.

"면접이라면 아까 했잖아."

"네?"

도모코 씨가 이부키 씨에게 시선을 던졌다.

"면접 결과는 합격이다. 내일부터라도 일해주면 고맙겠어." 퉁명스러운 말투로 통보한 이부키 씨는 머그 컵을 손에 들고 문 안쪽으로 사라져 버렸다.

"정말이지, 솔직하지 않다니까." 그 모습을 지켜보던 도모코 씨가 씨익 웃으며 내 쪽으로 돌아섰다.

"지점장은 들고양이 같아."

"들고양이요?" 그러고 보니 조금 전의 검은 고양이는 어디로 갔을까? 아, 이부키 씨 의자 위에 다소곳이 앉아 있구나.

"저래 봬도 하나 짱이 마음에 들었을 거야. 지점장이 그렇게 느닷없이 옆에 앉는 모습은 처음 봤거든."

"그런가요……."

도모코 씨가 더 이상 못 참겠다는 듯 짝 손뼉을 쳤다.

"게다가 내가 똑 부러지게 설명하니까 좀처럼 여생을 예치받지 못하고 있어. 하나 짱이라면 영업 경험자니까 우리도 든든할 거야."

"잘 부탁드려요." 머리를 숙이며 약간의 죄책감을 느꼈다.

나의 여생은 카운트다운을 시작했다. 이 사실을 알리지 않고 일해도 괜찮을까? ……그렇지만 이런 내가 여기서 일하게 된 데에는 분명 의미가 있을 터.

　얼굴을 들자 카운터 안쪽 의자에 앉은 검은 고양이가 마치 내 마음을 꿰뚫어 본 듯 눈을 가느다랗게 뜨고 있었다.

Chapter 2

☾

소중한 친구에게

스즈모토 도모코는 신기한 사람이다. 여기서 일한 지 꽤 된 것 같은데 아직도 파트타임으로 일한다. 물어보니 역 앞에 있는 서점에서도 일하고 있다고 한다. 나이는 예순둘이라고 얼마 전에 알려주었다.

다양한 세상을 아는 사람은 상냥하다. 전혀 꼰대 같지 않고 지나칠 정도로 친절하게 신입인 나에게 업무를 가르쳐준다. 문제는 이 여생 은행의 존재가 아직도 와닿지 않는 내 쪽에 있다.

"요컨대 이 은행은 정말로 필요한 사람만 들어올 수 있고 그 사람 앞에만 입구가 나타난다는 건가요?"

"자세하게는 나도 몰라. 세상에는 신비로운 일이 가득하니까 의구심을 갖기보다는 받아들여 봐." 그녀에게도 은행 자체가 모호한 존재인지, 두루뭉술하게 대답하는 바람에 혼란스럽기만 했다.

"너무 생각 많이 하지 마. 플레이스테이션5로 새롭게 게임을 시작한다고 쳐. 처음에는 룰을 몰라서 내던져 버리고 싶지만, 플레이하는 새 어느덧 자연스럽게 룰을 깨우치는 경우가 있잖아?"

그런 비유를 들어봤자 플레이스테이션5는 갖고 있지도 않거니와 애초에 제대로 게임한 적도 없다. 도모코 씨는 취미가 많은 모양인지 게임뿐만 아니라 소설과 만화에도 빠삭하다. 차분한 표정으로 차를 마신 도모코 씨가 벽에 걸린 시계를 슬쩍 쳐다보았다. 이제 곧 오후 1시다. 오늘은 1시까지 근무한다며 아침부터 들떠 있다.

"자, 그런 의미에서 오후 근무 잘 부탁해."

"아직 시간 있잖아요. 조금 더 알려주세요. 저 혼자선 응대 못 해요."

"괜찮아. 오는 사람도 별로 없다니까." 베테랑답지 않게 말하더니 도모코 씨는 책상 위를 정리하기 시작했다.

입사한 지 나흘째. 주말이 되면 월요일까지 사흘 연속으로 쉴 수 있다. 도모코 씨가 말한 대로 교차로 옆에 있는데도 이번 주에 방문한 고객은 고작 두 명이다. 간판도 내걸지 않은, 눈에 안 띄는 은행이니 당연하다면 당연하겠지만…….

"하나 짱, 오늘 머리 스타일 정말 잘 어울려." 하나로 묶은 건 변함없지만 오늘 아침에는 포니테일에 가까운 위치로 높게 올려 묶어보았다. "감사해요."라고 대답하다가 이럴 때가 아니라는 생각이 들었다.

"한 번만 더 확인해 주세요. 고객이 오면 우선 여생을 예치할 수 있는지 확인하고 가능하면 신청서를 작성하게 한다."

"그래, 맞아."

"중요 사항 설명서 내용을 전달하고 나서 계좌 개설 신청서를 준다. 마지막으로 의사가 작성해야 할 진단서를 건넨다. 진단서 제출 후 심사를 통과하면 며칠 뒤 개인 면담을 실시한다. 맞죠?"

"응, 그래."

"……듣고 있어요?"

"그래, 맞아." 안 듣고 있네. 하아, 한숨을 쉬는 나를 보며 도모코 씨는 빼꼼 혀를 내밀었다.

"미안해. 아무래도 오늘은 진정이 안 되네." 어쩔 수 없지, 하고 메모장을 덮었다.

"아드님이 오신다고요?"

"응. 시즈오카에 있는 대학에 다녀. 4월이면 4학년이 되는데 아들내미들은 일단 독립하면 좀처럼 집에 오지 않잖아? 그래서 반가워하는 거야. 마지막으로 집에 온 게 무려 성인식 때거든. 그것도 잠깐 얼굴을 비친 정도였고." 한숨을 쉬고 있지만 표정은 계속 풀어져 있다. 상당히 신이 난 모양이다.

"늦게 생긴 아이라서 애지중지하거든. 아, 고생하셨어요." 마지막 말은 뒷문으로 들어온 이부키 씨를 향해서 한 것이다. 그는 오늘도 편의점 봉지를 달랑 들고 있다.

이 은행에 유니폼은 없는 듯해 도모코 씨는 면마 소재의 원피스를 입는 날이 많다. 나도 어제까지는 정장을 입고 출근했지만 오늘은 연한 벚꽃색 셔츠에 감색 테이퍼드팬츠를 입어봤다.

반면 이부키 씨는 한결같이 검은 정장 차림이다. 넥타이만은 매일 바꾸는 것 같은데 오늘은 빨간색과 하얀색이 섞인 체크무늬라 한 개그맨을 연상시켰다. 본인에게는 비밀로 해두자.

"지점장, 저는 슬슬 마무리할게요. 하나 짱 혼자 남으니까 잘 부탁해요."

"어어." 무뚝뚝하게 대답한 이부키 씨가 편의점 봉지를 책상 위로 얹었다. 아, 또 우마이봉 과자네. 익숙한 풍경인지 도모코 씨는 아무런 말도 없이 퇴근했다. 물끄러미 바라본 탓일까, 이부키 씨가 눈을 부라렸다.

"무슨 불만이라도 있나?"

"점심으로 매번 우마이봉만 드시면 물리지 않으세요?" 요 며칠간 이부키 씨와도 떨지 않고 이야기할 수 있게 됐다.

"바보 같은 소리. 무려 채소샐러드 맛도 있다고. 그 밖에도 콘 포타주 맛에, 낫토 맛까지 얼마나 다양한데." 가슴을 당당히 펴는 이부키 씨는 사실 붙임성 없는 사람이 아니라 괴짜라는 걸 지난 나흘간 알 수 있었다.

"하나, 점심 휴식 시간은 가졌나?" 첫날부터 이름으로만 부르는 데에도 적응했다.

"네, 쉬었어요."

"내가 편의점에 가 있을 때만 쉬었잖아. 우리는 착한 화이트 기업이니까 휴식 시간은 확실하게 한 시간 가지도록. 지금 당장." 바삭바삭, 과자를 소리 내 씹어 먹으며 말하는 이부키 씨. 그렇다면 분부대로 할까 싶어 남은 도시락을 펼치는 사이, 이부키 씨는 컴퓨터 작업으로 복귀했다. 벽이 두꺼운지 바깥 소리는 거의 들리지 않는다. 은행 내부에 배경음악도 흐르지 않아 마치 흑백 무음의 세계 같다. 이부키 씨가 마우스를 클릭하는 소리만이 불규칙한 리듬을 타고 있다.

"뭔가…… 신기해요." 중얼대는 나에게 "혼잣말 한번 크군." 하고 내뱉는 이부키 씨. 무뚝뚝해 보이고 괴상한 데다 심지어 섬세하지도 않다고 메모해 두자.

"여생 은행은 어릴 적부터 종종 소문이 돌았어요. 설마 진짜로 존재할 줄이야. 게다가 여기서 일하고 있다니, 묘한 기분이 들어요."

"음."

"엄연히 존재하는데 어째서 도시 전설처럼 된 거예요?"

"몰라." 스스로도 쌀쌀맞았다고 생각했는지 "다만." 하고 이부키 씨가 말을 이었다.

"이용한 사람에게는 함구령, 그러니까 타인에게 말을 옮기는 걸 금하고 있다. 만약 털어놓으면 계약이 무효가 되어 버리니까 입 다무는 수밖에 없지."

"견학 때 내점했던 노부부는 어떻게 되나요? 계약하지 않았으니 누군가에게 말해도 되죠?" 내가 겐타로 씨와 미요 씨였다면 누군가에게 이야기했겠지. 답을 기다리는 나에게 이부키 씨는 한껏 귀찮은 표정을 지어 보였다.

"계약에 이르지 못한 사람은 이곳에 왔다는 기억조차 사라져."

"네? 어떻게……. 그러면 어째서 여생 은행에 대한 소문이 퍼질까요?"

이부키 씨가 보란 듯이 한숨을 쉬었다. "깊게 생각하지 마. 이 세상에는 상식으로 설명할 수 없는 게 썩어 문드러질 정도로 많으니까. 의구심 갖지 말고 받아들여."

"그 말, 도모코 씨에게도 들었어요." 생각하지 않으려 할수록 의문이 우후죽순으로 생겨난다. 어렸을 때부터 그랬다. 납득할 수 없는 일에 끈질기게 파고들고 마는 자세는 여전하다.

"다만 여기는 회사다. 이번 주처럼 매출이 적으면 몹시 곤란해. 4월부터 새로운 분기가 시작되는데 하나가 열심히 일해주지 않으면 적자가 날 거야. 계약을 따내는 것만 생각하도록."

"매출이란 돈이 아니죠? 여생을 많이 예치받는 게 중요하죠?"

"당연하지. 일반 은행이었으면 뒷문이 열린 시점에 이미 강도에게 습격당했겠지." 어디까지가 진짜인지 모를 이야기를 하는데, 일을 하다 보니 알게 됐다. 이곳은 죄다 허술하다. 게다가 이부키 씨는 뺀질거리며 여생 은행에 대해 자세히 설명하기를 피하고 있다.
 "고객이 여생을 예치하죠? 그러면 이 신청서를 작성하게 하고요. 그 이후에 생명을 어떤 형태로 받나요? 설명을 들었는데 잘 모르겠어요. 조금 더 자세히 알려주세요."
 바삭……. 우마이봉을 먹는 소리가 멎었다. 한동안 씹는 소리가 계속 나더니 이부키 씨는 차를 마셨다.
 "예를 들면 하나가 이 녀석에게 여생을 준다고 쳐." 손가락이 가리키는 끝을 보았다. 도모코 씨의 책상 위에서 검은 고양이가 몸을 둥글게 말고 있었다. 이름은 왓슨, 여기서 기르고 있는 고양이다.
 "하나가 신청서를 적어. 그때 여생을 주고 싶은 사람을 딱 한 명 정하는데, 이번에는 이 녀석이지." 검은 고양이는 사람이 아닌데, 하고 생각했지만 순순히 받아들였다.
 "이 녀석은 하나의 여생뿐만 아니라 신체 상태도 물

려받게 된다. 그래서 주치의의 진단서가 필요해. 그것도 통과되면 개인 면담을 해서 정식으로 여생이 이관된다."

나는 얼마 전의 노부부 고객을 떠올리며 고개를 주억거렸다.

"야옹." 호응하듯 검은 고양이가 귀엽게 울며 이부키 씨의 책상으로 이동했다.

"여생 관리를 하고 있는 곳은 저기." 손끝에 자리한 것은 잠겨 있는 문이었다. 탕비실 바로 맞은편에 있다.

"열리지 않는 문, 이네요."

문에는 엄청나게 커다란 자물쇠가 걸려 있다. 첫날에 저곳은 출입 금지라는 설명을 들었다.

"그래."

저 너머에는 무엇이 있을까? 이곳은 판타지와 현실이 뒤섞여 있는 듯하다.

"옛 소문으로는 누군가에게 여생을 받은 기간만큼은 나이를 먹지 않는다던데 그건 사실인가요?"

"어어." 당연하다는 듯 이부키 씨가 머리를 까닥였다.

"예를 들어 10년의 생명을 받았다면 그 기간은 나이를 먹지 않는다."

"최고네요." 솔직한 감상을 입에 담자 이부키 씨가 얼굴을 찌푸렸다. 한 소리 하려나 싶었지만 그는 마저 남은 우마이봉을 먹기 시작했다.

"여생을 예치한 사람은 상대방과 앞으로 한 번밖에 못 만난다는 건 진짜인가요?"

"매뉴얼 넘겨줬잖아? 거기에 적혀 있는 대로다." 돌연 냉담해지는 것도 매번 있는 일이다. 카운터에 앉아 첫날에 받은 매뉴얼과 메모장을 열고 복습을 시작했다. 어쨌든 오늘이 지나면 내일부터는 휴일이니까 힘내야지…….

"왓슨." 이부키 씨가 검은 고양이를 부르자 금세 머리를 비벼대고 있다.

"냐앙." 검은 고양이는 이부키 씨를 아주 잘 따르는데, 부를 때마다 대답을 한다. 치, 나는 못 만지게 하면서……. 집중하려고 했지만 이부키 씨가 인조 강아지풀로 놀아주기 시작한 모양인지 검은 고양이가 우당탕 뛰어다니는 소리가 들렸다.

"왓슨, 진정해. 옳지. 잘했어, 왓슨." 아무래도 검은 고양이의 이름이 신경 쓰였다. 어째서 이름이 왓슨인지 물어봐도 이부키 씨는 아직도 가르쳐주지 않고 있다. 참고로 세 살짜리 수컷 고양이라고 한다.

긴장한 탓인지 가슴이 조금 전부터 아프다. 호흡

은…… 괜찮다. 새로운 환경에 적응을 못 해 어제부터 몸 상태가 그다지 좋지 않다. 출근 첫날에 제출한 이력서의 과거 병력란에는 병명과 함께 현시점에는 질환이 아니라 의심 단계라고 기재하기는 했지만 이부키 씨는 보지도 않고 서랍에 넣어 버렸다.

"냐아." 왓슨이 얼굴을 들고 자동문 쪽을 쳐다보았다.

"이 녀석 이름이 왓슨인 이유는 나라는 우수한 탐정의 조수이기 때문이다. 봐라, 손님이 왔다고 알려주고 있어." 아무런 소리도 못 들었는데, 하고 고개를 돌림과 동시에 자동문이 열렸다. 안으로 들어온 것은 두 명의 여성이었다. 어쩌지……. 도모코 씨가 없는 상황에서 고객을 응대해야 하는 순간이 드디어 오고 말았다. 마음을 가다듬고 심호흡했다.

한 여성이 나를 향해 성큼성큼 걸어왔다. 짧은 머리에 화장을 꼼꼼하게 했고 나이는 나와 비슷해 보였다.

"어서 오세요." 아무리 긴장했어도 영업직 경험자이기에 사무용 가면은 순식간에 쓸 수 있다. 미소를 의식하는데, 나보다도 긴장한 표정으로 여성이 "저……." 하고 입술을 뗐다.

"갑자기 찾아와서 실례합니다. 혹시 아니라면 죄송하

지만, 여기가 여생 은행인가요?" 또렷한 목소리로 묻는 여성에게 "네."라고 대답하자 그녀가 짧게 숨을 삼켰다.

"역시……. 저기, 확실하죠?"

"네, 여생 은행 맞습니다." 이번에야말로 그녀는 해바라기 같은 미소를 띠고 뒤를 돌아보았다.

"맞대. 정말 존재하는구나."

당혹스러운 표정으로 다가온 또 다른 여성은 회색 유니폼에 감색 카디건을 걸치고 있다. 화장을 옅게 했음에도 충분히 아름다운 여성은 긴 머리를 하나로 묶어 가슴팍으로 늘어뜨렸다.

"설마……. 진짜?"

나는 고개를 끄덕이는 김에 카운터 위에 놓인 매뉴얼을 다시 읽었다. 한 단 낮아 두 사람에게는 보이지 않으리라.

"신규 계좌 개설을 희망하십니까?"

"네." 처음에 말을 걸었던 여성이 대답했다.

"계약자는 어느 분이시죠?"

"두 명 다요."

이번에도 처음에 말을 건 여성이 대답했는데, 또 다른 여성은 나와 친구에게 번갈아 시선을 주더니 혼란스러워하는 듯 보였다. 만약 내가 그녀의 입장이었어도 비슷한 태도를 취했을 것이다. 근무하고 있는 나조차 아직 이해하지 못했으니 당황하는 게 당연하다.

"그러시면 이쪽 태블릿에 입력해 주세요. 여생을 주고 싶으신 상대방의 정보도 함께 부탁드려요. 그리고 신분증도 제시해 주세요." 충전기를 빼고 A4 사이즈의 태블릿을 두 사람에게 한 대씩 건넸다. 여기까지는 완전히 매뉴얼대로다.

두 사람이 터치펜으로 기입하는 동안 슬쩍 뒤쪽을 보았는데, 이부키 씨는 우마이봉 포장지를 정리하고 있고 왓슨은 우아하게 그루밍을 하고 있다. 요컨대 나에게는 흥미가 없는 것이다.

태블릿은 오른쪽에 있는 컴퓨터 화면과 연결되어 있다. 처음에 나에게 말을 건 여성은 나카네 모나 씨. 스물일곱 살이면 나보다도 두 살 위다. 직업은…… 사진작가. 화면을 바꿔 몰래 검색창에 '나카네 모나'를 입력해 찾아보다 무심결에 소리를 내뱉고 말았다.

"앗……!" 허둥지둥 앞을 쳐다보니 다행히 두 사람은 입력하느라 정신이 없는 듯했다.

모니터에는 아름다운 별밤 사진이 떠 있었다. 화면 가

득 펼쳐지는 별들. 유달리 빛나는 건 북극성이리라. 이 사진으로 나카네 씨는 5년 전에 콘테스트에서 상을 받았다. 유명한 사진작가 사무소에 소속되어 개인전도 전국적으로 개최하고 있다고 공식사이트에 적혀 있다.

또 다른 여성은 기시타 노조미 씨. 마찬가지로 스물일곱 살. 이 근방에 있는 은행에 근무…… 앗, 은행? 화면에는 전국구 은행의 이름이 표시되어 있다. 무의식중에 자세를 바로 했다. 무릇 사람은 언제나 동종 업계 사람에게는 엄격한 법이다.

"저기, 모나. 정말…… 할 거야?" 기시타 씨가 조그마한 목소리로 나카네 씨에게 물었다.

"무슨 말이야, 겨우 찾았는데. 당연히 해야지."

"하지만……." 의욕적인 나카네 씨와 달리 기시타 씨는 썩 내키지 않는지 정보 입력을 망설이고 있다.

"저희, 중학생 때부터 절친이에요." 처음에는 나에게 하는 말이라는 걸 눈치채지 못했다. 그러다 나카네 씨가 나를 똑바로 보고 있음을 깨닫고 황급히 고개를 끄덕였다.

"언젠가 여생 은행을 발견하면 우정의 표시로 여생을 10년씩 서로에게 선물하자고 약속했어요. 설마 했는데 진짜로 존재해서 놀랐지만요."

"그러시군요."

"외관을 봤을 때 바로 '아, 여기다.' 하고 알았어요. 간판도 걸려 있지 않아서 불안했는데 실제로 존재하는 곳이네요." 싱긋 웃는 나카네 씨와 달리 기시타 씨는 얼어붙은 것처럼 미동도 하지 않았다.

"무언가 걱정되시는 점이 있나요?"

매뉴얼에는 '본인의 의사로 계약을 진행할 것'이라고 빨간 글씨로 쓰여 있다. 이대로라면 계약은 어렵겠지. 불안한 듯 자신의 머리카락을 쓰다듬으며 기시타 씨가 작게 고개를 위아래로 흔들었다.

"그야…… 생일 선물을 주고받는 것과는 차원이 다르잖아요. 생명을 선물하게 될 줄이야……. 그때는 공상 같은 이야기라고 생각했거든요."

"이제 와서 무르기 없어. 전부터 약속했잖아. 자, 빨리 입력하지 않으면 점심시간 끝날 거야." 독촉하는 친구를 향해 기시타 씨는 점차 난처한 표정을 지었다. 직원으로서 똑 부러지게 한마디 해야 할 순간이다. 매뉴얼을 넌지시 훑어보고 "한 말씀 드려도 될까요?" 하고 물었다.

"여생 은행은 고객님의 여생 중 일부를 예치받고, 소

중한 사람에게 건네는 시스템으로 되어 있어요. 기시타 노조미 님이 말씀하신 대로, 생명을 주는 건 어려운 일입니다."

그렇게 말하는 나를 향한 두 사람의 반응은 사뭇 달랐다. 조금 전까지 의욕이 넘쳤던 나카네 씨는 주눅 든 듯 머리를 떨구었고, 주저했던 기시타 씨는 동의하듯 눈망울을 빛내고 있다. 조금 전과는 영 딴판이다. 절친이라 그런지 반응도 닮았구나.

어쨌든 본인들이 확고하게 자신의 의사로 계약해야 한다. 그렇다면 서둘러 계약을 진행하지 않는 편이 좋겠지.

"불안하시면 계좌를 즉각 개설하지 않는 편이 좋을 듯싶습니다. 다시 곰곰이 고민하시고 나서—." 여기까지 말했을 때다. 의자째 뒤로 당겨지나 싶더니, 이부키 씨가 내 앞으로 끼어들어 왔다.

"방금 이 녀석…… 아, 직원이 설명한 대로 여생을 맡기는 것은 힘든 일입니다. 하지만 생각해 보십시오. 힘든 일에는 커다란 변화가 동반되는 법입니다! 커다란 변화 앞에서 망설이는 게 당연하죠. 그러나 행동하지 않으면 아무것도 변하지 않습니다!" 엉거주춤한 자세로 역설

한 이부키 씨는 옆자리에서 의자를 끌어당겨 오더니 털썩 앉았다.

"인사가 늦었습니다. 나— 아니, 저는 지점장 이부키라고 합니다. 이케우치 씨는 신입이니 제가 함께 설명하겠습니다." 영업용 미소 잊지 말자, 하고 스스로에게 지령을 내리고 입꼬리를 끌어 올렸다.

기시타 씨는 가만히 태블릿에 시선을 둔 채 중얼거렸다.

"커다란 변화라……."

"그렇습니다. 커다란 변화입니다." 한껏 몸을 앞으로 기울인 이부키 씨는 어떻게 해서든 두 사람을 계약시키고 싶은 것이리라. 평소의 무뚝뚝함을 감추고 생글거리며 독려하고 있다.

머뭇거리면서도 기시타 씨가 나머지 항목을 입력하기 시작하는 걸 보고서야 이부키 씨는 자리를 비켜주었다.

'어때. 이렇게 하는 거다. 알겠나?' 이쪽을 보고 눈을 가느다랗게 뜨는 이부키 씨의 속마음이 들리는 듯했다. 반강제적인 것 같기는 하지만, 나 역시 여생 은행에서 어쩌면 여생을 나누어 받을 수 있을지 모른다고 기대하는 건 사실이다. 우선은 결과를 내야겠지.

"확인하겠습니다. 나카네 모나 님은 기시타 노조미 님께 여생 10년, 기시타 노조미 님 역시 동일하게 나카네 모나 님께 10년의 여생을 이관하시는 것이 맞습니까?"

"네." 나카네 씨가 답변하고 2초 늦게 기시타 씨도 "네."라고 대답했다.

마우스를 클릭하여 두 사람의 태블릿에 중요 사항 설명서를 띄웠다.

"여생은 계좌가 개설되고 8일의 대기 기간을 거친 뒤에 이관됩니다. 서로의 여생을 10년 보내고 원래의 남은 생으로 돌아갑니다." 두 사람은 진지한 얼굴로 태블릿을 바라보고 있다.

"다만, 거기에 기재되어 있듯이 저희 은행은 현시점에서 두 분의 여생이 얼마나 되는지 모릅니다. 10년 치의 여생이 없을 수도 있어요."

"아……." 기시타 씨가 나를 쳐다보았다.

"그 경우에는 어떻게 되나요?"

"예를 들어 나카네 님의 여생이 5년이라고 가정해 보겠습니다. 그 경우 5년만 이관됩니다."

나카네 씨가 눈살을 찌푸렸다.

"그럼 당일 이관되면 지금 이 자리에서 죽는다는 뜻인

가요?"

 "단 하루의 유예가 있기 때문에 실제로는 24시간 후입니다." ……맞죠? 하고 비스듬히 뒤를 확인하자 이부키 씨가 어깨를 으쓱거렸다. 그렇다는 의미겠지만 반응을 파악하기가 어려웠다.

 "다음으로 계좌 개설 순서를 설명하겠습니다. 계약서를 작성하고 두 분은 저희가 지정하는 항목의 건강진단서를 받아 오셔야 해요. 그 뒤 개인 면담을 거치고 나서 계좌를 개설합니다."

 "죄송한데요."

 나카네 씨가 카운터에 양손을 올리고 나를 응시했다.

 "오늘 건강진단 용지를 받을 수 있을까요?" 이상하다. 계좌 개설에 의욕적임에도 나카네 씨의 눈동자는 불안하게 떨리는 것처럼 보였다.

 "중요 사항 설명 후에 드리겠습니다."

 매뉴얼에는 마지막으로 두 가지 중요한 점이 적혀 있다.

 "수수료에 대해 설명하겠습니다. 여생 은행에서는 수수료 대신 여생을 받습니다. 1년 미만의 여생 이관은 10퍼센트, 1년 이상은 5퍼센트입니다."

"다시 말해서." 뒤쪽에 있는 이부키 씨가 덧붙였다.

"10년의 여생 예치에는 약 반년 치의 수수료가 들지. 합쳐서 10년 6개월의 여생을 예치해야 한다." 더 이상 존댓말 쓰는 건 그만둔 모양이다. 퉁명스러운 말투에 마음이 조마조마해졌다. 기시타 씨의 표정이 점점 흐려져 금방이라도 울음을 터뜨릴 것 같다. 이 계약은 아무래도 성사되지 않을 듯싶다.

"마지막으로 또 한 가지 중요한 점이 있어요." 입을 뗀 나에게 기시타 씨는 그만하라는 듯 고개를 내저었다.

"1년 이상의 여생을 상대방에게 이관할 경우, 상대방과는 그 후로 단 한 번밖에 볼 수 없습니다."

몇 번이나 매뉴얼을 확인해도 같은 말이 적혀 있다. 내가 여생을 선물한 상대방과 일평생 한 번밖에 만날 수 없다니, 너무나도 잔혹한 규칙이다. 반대로 말하면 생명을 주는 건 그 정도로 중대한 일이리라.

분명 기시타 씨는 절망하고 있겠지. 그러나 얼굴을 힐끔 쳐다보니 예상과 달리 그녀는 미소를 띠고 있었다.

"뭐야. 그러면 의미가 없네요." 조금 전의 비통함은 어디로 갔는지 안도한 표정으로 자리에서 일어섰다.

"모나와 만날 수 없다면 의미가 없죠. 모나, 가자."

"하지만…… 겨우 여생 은행을 찾았는데."

머뭇거리는 나카네 씨에게 "가자니까." 하고 말하더니 웃으며 나에게 머리를 숙였다.

"저희 안 할게요. 시간 빼앗아서 죄송해요."

"아닙니다……."

두 사람이 나가고 카운터 위로 왓슨이 폴짝 뛰어올랐다.

"처음치고는 능숙하게 대응한 것 같지 않아?" 질문을 던져도 매정한 눈으로 나를 바라보는 왓슨. 나는 태블릿에 충전기를 꽂고 카운터 밖으로 나가 두 사람이 앉았던 장소를 소독했다.

"하나." 아까 전과 같은 위치에서 이부키 씨가 내 이름을 불렀다. 계약은 따내지 못했지만 접객으로는 합격점이겠지.

"방금은 30점이다."

"……네?"

설마 그렇게 낮은 점수를 받을 거라고는 생각지 못해 고개를 들자 벌레라도 씹은 듯한 얼굴이 보였다.

"거기까지 가서 계약을 못 하다니, 있을 수 없는 일이다. 이래서는 예산을 달성할 수 없다고."

"죄송합니다." 사과하면서 문득 의사의 조언을 떠올렸다. "스트레스받지 마세요."라고 했는데…….

"밀어붙이기가 약해. 영업의 기본은 밀어붙이기다. 교묘한 말로 유도하고 핑곗거리를 끊어내서 계약하게 만드는 방법을 공부하도록."

이전 회사를 그만둔 것은 아픈 몸으로 폐를 끼치고 싶지 않았기 때문만은 아니다. 스트레스에서 해방되고 싶었기 때문이기도 하다. 이런 나도 할 수 있는 일을 느긋하게 하고 싶어서 내린 결정이었는데 이래서는 의미가 없다.

"외람되지만 저는 영업직이 아니에요. '접수 업무'라고 고용계약서에 적혀 있을 텐데요."

"뭐?" 이부키 씨가 검은 안경을 고쳐 쓰는 자세 그대로 굳어 있다.

"그, 그건 그렇지만 접수는 영업도 겸하는 셈이다. 애초에 건강한 여자 쪽은 계약할 수 있을 것 같았다고."

"여자 아닙니다. 여성분이세요."

"으……." 아무래도 이부키 씨는 천상천하 유아독존이지만 말대꾸에는 약한 모양이다.

"게다가 나카네 씨도 기시타 씨와 앞으로 단 한 번밖

에 볼 수 없다면 계약은 하지 않았을 거예요. 처음부터 무리였어요."

 "그렇지는 않아. 그 여자…… 여성분 쪽은 꽤 진심이었어. 오랫동안 일해온 나니까 알 수 있는 거지만." 의기양양하게 주장하는 이부키 씨가 갑자기 어린 꼬마처럼 느껴졌다. 오랫동안이라고 해봤자 아직 20대이면서.

 "냐앙." 동의하듯 울음소리를 낸 왓슨이 이부키 씨의 무릎 위로 폴짝 뛰어올랐다.

 "봐, 왓슨도 똑같은 말을 하고 있어."

 "저는 그렇게 생각 안 해요." 딱 잘라 선언하는 나를 이부키 씨와 왓슨이 매서운 눈으로 흘겨보았다.

 "흥미롭군. 어째서 그렇게 생각하나?" 조금 전보다 누그러진 목소리로 이부키 씨가 질문을 던지기에 의자를 닦던 손을 멈추고 허리를 폈다.

 "저도 절친이 있어요. 그 친구와 여생을 교환하자는 약속을 했다고 하더라도 앞으로 한 번밖에 만날 수 없다면 계약 따위 하지 않을 거예요. 상대방도 그럴 거라고 생각하고요."

 "과연 그럴까." 다리를 꼰 이부키 씨가 의미심장하게 말하며 안경을 느릿하게 들어 올렸다.

"무슨 의미예요?"

"어쩌면 그 친구는 하나에게 여생을 받고 싶을지도 모르지." 이번에야말로 기분이 제대로 상했다.

"그런 생각을 할 친구가 아니에요."

"그렇게 단언할 정도로 하나는 그 친구를 이해하고 있나? 매일같이 만나는 친구라면 몰라도 문자로나 연락하는 사이면 본심까지는 알 수 없어."

"어…… 그건 뭐, 바쁘니까 최근에는 만나지 못하지만……."

'조만간 한번 보자'는, 전화로 한 약속은 전혀 못 지키고 있다. 코로나 탓, 일 탓, 날씨 탓. 서로 갖은 이유를 붙이고 있는 느낌도 든다.

"물론 얼굴을 못 보는 날이 이어지고 있지만 그래도 이런 계약은 절대 안 해요. 나카네 씨도 똑같을 거고요." 그래도 계약하고 싶어 한다면, 그건 절친도 뭣도 아닐 거야.

"인간이란 그렇게 단순하지 않아. 여생을 맡기고 싶다는 마음 뒤에는 깊고 강한 마음이 숨어 있어. 그렇지, 왓슨?"

"냐앙."

"내 예상으로 나카네라는 여성분은 머지않아 다시 올 거다."

"냐앙." 새카만 사람과 새카만 고양이가 대화를 나누는 모습을 보고 있자니 말로 표현할 수 없을 만큼 화가 울컥 치밀었다.

"절대 안 와요. 단언해요." 쌩하니 자동문 밖으로 나왔다. 여생 은행에서 일하기 시작한 지 일주일, 처음에는 이부키 씨의 태도에 위화감을 느꼈다. 유아독존 지점장 밑에서 일하게 되다니, 이직에 실패한 것 같아.

"매정해."

하지만 여기서 일하면 혹시 여생을 나누어 받을 수 있는 기회가 생길지도 모른다. 그 기회를 위해서라면 여생 은행의 시스템을 숙지할 필요가 있다.

애초에 이전 직장에서는 지금처럼 반대 의견을 말하는 건 용납되지 않는 분위기였다. 그렇다면 스트레스도 줄고 있다는 거겠지.

이부키 씨도 그랬다. 힘들 때야말로 크게 변화할 때라고. 조금 더 힘내는 수밖에 없나…….

4월의 햇살이 뺨에 와 닿았다. 점점 아늑해지는 봄 한가운데에서 어두침침한 마음을 껴안고 있어서는 안 돼.

스트레스를 느끼는 건 내가 약해서야.

"파이팅." 기합을 넣고 있는데 길 건너편에서 누군가가 달려오는 모습이 보였다. 나를 향해 손을 흔들며 뛰어오고 있다. 그건 바로— 나카네 씨였다.

"과연, 그래서 침울하구나." 도모코 씨가 센베이를 아작거리며 말했다.
"네."
"어쩐지 오늘 지점장이 그 어느 때보다 활기 넘치더라니."
"그래서 그런 거예요."
카운터에 나란히 앉은 화요일. 지금쯤 이부키 씨는 또 우마이봉을 사고 있겠지. 그날 나카네 씨는 '물건을 깜빡 놓고 왔다'고 기시타 씨에게 둘러대고 되돌아왔다.
"화요일 오후에 방문할게요. 저만이라도 하려고요." 그렇게 이야기하고 다시 발걸음을 돌렸다.
커다랗게 숨을 내뱉자 도모코 씨가 쿡쿡하고 웃었다.
"너무 깊게 생각하지 마. 계약 여부는 나카네 씨의 문제니까."
"그건 알고 있지만, 보통 친구와 다시는 못 만나는데

도 계약하려고 하나요? 도저히 납득이 안 돼요."

사흘 휴일 동안에도 툭하면 생각에 잠기고 말았다. 차를 음미한 도모코 씨가 "말하자면." 하고 입을 열면서 오늘은 손님용 소파에서 뒹구는 왓슨에게 시선을 던졌다.

"여생 은행은 강한 사념(思念)을 가진 사람을 끌어당겨. 얼마 전 노부부도 계약에는 이르지 않았지만 증손주에게 여생을 주고 싶다고 강하게 바라고 있었어. 나카네 씨도 마찬가지라고 생각하고. 절실하게 바라지 않는 우리는 이해 못 해." 도모코 씨가 말하니 정말 그런 것 같아서 신기했다.

"그러고 보니 아드님과는 어땠어요?"

금요일에 아들이 돌아온다며 들떠 있던 도모코 씨는 아니나 다를까, 순식간에 뺨을 붉히더니 뿌듯한 미소를 지었다.

"그 애, 취직됐다네. 놀라게 하고 싶어서 비밀로 했대. 남은 대학 생활은 실컷 놀겠다고 선언하더라."

"축하드려요."

"고마워. 뭐, 내가 이뤄낸 건 아니지만. 다만 지바에 본사가 있는 회사라 역시 본가로 돌아오지는 않겠구나 싶어서 조금 허전해." 그럼에도 도모코 씨는 기뻐하며 말했다.

　문득 왓슨이 고개를 들고 자동문 쪽으로 눈길을 주었다.

　"냐아."

　"고객분이시네." 도모코 씨의 말에 "네?"라고 대답하던 찰나 자동문이 열리고 나카네 씨가 들어왔다. 오늘은 검은색 후드티에 청바지를 입어 지난번보다도 꽤나 캐주얼한 모습이다. 가슴팍에는 스트랩이 달린 일안 리플렉스 카메라가 매달려 있다.

　"늦어서 죄송해요." 앞자리에 앉은 나카네 씨의 표정은 조금 긴장한 것처럼 보였다.

　"내점해 주셔서 감사합니다. 저기…… 정말로 여생을 예치하실 건가요?"

　"네." 냉큼 대답한 나카네 씨에게 도모코 씨가 태블릿을 건넸다. 바로 입력하기 시작하는 그녀를 보자니 찝찝한 마음이 솟아났다.

　이부키 씨가 없는 걸 확인하고 나서 "나카네 님." 하고 불렀다.

　"지난번에도 전해드린 대로 계약을 하시면 친구분과는 앞으로 한 번밖에 만나지 못하세요. 그래도 괜찮으세요?"

"만나지 못한다는 건 물리적으로 그렇다는 말이죠? 전화 같은 건 괜찮나요?"

"어려워요." 도모코 씨가 대신 대답해 주었다.

"향후 나카네 님이 기시타 님께 다가가려고 한다 해도 친구분의 상황이 변해 멀어지게 됩니다. 가령 참다못해 만나고 싶어서 직장까지 찾아가도 이직해 버린 후라든가, 전화번호가 바뀌어 있다든가. SNS도 마찬가지로, 모종의 이유로 연락이 되지 않아요."

"그런가요……." 시무룩한 표정을 짓고 있지만 입력하는 손가락은 멈추지 않는다.

내 상황에 대입해 보자. 가스미와 그다지 만나지 못하고 있지만 두 번 다시 얼굴을 못 보는 건 견딜 수 없다. 그렇기에 심장병과 여기서 일하고 있다는 사실은 계속 숨겨야겠지…….

그렇게 생각하다 문득 깨달았다. 내가 누군가로부터 여생을 받을 가능성 따위는 거의 없다는 걸. 친하지도 않은 상대에게 여생을 줄 생각은 그 누구도 하지 않을 테니까.

"어째서 나카네 님은 그렇게까지 여생을 선물하고 싶어

하세요?" 무심코 질문을 하자 나카네 씨의 손이 멈췄다.

"사실, 노조미가 곧 결혼해요." 말과는 반비례하는 듯한 낮은 목소리였으나 나카네 씨의 입가에는 미소가 깃들어 있었다.

"경사스러운 일이네요."

"결혼 축하 겸해서요. 이렇게 말해봤자 이케우치 씨는 이해하지 못하겠죠. 하지만 꼭 선물하고 싶어요. 옛날에 약속을 나누었으니까요." 그렇게 말한 나카네 씨는 마지막 서명란에 사인을 하고는 태블릿을 돌려주었다.

"이걸로 오늘부터 더 이상 노조미와 만나지 않겠어요. 결혼사진을 제가 찍어주기로 했으니 결혼식 때 마지막으로 만나고 싶어요." 소중한 듯이 검은 카메라를 쓰다듬는 나카네 씨. 결혼식 때 마지막으로 만나고 싶다니, 대체 어떤 사연이 있을까…….

톡, 하고 도모코 씨가 옆에서 매뉴얼 속 한 문장을 손가락으로 가리켰다. '고객의 사생활에 개입하지 않을 것'이라고 적혀 있다. 그래, 나카네 씨가 결정한 일이니 쓸데없는 소리는 하지 말자…….

"그러면 계좌 개설까지의 과정에 대해 설명해 드릴게요. 이것이 제출해 주셔야 할 건강진단서입니다."

"저도, 노조미도 바로 근처에 있는 미즈노 내과 단골이에요. 돌아가는 길에 들러볼게요."

"진료 결과를 바탕으로 면담을 진행하겠습니다. 그 후 8일이 지나면 계좌가 개설됩니다."

나카네 씨가 고개를 한 번 끄덕였다.

"그러면 여생 10년이 노조미에게 가죠? 이 일 노조미에게는……."

"고지는 되지 않습니다. 물론 마지막으로 만나는 날에 고객님이 직접 전하셔도—"

"아니요. 저는 말하지 않을 거예요." 끼익, 의자를 뒤로 빼며 나카네 씨가 일어섰다.

"다행이다. 이걸로 제 꿈이 이루어지겠네요. 정말 감사해요. 결혼식 때는 최고의 사진을 찍어줘야겠어요." 가벼운 걸음으로 나가는 나카네 씨를 배웅했다. 말과는 정반대로 서글퍼 보였던 건 왜일까?

주치의는 진단하는 동안 줄곧 나에게 마음을 써주었다. 희망적인 관측을 몇 가지나 늘어놓았지만 결과적으로는 혈액검사 수치가 악화되는 것 같다. 종합병원은 사람들로 북적거려 한참 전부터 계속 수납처 앞에서 기다리고 있다. 이렇게 아픈 사람이 많다는 데 조금은 안도하고 만다.

그럼에도 나처럼 시한부 선고를 받은 사람은 적겠지……. 곧 이 병원에 입원하여 아무도 지켜보지 않는 나날 속에서 쇠약해져 갈 미래가 보이는 듯했다.

"하아……." 작게 한숨을 쉬는데 진동으로 해두었던 스마트폰이 주머니 속에서 부르르 떨렸다. 가스미에게서 문자가 와 있었다.

'퇴사 겸 재취업 축하 파티 언제 할래? 카우만까이 빨리 먹으러 가고 싶어♪ 어디에 취직했는지도 얼른 알려 줘.' 한동안 망설인 끝에 '은행에서 일하고 있어. 어딘지는 비밀.' 하고 답장을 하려다 곧장 지웠다. 어느 은행인지 알고 싶어 할 게 뻔했다.

'여유가 생기면 연락할게. 다음 달 정도려나.' 보내기 버튼을 누름과 동시에 진찰 번호가 정면에 있는 전광판에 표시되었다. 자동 정산기로 비용을 납부하면 오늘 예정은 끝이다.

가스미에게는 파견직으로 공장에서 일하고 있다고 해둘까……. 여생 은행 계약자는 다른 사람에게 발설해서는 안 된다는 규칙이 있다는데, 직원은 어떨까? 다음에 도모코 씨에게 또 물어봐야겠어…….

입구로 향하는데 인파 속에서 아는 얼굴을 발견한 느낌이 들어 우뚝 멈춰 섰다. 뒤돌아보자 수납처 대기 소파에— 아, 저쪽도 내 존재를 알아차렸다. 알듯 말듯 한 모습에 부랴부랴 다가가 머리를 숙였다.

"기시타 노조미 씨죠?"

"아앗." 기시타 씨가 눈을 동그랗게 뜬 채 자리에서 일어섰다. 긴 플레어스커트가 잘 어울렸다.

"여생…… 아, 안 되지. 이케우치 씨였나요?"

"네. 저번에는 감사했어요."

"아니요, 저야말로. 이런 곳에서 만나네요."

"결혼하신다고 들었어요. 축하드려요." 쿡쿡 웃는 기시타 씨에게 사회인다운 인사성을 보이다 순식간에 얼굴이 딱딱하게 굳어졌다.

"결혼 소식…… 누구한테 들으셨어요?"

대형 사고를 쳤다는 걸 바로 깨달았다. 나카네 씨는 그 뒤로 여생 은행에 오지 않았다는 설정으로 되어 있는데, 난 진짜 바보다.

"나카네 씨가 얼마 전에 두고 간 물건을 찾으러 오셨을 때 말씀하셨어요."

의식적으로 평상심을 유지하고 말하자 "아아." 하고 기시타 씨가 납득했다는 듯 긴장을 풀었다.

"그러고 보니 스마트폰을 두고 왔다며 되돌아갔었죠. 모나는 학창 시절부터 분실의 여왕이었다니까요."

기시타 씨는 나카네 씨가 여생 은행에서 계좌를 만들었다는 사실을 몰라. 절대 들켜서는 안 돼.

솔직히 부러웠다. 결혼식을 앞두고 있는 데다 절친에게 여생까지 받을 수 있는 그녀는 내 처지와는 사뭇 다르다. 불편한 감정을 못 본 척하려 했지만 한번 생긴 감정은 드러나기 마련이다. 아아, 경솔하게 말을 걸지 말아야 했는데.

"결혼식 기대되시겠네요. 그럼 이만—." 대화를 끝내려는데 기시타 씨가 "모나는······." 하고 중간에 끼어들었다.

"이후로 여생 은행에는 안 갔죠?"

"아, 네. 전혀, 한 번도, 절대요." 횡설수설하다 얼버무리는 나를 보며 기시타 씨는 "다행이다." 하고 생긋 미소 지었다. 일단 믿어준 것 같아 가슴을 쓸어내렸다.

"지금은 그 애, 무척 능동적이지만 옛날에는 저희 반대였어요. 오히려 제가 적극적이었죠."

"그러시군요." 대화의 마무리를 탐색하면서 애매하게 대답했다. 이 이상 탄로 나기 전에 대피하고 싶다.

"사진을 배울 무렵부터일까요. 점차 반짝반짝 빛나더라고요. 그래서 지금은 제가 마구 휘둘리고 있어요." 즐거워 보이는 그녀의 이야기를 듣고 나도 어느새 미소를 짓고 있었다. 하지만 두 사람이 만날 수 있는 건 이제 단 한 번뿐이겠지.

자동문으로 들어오는 젊은 남성이 시야에 닿자 기시타 씨가 반갑게 눈웃음을 지었다. 남성도 그녀를 발견하고 가볍게 손을 들어 올렸다. 자상해 보이는 그가 기시타 씨와 결혼할 상대이리라. 이대로 계속 이야기를 나누다가는 누구인지 밝혀야 할 거다.

"그럼 저는 이만 실례할게요. 보험회사 사람이라고 대충 둘러대 주세요." 짧게 인사하고 걸음을 뗐다. 기시타 씨의 남자 친구에게도 머리를 숙이고 밖으로 나왔다.

찰나 위화감을 느꼈지만 봄 햇살에 녹듯 금세 사라져 버렸다. 집으로 돌아가면 가스미에게 전화해 볼까. 그런 생각을 하면서 귀로에 올랐다.

나카네 씨의 건강진단서는 메일로 받았다. 본인이 직

접 들고 오리라 예상했는데 의외였다. 내용은 극히 평범했다.

"더 자세한 검사가 필요할 거라고 생각했어요."

"뭐?" 으르렁거리는 어조로 대답한 이부키 씨가 안경테를 가운뎃손가락으로 밀어 올렸다. 이부키 씨의 태도에는 최근 몇 주간 꽤 익숙해졌다. 언짢은 태도가 기본이고, 고객 앞에서만 웃는 얼굴이다. 스물여덟 살, 독신. 성 외에 이름은 아직 불분명. 고작 이 정도다.

"그도 그럴 게, 생명이 오가는 건 굉장한 일이잖아요. 이 항목들 이외에 이상이 있을 가능성도 있지 않을까요? 본인이 지병을 숨길 가능성 또한 있고요."

"그런 건, 나한테 여반장(如反掌)이다."

"여반장이요? 그게 무슨 말이에요?" 난해한 표현에 눈썹을 찌푸리자 이부키 씨가 "그게 아니라."라고 말하며 어색한 듯이 헛기침을 한 뒤, 열리지 않는 문을 가리켰다.

"저 방에서 그런 건 금방 알 수 있어." 응? 하고 고개를 갸우뚱하는 나에게 이부키 씨는 득의양양한 표정을 지었다.

"뭐, 신청자가 거짓말을 하면 바로 알 수 있다는 거다." 우쭐거리며 이부키 씨가 팔짱을 끼었다.

"대단하네요. 대체 어떤 원리로……."

자신의 자리로 돌아가면서 그는 어처구니없다는 듯 말했다.

"하나는 상식에 너무 얽매여 있어. 여생 은행에서 일하게 된 이상 이제까지 믿어왔던 것들을 지워버리는 게 좋아." 이부키 씨의 말에도 일리가 있다 싶었다. 이런 이상한 은행에서 근무하고 있으니 말이다. 조금 더 유연하게 대응해야지.

"기시타 씨의 정보도 확인할 수 있나요?"

"아니. 계약서를 제출한 사람과 관련된 정보만 알 수 있어." 그렇구나, 하고 마음속으로 메모해 두었다. 아무 정보나 손에 넣을 수 있다면 그건 그거대로 곤란하겠지.

"저기, 하나." 옆자리에 앉은 도모코 씨가 태블릿을 나에게 보여주었다.

"나카네 씨, 나가노현 출신이래. 기시타 씨하고는 중학교 때부터 친구라고 했지? 그렇게 오랫동안 우정을 이어오다니 대단하네."

나카네 씨가 입력한 항목을 새삼 더듬어 보았다. 대학교에 진학할 때 가나가와로 왔다고 했다. 분명 기시타 씨도 같은 시기에 왔으리라.

"좋네, 청춘이구나. 절친이 선물로 여생을 주는 게 꼭 영화 같잖아." 푸근한 표정을 짓는 도모코 씨에게 나는 역시나 찬성할 수 없었다.

"하지만 이상하지 않아요? 그렇게 오랫동안 절친이었는데 여생을 줘버리면 볼 수 없잖아요." 나카네 씨뿐만 아니라 기시타 씨도 숨기는 게 있는 것 같다.

"쓸데없는 건 신경 쓰지 마. 하나는 그저 사무적으로 대하면 돼. 표면적으로 문제가 없다면 무시해. 이 계약은 반드시 성사시켜야 한다." 태연하게 그런 말을 하는 이부키 씨를 못 본 척하고 나카네 씨가 태블릿에 입력한 정보를 확인했다. 뒤이어 과거 진찰 이력을 되짚으려 했지만 '미입력'이라고 되어 있다.

"지점장님, 나카네 씨의 과거 진찰 이력 같은 건 못 보나요?"

뒤돌아보니 이부키 씨는 이미 자리에 없었고, 열리지 않는 문을 열고 있는 참이었다.

"기다려." 방에 들어가고 몇 분 뒤, 그는 진단서 복사본을 들고나왔다. 개중에 한 장을 읽자 심장이 커다랗게 소리를 냈다. 마찬가지로 도모코 씨가 옆에서 한숨을 쉬었다.

"이건……."

나가노현에 있는 정신과병원 이름이었다. 나카네 씨는 정신과에 다녔던 이력이 있다. 그녀가 여생을 예치하기로 한 경위와 아마도 관계가 있지 않을까. 하지만 열리지 않는 문에서 나온 이부키 씨는 따분하다는 듯이 하품을 했다.

"그런 정보, 전혀 대수롭지 않아. 봐, 두 번 진찰받은 것뿐이고 그 후로는 다니지 않았잖아."

"하지만……."

"이봐." 이부키 씨가 안경 너머로 쏘아보았다.

"개인적인 감정이나 추측은 버려라. 대상자에게 감정이입해 봤자 골치 아파."

공간의 분위기가 탁해졌다. 확실히 이부키 씨 말대로다. 나 역시 불면증이 생겨 정신과 진찰을 받은 적이 있다. 하지만 그 두 사람에게는 무언가가 있다. 말로는 표현할 수 없는 위화감이 줄곧 가시지 않는다.

"괜찮을 거야. 개인 면담을 하면 전부 알 수 있으니까." 도모코 씨가 두둔해 준 덕분에 이부키 씨는 "뭐, 그렇지."라고 납득하고 자리로 돌아갔다.

한 번 더 나카네 씨의 정보를 처음부터 살펴봤다. 볼

수록 위화감은 덧칠한 것처럼 짙어져 간다. 자동문 열리는 소리가 들려 고개를 들었다. 그곳에는 예상치도 못한 사람이 서 있었다.

 오후 2시, 약속 시간 5분 전에 나타난 나카네 씨는 평소와 다름없어 보였다. 촬영 일을 마치고 곧장 달려왔다는 그녀는 지난번처럼 후드티에 청바지 차림이었고 카메라를 양손으로 안고 있었다. 다급하게 왔는지 봄인데도 볼이 땀으로 반짝거렸다.
 서로 마주하도록 다시 배치한 소파로 안내하고 자동문 전원을 껐다. 개인 면담 때는 항상 이렇게 하고 있다고 한다. 응접실이 있는 게 훨씬 좋을 텐데. 그렇지만 현재는 이 자리밖에 마땅한 장소가 없다.
 내 옆에는 이부키 씨가, 맞은편에는 나카네 씨가 앉았다. 카운터 쪽에 있는 도모코 씨는 대화를 글로 옮겨 적는다고 한다. 영상은 감시 카메라가 기록하고 있기 때문에 어디까지나 보조용이라나.
 "오늘로 절차가 끝나죠?"
 방긋 미소 짓는 나카네 씨에게 애매하게 머리를 끄덕였다. 무의식중에 가슴에 손을 얹었던 건 요 며칠 계속 숨이 가쁘기 때문이다. 스트레스를 받을뿐더러 병이 서서히 진행되는 게 느껴진다. 아마 내 병은 의심 단계로는 끝나지 않는 수준으로 진행되고 있을 것이다. 최근 다리 부종이며 피로감도 심하다. 그럼에도 이 의뢰만은 제대로 해내고 싶었다. 설령 이게 처음이자 마지막 일이 되어 퇴직하게 되더라도.

"절차는 면담 결과가 나오는 대로 진행됩니다."

"네에?" 나카네 씨가 눈을 둥그렇게 떴다.

"건강진단 결과는 좋았는데요. '소견 없음'이라고 적혀 있었고요." 억지로 밝아 보이려 하는 느낌이었다. 아니야. 이건 선입견 탓일지도 몰라.

크흠, 하고 헛기침한 이부키 씨가 몸을 앞으로 기울였다.

"오늘은 이 녀석…… 이케우치가 담당합니다. 조금 엉성한 면담이 되겠지만 양해해 주십시오."

"알겠어요." 동의하는 나카네 씨를 보고 이부키 씨는 자신의 머리를 마구잡이로 긁었다.

"조금 전에 우리 은행의 두 여자가 조곤조곤 상의를 했는데 말이죠. 뭐, 최종적으로는 저도 찬성했지만…… 아니, 할 수밖에 없었다는 게 정답입니다. 요즘 신입은 엉망진창이에요." 이번에는 내 머리를 막무가내로 툭툭 두드렸다.

"양대 리그 우승이에요." 이의를 제기하자 이부키 씨가 와락 미간을 찌푸렸다.

"양대 리그? 야구 이야기인가?"

"아니요. 성적 괴롭힘과 갑질 종합 세트라는 말이에요. 나카네 씨도 그렇게 생각하죠?"

그녀는 사진 찍는 자세를 취하고 카메라 셔터를 눌렀다.

"증거 사진이 필요하면 언제든지 말해주세요."

"진심이냐……." 말문이 막힌 이부키 씨를 보고 나카네 씨가 배꼽을 잡고 웃었다. 충분히 긴장은 풀린 듯한데 이후의 면담에서 분명 그녀는 화를 내겠지.

이부키 씨는 내가 마련한 방안을 끝까지 반대했다. 도모코 씨의 조언이 없었다면 실현되지 않았을 것이다. 눈앞에 둔 메모지로 시선을 떨구었다. 이 순간만큼은 가빠지는 호흡을 잊고 이번 건에 집중하고 싶었다.

"여쭙고 싶은 것이 있어요." 자세를 바로 하고 나카네 씨를 관찰했다. 여기서 어떤 대답이 나오냐에 따라 시나리오는 크게 바뀔 테니까.

"고등학생 때 정신과 진찰을 받으셨네요. 그 이유를 알려주실 수 있을까요?"

"그런 것까지 조사하시네요." 난처한 표정을 지을 거라는 예상과 달리 그녀는 그리운 미소를 띠었다.

"그 무렵, 남자 친구가 병으로 죽었어요. 잘 받아들였다고 생각했는데 역시나 잠이 오지 않아서 두 번인가, 세 번인가 약을 받았어요."

"그러셨군요." 나카네 씨는 "네에." 하고 똑바로 나를 바라보았다.

"슬픔에 휩싸여 있는 저를 구해준 사람이 노조미였죠."

이부키 씨가 카운터를 슬쩍 보았다. 도모코 씨는 타닥타닥 자판을 계속 두드리고 있다.

"노조미하고는 그 후로 더욱 친해졌어요. 대학도 같은 곳에 다녔고, 직장은 다르지만 지금도 절친이에요." 그 말에 꾸밈과 거짓은 없는 느낌이었다. 하지만 그 앞에 놓인 중요한 것을 물어봐야 한다.

"이제부터 드릴 질문은 불쾌하실 수도 있어요."

"네."

"기시타 님께 여생을 선물해 주신다면 앞으로 한 번밖

에 못 만납니다. 혹시 이후 스스로 목숨을 끊을 일은 없나요?" 절친과 만나지 못해도 상관없다는 말 뒤에 그녀가 자살할 가능성이 있다고, 나는 생각했다. 이부키 씨는 말도 안 되는 소리라고 일축했지만 반드시 짚고 넘어가고 싶었다.

"제가요? 설마요." 깜짝 놀라는 표정을 짓고 나서 뜬금없다는 듯이 나카네 씨가 웃기 시작했다. 연기가 아니라는 건 금세 알았다. 한동안 웃은 뒤 나카네 씨는 자세를 고쳐 앉았다.

"아까도 말했지만 저는 노조미로 인해 살아났어요. 이렇게 살고 있는 건 노조미 덕분이에요. 그런데 자살이라니, 말도 안 돼요." 지금 한 말은 진실이리라. 그렇다면 이부키 씨가 말했듯이 사무적으로 일을 진행하면 되겠지. 그렇게 하지 않으면 이부키 씨와의 관계가 악화되어 여생을 받을 기회를 스스로 날려버리게 될 가능성도 있다. 그런데 그걸 알면서도 스스로를 억제하지 못했다.

"생명을 소중히 여기는 사람은 생명을 선물하지 않을 거라고 생각해요. 나카네 님의 행동은 모순적이에요."

"그게 여생 은행 직원이 할 말인가요?" 아직 미소를 유지하고 있지만 그녀의 목소리 톤은 낮아져 있었다.

"꼭…… 물어보고 싶었어요." 곧게 응시하는 나에게서 시선을 돌리고 나카네 씨는 머리를 가로저었다.

"무슨 말을 하셔도 저는 자살 따위 안 해요. 노조미에게 결혼 기념으로 여생을 선물하고 싶은 것뿐이에요."

"여봐." 이부키 씨가 입을 열었다.

"이걸로 문제는 없어졌으니까 이제 괜찮잖아. 얼른 마지막 절차 진행해."

"아직이요." 딱 잘라 말하고 나서 나카네 씨를 다시 쳐다보았다. 그래, 아직은 안 돼.

"줄곧 위화감이 들었어요. 그걸 해결하지 않으면 계약은 못 합니다."

"위화감이라고 하시면?" 그녀의 눈이 아까보다도 흐려진 것 같았다.

"처음에는 나카네 님의 표정이었어요."

"제 표정이요?"

"기시타 님이 결혼하신다고 알려주었을 때요. 본래라면 절친의 결혼을 기뻐할 테죠. 혹은 먼저 결혼해서 질투한다거나……. 그런데 나카네 님은 전혀 다른 표정을 지으셨어요." 눈을 내리깐 그녀를 보며 그날의 일을 떠올렸다.

"그때 몹시 슬픈 얼굴을 하고 계셨어요." 마치 이 세상 모든 것에 절망하는 얼굴이었다. 그래, 그것이 첫 위화감이었어.

"얼마 전 종합병원에서 기시타 님을 만났어요."

"아……." 머리를 든 나카네 씨는 난처해하며 재빨리 고개를 떨구었다.

"두 분은 미즈노 내과에 다니신다고 들었어요. 그런데 어째서 종합병원에 계셨을까요."

"그건……."

"이번에 신청하신 분은 나카네 님이세요. 저희는 고객님의 정보밖에 모릅니다. 통상적으로 계약자에게 문제가 없으니 계좌를 개설하는 건 가능합니다."

"그러면!" 엉거주춤 일어난 그녀가 외치듯이 말했다.

"그렇게 하면 되잖아요? 무슨 일이 있어도 노조미에게 여생을 주고 싶어요. 그러니까, 그러니까……." 마지막은 웅얼거리며 나카네 씨는 무너져 내리듯 소파에 앉았다.

"어제, 기시타 님이 이곳에 오셨어요."

"아…… 노조미가요?" 고개를 끄덕이고 싶었지만 조금 전부터 점점 숨이 가빠지고 있다.

"내가 말하지." 이부키 씨가 앞을 보며 이야기했다.

"기시타 씨는 당신이 여생을 예치하는 게 아닐까 걱정했어. 물론 우리에게는 비밀 엄수 의무가 있으니까 아무런 대답도 하지 않았지. 하지만 숨기는 건 무리야."

"그럴 리가……." 나카네 씨는 시든 꽃처럼 고개를 떨궜다.

"이대로 계좌는 개설할 수 없어. 네가 솔직하게 이야기한 뒤에야 가능하다."

심호흡을 하니 서서히 편해지기 시작했다.

"부탁드려요. 어떤 사정인지 말씀해 주세요." 머리를 조아리자 나카네 씨가 내뱉는 거친 숨소리가 귓가에 닿았다. 얼마나 시간이 흘렀을까. 그녀가 "그건……." 하고 중얼거렸다.

"반년 정도 전이었어요. 노조미의 약혼자에게 연락받고 둘이서 따로 만났어요." 쥐어짜 내듯이 가까스로 나카네 씨가 말을 이었다.

"가와구치 씨…… 노조미의 약혼자예요. 그 사람에게 이야기를 들었어요. '노조미에게 병이 발견됐다'고요." 삽시간에 나카네 씨의 커다란 눈망울에 눈물이 맺혀갔다.

"노조미는 수술받고 좋아졌다고 생각하지만 사실은

이미 늦었대요. 더 이상 가망이 없다고……. 췌장암이라고 들었어요."

"나카네 님……."

"믿을 수 없었어요. 어째서 노조미가, 왜 내가 아니라 노조미가 죽어야 해?" 오열을 터뜨리는 나카네 씨에게 어떤 말을 건네야 할지 고를 수가 없었다. 손수건으로 눈가를 닦는 그녀가 성난 표정으로 나를 보았다.

"가와구치 씨는 결혼식을 앞당겼어요. 하지만 전 알아요. 노조미가 만약 자신의 상태를 인지했다면 분명 약혼자에게 이별을 고했을 거라는 걸요. 걔는 그런 애니까요."

"그래서 여생을 나누어 주려고 하셨군요." 하염없이 눈물이 흘러내리자 닦기를 포기하고 나카네 씨가 고개를 끄덕였다. 많은 갈등 끝에 내린 결정이리라.

"여생 은행 소문은 오래전부터 알고 있었어요. 우연히 발견했을 때는 기뻐서 어쩔 줄 몰라 했죠. 노조미는 병을 앓고 있으니까 예치하지 못할 거라고 처음부터 알았고요. 애초에 노조미 성격이라면 주저하겠구나 싶어서 함께 왔지만요."

"그래서 나중에 되돌아오셨죠?"

"저만 계약할 수 있으면 돼요. 설령 더 이상 만나지 못한다 해도 노조미가 어디선가 살아만 준다면, 그것만으로도 좋아요!" 분명 나카네 씨는 기시타 씨가 조금이라도 행복해지길 바랐겠지. 기시타 씨가 고작 10년 만이라도 사랑하는 사람과 함께하기를, 하고……

참자, 하고 생각했을 때는 이미 늦었다. 맥없이 눈물로 시야가 일그러져 갔다. 나카네 씨가 무릎 위에서 양손을 꽉 쥐었다.

"부탁이에요……. 저는 노조미에게 구원받았어요. 이러다 분명 노조미는 자신의 상태를 알아차리고 말 거예요. 그 전에 여생을, 부탁, 해요……."

다시 침묵이 흘렀다. 자판 두드리는 소리만이 들리는 사무실에서 어떤 말을 해도 머리를 숙인 채 눈물을 참는 그녀에게는 닿지 않으리라.

"나는 몰라." 한숨 섞인 목소리가 이부키 씨의 입에서 새어 나왔다.

"절친의 정의가 무엇인지, 그런 개념이 없는 나는 모른다. 할 수 있는 건 '하나, 빨리 계약을 진행해.'라는 말뿐이다."

"잠깐 기다려주세요!" 이런 이야기까지 들어놓고 그런

말을 하다니 기가 막혔다. 이부키 씨는 시끄럽다는 듯 휘휘 손사래를 쳤다.

"아니. 못 기다려. 네가 직접 나카네 씨와 이야기하고 싶다고 해서 맡긴 건데, 이제 됐잖아. 나카네 씨의 계약에는 문제가 없으니까 얼른 해치워."

"그건 그렇지만 조금 더 면담할 필요가 있다고 생각해요."

"필요는 무슨. 잘 들어, 여기는 여생 은행이다. 여생을 맡기고 싶어 하는 고객이 있기에 우리가 존재해. 작작하고 정신 차려." 입을 떡 벌리는 나에게 나카네 씨가 머리를 숙였다.

"부탁드립니다. 계약하게 해주세요." 절친을 위한 마음은 뼈저리게 알 것 같다. 하지만 정말 이게 올바른 걸까…….

"아, 안 돼요." 당혹스러워하는 듯한 도모코 씨의 목소리가 들려 뒤돌아보자 숨어 있던 누군가가 튀어나온 참이었다. 비통한 표정을 지은 채 우리들 앞에 선 것은― 바로 기시타 씨였다.

"앗, 노조미. 어째서……." 유령이라도 목격한 것처럼 새파랗게 질린 나카네 씨가 다음 순간 나를 험악하게 노려보았다.

"노조미에게 이야기했어요? 너무해……. 정말 너무해."

"아니, 그게 아니라─."

"여생을 받는 사람에게는 아무 말도 하지 않는다면서요? 어째서 이런 짓을……!" 나카네 씨가 시뻘건 얼굴로 부들부들 떨고 있다. 기시타 씨가 그녀 옆에 슬며시 앉았다.

"모나의 나쁜 버릇이 나오고 있네."

"뭐?"

"그렇게 멋대로 착각하는 부분 말이야. 옛날부터 변함이 없다니까." 쿡쿡 웃은 후 기시타 씨는 "저기." 하며 눈을 치떴다.

"내 병을 내가 눈치채지 못할 리 없잖아." 조용하고 부드러운 목소리였다. 나카네 씨는 번쩍 정신이 들었는지 머리를 수그렸다.

"……알고 있었어?"

"우리가 몇 년 친구인데. 내 약혼자랑 둘이서 몰래 연락을 주고받는 것도 알고 있었고, 수술 후에 억지로 밝게 행동한 것도 눈치챘어. 두 사람 다 거짓말을 너무 못한다니까. 아, 내 병 낫지 않겠구나. 그때 각오했어."

기시타 씨가 나카네 씨의 손 위에 자신의 손을 겹쳤다.

"여생 은행은 필요한 사람 앞에만 나타나. 소문대로라면 모나의 강한 마음이 있었기 때문에 나타난 거겠지? 나, 요전에 이곳에 확인하러 왔었어." 충격받은 나머지 입도 벙긋하지 못한 채 나카네 씨가 멍한 눈빛으로 나를 쳐다보았다.

"기시타 님이 방문하셨을 때 저희는 비밀을 지켰어요"

"그래서." 하고 기시타 씨가 말을 이어받았다.

"나도 계좌 개설을 신청했어. 병이 있으니까 반려되더라도 신청만 하면 모나가 어떻게 했는지 알 수 있잖아?"

"아아……." 뚝뚝 눈물을 흘리는 나카네 씨를 보며 기시타 씨가 고개를 가로저었다.

"오늘 면담은 모나의 스케줄을 듣고 자연스레 알게 됐어. 그래서 점심시간이 지나고부터 '모나가 돌아갈 때까지 나오지 않는다'는 약속을 하고 저기에 숨어 있었어."

"참 나, 약속은 좀 지켜주라." 팔짱을 낀 이부키 씨가 불만을 입에 올렸지만 애초에 옥신각신 다툰 계기는 그쪽에 있다. 아니야, 집중하자. 스스로에게 되뇐 뒤 나는 나카네 씨를 바라보았다.

"나카네 님이 들어주셨으면 하는 이야기가 있어요."

"……." 거부 의사를 드러내는 듯 나카네 씨는 몇 번이나 고개를 가로저었다.

"아니요, 들어주세요. 여생 은행에 1년 이상의 여생을 예치하면 수혜자하고는 이후 한 번밖에 보지 못하죠. 하지만 1년 미만이라면 그 제한이 없어져요. 그러니 364일의 여생을 맡기시는 건 어떠세요?" 천천히 나에게 초점을 맞춘 나카네 씨가 순간적으로 기시타 씨에게 시선을 던졌다.

"이케우치 씨가 검토해 주셨어. 1년 미만이라면 수수료는 높지만 앞으로도 만날 수 있대." 정확히는 이부키 씨가 귀찮아하며 가르쳐준 것이지만.

"하지만 1년이 지나면 노조미는 또 병이……."

"아이참." 하며 기시타 씨가 나카네 씨를 부둥켜안았다.

"나에게는 충분하다 못해 넘치는 시간이야. 모나랑도 만날 수 있고, 꿈에 그리던 새 신부도 될 수 있으니까."

"노조미……."

흐느끼는 나카네 씨를 껴안은 기시타 씨가 마치 엄마

같아 보였다. 그건 자신의 죽음을 수용한 강인함이리라.

"이케우치 씨." 눈물을 필사적으로 참으며 나카네 씨가 나를 바라보았다.

"계약할게요. 제 여생 364일분, 노조미에게 나누어 주세요."

기시타 씨도 나를 보며 잔잔한 미소와 함께 고개를 끄덕였다.

"알겠습니다. 그럼 개인 면담을 종료하겠습니다." 이부키 씨를 쳐다보자 어깨를 으쓱거리더니 휙 돌아섰다. 반대하지 않는 걸 보니 이걸로 됐다는 뜻이겠지.

"모나." 기시타 씨가 친구를 끌어안았다.

"나 말이야, 남은 나날을 소중하게 살아갈 거야. 너랑 가와구치 씨, 그리고 다른 소중한 사람들과도 잘 이별할 수 있도록 힘껏 살아갈 테니까."

"응……. 그래."

마주 안은 두 사람 옆으로, 언제 왔는지 왓슨이 검은 꼬리를 세우고 자리했다. 나는 못 만지게 하면서 두 사람 발치에 얼굴을 비벼대고 있다.

"이봐, 얼른 계약 완료해." 이부키 씨의 재촉에 카운터로 태블릿을 가지러 갔는데, 도모코 씨가 눈물을 흘리며 미소 지었다.

"감사했습니다."
은행 밖까지 나가 두 사람을 배웅할 무렵에는 석양이 하늘을 붉게 물들이고 있었다.
"저야말로 감사했습니다. 심한 말 해서 죄송해요." 울어서 퉁퉁 부은 얼굴로 나카네 씨가 환한 표정을 지었다. 나도 분명 똑같은 얼굴을 하고 있겠지.
"괜찮아요. 이부키 씨에게 단련됐으니까요."
"시끄러워. 애정 어린 교육이다." 뚱한 표정으로 옆에 있던 이부키 씨가 받아쳤다.
"이제 8일 뒤에 여생이 이관되는 거죠? 그럼 우리, 여행 안 갈래?" 나카네 씨의 제안에 기시타 씨는 "안 갈래." 하고 즉각 거절했다.
"그야 모나 너, 틀림없이 울적한 말 할 거잖아."
"안 그런다고 약속할게. 오랜만에 고마가타케 가자."
"우리 고향에 있는 산? 음, 생각해 볼게."
기시타 씨가 내 앞으로 걸음을 옮겼다.
"약속, 꼭 지켜주세요."
"물론입니다. 향후 기시타 님에 대한 여생 이관 신청

은 누구에게도 받지 않을게요."

역시 절친으로 지낸 기간이 긴 만큼 그녀는 재차 나카네 씨가 여생을 맡기러 올 가능성과 약혼자의 동향까지 예측하는 듯하다.

불만스러워하는 나카네 씨의 손을 붙잡고 함께 걸음을 내디딘다. 두 개의 그림자가 하나로 겹쳐, 흔들림과 함께 멀어져 간다.

"나카네 씨도, 기시타 씨도 정말 잘됐네요." 옆에 있던 이부키 씨에게 말하자 그는 한껏 얼굴을 찌푸렸다.

"잘되기는 무슨, 계약이 10년에서 1년 미만으로 줄었다고. 조금은 반성하도록." 그런 말을 들으니 송구스러운 기분도 든다.

가능한 한 여생 은행에 공헌하는 모습을 보여서 어떻게 해서든 나도 여생을 나누어 받고 싶다. 하지만 첫 업무가 어찌나 어렵던지 방법을 모색할 경황이 없었다.

"다음에는 열심히 할게요." 그래, 우선은 계약을 성실하게 따내자. 석양에 맹세하는 나를 보며 "하아." 하고 땅이 꺼져라 한숨을 쉬는 이부키 씨.

"그렇게 순순히 대답하니 더 이상 야단칠 수도 없군." 재빠르게 안으로 들어가는 이부키 씨를 지켜보고 나서

길모퉁이를 도는 두 사람에게 크게 손을 흔들었다. 어느덧 가슴 통증은 가라앉아 있었다.

"냐아." 발치에 왓슨이 앉아 있다.

"나, 알고 있어. 일부러 기시타 씨가 등장하도록 지점장님이 유도했지?"

오늘 계약은 그때 기시타 씨가 나와주었기에 비로소 바람직하게 마무리된 것이다. 저래 보여도 이부키 씨도 여러 가지로 보살펴 주는지 모른다. 왓슨은 대답 없이 눈부시다는 듯 하늘을 바라보고 있다.

여생 은행에서는 아직 신입에 불과하기에 능숙하게 대처할 자신은 없다. 그럼에도 나카네 씨와 기시타 씨의 미소를 볼 수 있어서 다행이었다. 그 이상으로, 이런 나라도 도움이 되어 기쁘다.

"나도 조금 더 힘내볼까……." 어디까지 할 수 있을지 모르겠지만. 가슴에 손을 얹고 심호흡을 크게 했다. 해 질 녘임에도 따스한 바람이 불어왔다.

Chapter 3

나의 생명을 너에게 줄게

대화를 시작한 순간, 학창 시절로 돌아간 것 같았다. 절친 이에다 가스미를 만난 건 몇 개월 만이다. 문자와 전화로 연락은 서로 취했지만 좀처럼 만날 기회를 갖지 못한 채 오늘에 이르렀다.

공백을 느낄 겨를도 없이 근황이며 학생 시절, 미래 등에 대해 타임머신을 탄 것처럼 시대를 오가며 둘이서 쉴 새 없이 떠들었다.

이자카야 '도비마루'는 가스미가 아끼는 단골 술집으로, 이전에도 몇 번인가 데려와 준 적이 있다. 그리고 오늘은 이직 축하 겸 자리를 마련해 줬다. 작은 가게의 카운터석에 있는 사람은 우리 둘과 혼자 방문한 샐러리맨뿐이다. 안쪽에 있는 4인용 테이블석 중 하나는 조금 전까지 젊은 커플이 차지했었다.

"그렇지만 우리도 벌써 스물여섯이잖아?" 가스미가 우롱 하이볼이 담긴 잔을 단숨에 비우고 한숨을 쉬었다.

"나는 아직 스물다섯인데." 내가 바로 정정하자 가스미는 "그렇지." 하고 수긍했다.

"참, 생일 선물 고마워." 옛날에는 생일 때마다 선물을 주고받았지만 요 몇 년은 커피 체인점의 기프티콘으로 통일하게 됐다.

이 술집도 가스미는 종종 오는 것 같은데 나로서는 대략 1년 만이다. 가스미는 여전하다. 늘씬하고, 느슨한 웨이브 컬을 넣은 밤색 머리에 촉촉한 윤기가 흐르는 것도 예전과 똑같다. 화장도 완벽한데, 화장 도구는 죄다 내가 쓰는 것보다 두 배 이상 비싼 것들뿐이다. 백화점 지하의 화장품 매장 직원과도 안면을 틀 정도다.

"하나보다 또 연상이 되어버렸네. 끄억." 이토록 예쁜데 아저씨 같은 소리를 내는 탓에 겨우 생긴 남자 친구에게도 결국에는 차이고 말았다. 뭔가 생각과 달랐다나.

"그건 그렇고 하나, 몸은 괜찮아? 새로운 직장은 블랙 기업 아니지? 다들 좋은 사람이라는 말, 진짜야? 여기, 한 잔 더 주세요!" 물을 만큼 묻고는 대답을 기다리지도 않은 채 텅 빈 잔을 직원에게 어필하고 있다. 이런 점도 변함이 없다.

"몸은 괜찮고 새로운 직장 사람들도 다 좋아. 음…… 상사는 무뚝뚝하지만." 이부키 씨의 뿌루퉁한 표정을 떠올리자마자 바로 머리에서 휙 내쫓았다. 입사하고 한 달이 조금 안 됐는데 여전히 쓴소리도 많고 불친절하지만, 사람은 적응하는 동물이다. 최근에는 나긋나긋하게 대해주면 되레 위화감을 느낄 정도다.

"짜증 나는 상사가 있는 건 어딜 가나 아타리마에다 크래커야. 우리 회사에도 지독한 사람이 있거든." '아타리마에다 크래커'는 가스미가 최근 종종 던지는 아재 개그 중 하나다. 찾아본 바로는 '당연하다'는 뜻의 쇼와 시대(1926년~1989년) 개그라고 한다.

"하나가 은행에서 일하리라고는 예상 못 했어. 무슨 은행이라고 했지? 계좌 만들어줄까."

"은행이긴 한데, 지방은행을 총괄하는 곳이야. 그리고 사무직이라서 창구에 나가 일하지는 않아." 아무래도 여생 은행에 대해서 털어놓을 수는 없기에 준비해 둔 대답을 막힘 없이 전달했다. 앞으로 일에 대해 푸념을 할 때도 있을 테니 가상의 직장을 만들어두기로 한 것이다.

"와, 그런 곳이 있구나." 가스미가 믿어줘서 안도하면서도 거짓말이 더 이상 흘러나오지 않도록 우롱차로 입을 틀어막았다.

"우롱 하이볼, 나왔습니다. 하나 짱, 오랜만이네요." 유리잔을 들고 온 건 점장의 외동아들인 아즈카 군이었다. 예전에 만났을 때는 까까머리였는데 지금은 갈색으로 염색하고 가볍게 컬을 넣었다. 반팔 셔츠 밖으로 굵직한 팔뚝이 쑥 나와 있다.

"오랜만이야. 아즈카 군도 이제 대학생이라면서."

"눈 깜빡할 사이에 2학년이 됐어요."

"벌써 2학년이구나. 지금도 야구는 계속하고 있어?"

"아니요." 그는 빈 유리잔을 가스미에게서 받아 들고 어깨를 으쓱했다.

"대학생이 되면 돈 쓸 데가 많잖아요? 아버지는 보다시피 구두쇠라서, 여기서 아르바이트 삼매경이에요."

"누가 구두쇠라고?" 카운터 안에서 점장이 눈을 부라렸다. 예전부터 '점장'이라고 불렀기 때문에 이름은 모른다. 인상은 무섭지만 웃으면 친근해 보이는 게 특징이다. 가게 이름이 커다랗게 인쇄된 청색 티셔츠가 잘 어울린다.

"내가 구두쇠라니, 이 뻥쟁이야. 네가 일할 수 있는 곳은 여기밖에 없다고." 나이는 쉰 살 정도. 가스미가 이곳 단골인 이유는 아재 개그를 좋아한다는 공통점 때문이라고 추측하고 있다.

"하나 짱, 또 예뻐졌네. 이 아저씨, 기쁘기도 하고 씁쓸하기도 하고—."

"네네. 지금 여자끼리 얘기하고 있거든요. 둘 다 그만 끼어들고 일하세요." 가스미가 둘을 다루는 모습을 보고 웃음을 터트리고 말았다. 두 사람이 물러감과 동시에 샐러리맨 네 명이 가게로 들어왔다. 이미 취했는지 목소리가 쩌렁쩌렁해 우리는 자연스레 얼굴을 바싹 맞댔다.

"하여튼 건강 조심해. 까놓고 말해서 입에 풀칠만 하고 살면 일은 뭐든 상관없잖아."

"고마워. 그러는 가스미는 어때? 편집 일 힘들지?"

"일은 뭐든 힘들지. 지금은 단행본이 아니라 잡지 편집부로 옮겼어." 그러고 보니 부서가 바뀌었다고 했던 것 같은데……. 내 일로 머리가 가득 차서 들었는데도 깜빡 잊고 있었다. 우롱차로 다시 목을 축이면서 슬며시 가스미를 쳐다보았다.

만약…… 내가 시한부 선고를 받았다는 사실을 안다면

가스미는 어떻게 생각할까. 전해야 하는 게 마땅한데, 그랬으면 이렇게 술을 마시러 오지도 못했겠지. 가스미가 걱정 많은 성격인 건 오랜 경험으로 잘 알고 있다. 그렇기에 더욱이 말할 용기가 나지 않는다.

"아주머니는 건강하셔?" 화제를 바꾸자 가스미가 오늘 들어 가장 쓰디쓴 표정을 지었다.

"과할 정도로 건강해. 이러쿵저러쿵 잔소리가 너무 많다니까. 그놈의 집구석, 빨리 나와줄 테다."

"하하. 대학생 때부터 계속 그렇게 말했으면서."

"나도 빨리 나오고 싶다고. 하지만 학자금 상환에다 화장품값도 비싸고. 내 이름이 이에다(家田) 가스미잖아? 본가에서 살 수밖에 없는 운명인 거야." 반박할 줄 알았는데 가스미는 포기한 듯 대꾸했다. 운명이라, 속으로 읊조리고 우롱차를 마셨다. 이름이라면 나 역시 연관 지을 수 있다. 이케우치 하나(生内花菜)는 '살아 있는 동안은 꽃'이라는 뜻이니까.

"응? 왜 그래?"

"아무것도 아니야." 눈치 빠른 가스미에게 미소로 답하면서 새삼스럽게 마음속으로 다짐했다. 남은 생이 적은 내가 할 수 있는 일은 단 하나. 직장에서 이부키 씨에게 인정받아 조금이라도 좋으니 여생을 나누어 주십사 부탁하는 것이다.

"살아 있는 동안은 꽃이라……." 점심시간에 갑자기 중얼거리는 도모코 씨의 말을 듣고, 손에 든 소자이빵(속재료가 들어 있는 빵)을 떨어뜨릴 뻔했다.

어제는 고생한 하루였다. 2차로 노래방에 가서 옛날 가요만을 열창한 뒤 가스미는 그대로 곯아떨어지고 말았다. 결국 그녀를 택시에 태워 보내고 집에 도착했을 때는 날짜가 바뀌어 있었다.

가스미는 재택근무라고 했으니 별 탈 없겠지만 나는 금요일까지 출근해야만 한다. 다행히 금요일이 끝나면 기다리고 기다리던 황금연휴다.

올해 황금연휴의 한가운데인 5월 1일과 2일은 여생은행의 정기 휴일이라고 한다. 조금이라도 휴일이 많은 건 고맙다.

"어째서 도모코 씨가 그 말을 알고 있어요?"

"유명한 문구잖아. 하나 짱이야말로 왜 그래?" 어리둥절해하는 도모코 씨는 오늘도 화장이 옅다. 입사한 이래 신입인 나에게 업무를 하나하나 상냥하게 가르쳐주고 있다. 나이도 나이인지라 최근에는 또 다른 엄마가 생긴 것 같다는 착각에 빠지고 마는 나다.

오늘 고객은 아직 제로. 이대로 괜찮을까, 걱정이 들었지만 도모코 씨는 속 타는 기색도 없이 컴퓨터로 인터넷 기사를 살피고 있다. 화면에 커다란 글씨로 '아들에게 생명을 나눠 주세요. 여생 은행에 생명을 예치해 주세요!'라고 쓰여 있다. 개인 사이트인지 디자인이 미숙하기 그지없다.

"그거 크라우드펀딩인가요?"

"최근 화제가 되고 있어. 여생 은행의 존재를 믿는 엄마가 아픈 아들을 위해 여생을 모집하고 있나 봐." 오호, 하고 화면을 보자 이제까지 모은 여생은 '0'이라고 적혀 있다. 과연, 그래서 저런 문구를 적었구나.

"그렇지만 여생 은행은 세간에서는 도시 전설일 텐데요. 그분은 어째서 진심으로 믿는 거죠?"

도모코 씨는 마우스를 움직여 블로그 화면을 띄웠다.

"지난 3년 동안의 블로그를 보면 답이 나와 있어. 매일 갱신되고 있는데 이 엄마가 얼마나 아들을 사랑하는지 잘 알 수 있거든."

"도모코 씨, 그 블로그 구독자인가 봐요."

"응. 이 엄마 이름이 이가라시 도모코인데 한자는 다르지만 내 이름이랑 같아. 나도 아들이 있잖아? 남 일 같지 않아서 말이야."

"하지만 타인을 위해 생명을 내놓을 사람이 있을까요?"

금전적으로 지원하는 크라우드펀딩과는 차원이 다르다. 생명을 주는 건 어지간해서는 불가능하고, 생면부지의 타인이라면 더욱 그럴 것이다.

도모코 씨가 후우, 한숨을 내뱉었다.

"혈연관계거나 아주 친한 친구라면 모를까, 이제까지 낯선 사람에게 여생을 준 경우는 없었어."

"그렇겠죠······."

도모코 씨는 화면을 서글프게 응시했다.

"이 남자아이······ 아직 초등학교 3학년이래." 생글생글 웃는 남자아이가 화면에 비쳤다. 오른손에는 소프트아이스크림을 든 채 푸른 하늘을 배경으로 행복하게 활짝 웃고 있다.

도모코 씨의 옆얼굴이 엄마와 겹쳐졌다. 최근에는 본가에 가지도 않고, 연락도 엄마 쪽에서 가끔 하는 정도다. 불효라고는 생각하지만 막상 연락하려고 하면 주저하게 된다.

지금은 업무 중이니까 잡생각 말자, 하고 기분을 전환하는데 동시에 도모코 씨가 "아아." 하면서 얼굴을 찡그렸다.

"야박해. 이거 봐." 도모코 씨가 마우스를 조작해 화면 위 글자를 확대했다. 댓글창에 짧은 댓글이 줄줄이 달려 있다.

'생명을 달라니, 머리가 어떻게 된 거 아니야?'
'여생 은행 같은 걸 믿다니 웃기네.'
'그쪽 생명을 내놓지 그래.'

그중에는 "응원하고 있습니다."라고 적힌 것도 있지만 태반이 비판적인 의견뿐이었다.

"끔찍하네요."

"정말로, 너무하네." 분개하는 도모코 씨를 보며 "하지만……." 하고 말을 이었다.

"얼마 전의 저였다면 이렇게까지는 아니더라도 여생 은행의 존재는 미심쩍게 여겼을 것 같아요."

"뭐, 그렇지. 나야 20년째 일하니까 상식 같지만."

"20년이요?"

설마 그렇게까지 오래됐으리라고는 생각지 못했다.

그 말인즉슨, 도모코 씨가 일하기 시작했을 때에는 이부키 씨가 지점장이 아니었다는 것이다.

"하지만, 아무리 그래도 이런 댓글은 아니지. 글자는 평생 남으니까 볼 때마다 얼마나 불쾌하겠어. 직접 듣는 것보다 훨씬 상처받을 거야."

"이가라시 씨가 이곳에 올 가능성은 있을까요?"

으음, 하고 도모코 씨가 천장을 날카롭게 노려보았다.

"여생 은행에는 사념이 강한 사람이 초대되는 것 같아. 그렇지만 이가라시 씨 본인은 예치할 생각이 없을 거야."

"예치해 버리면 아들과 만나지 못하니까요."

"크라우드 파이팅에 참여해 주는 사람이 나타나면 어쩌면 그 사람이 올 수도 있지."

……파이팅은 기합을 넣을 때나 쓰는 말이죠, 하고 정정해 주려다 때마침 뒷문으로 들어온 이부키 씨를 보고 입을 다물었다.

"지점장, 이거 좀 봐요. 생명을 모집하고 있는 사람이 있어요."

"그렇군."

그는 재빨리 자신의 자리에 앉아 편의점 봉지를 뒤집

어엎었다. 책상에 널브러진 건 '초코볼'. 전부 다섯 상자다. 그게 오늘의 점심 식사인 모양이다. 익숙한 광경인지 도모코 씨는 커피를 내리러 갔다.

"뭘 봐?" 가만히 초코볼을 응시하는 나에게 이부키 씨가 물었다.

"우마이봉은 이제 안 드시나 봐요."

"누구 씨가 말이 많아서." 얼마 전에 참견한 걸 신경 쓰고 있었다니.

"초코볼 안에 있는 황금 천사 경품 교환권이 갖고 싶으세요?"

"아니. 맛에 중독된 것뿐이다."

문제라도 있냐는 표정으로 쳐다보기에 화면으로 시선을 돌렸다. 자세히 살펴보니 펀딩 운영자인 이가라시 도모코 씨는 여생 은행에 관한 정보도 모으려 하고 있었다. 하지만 그에 대한 반응은 별로 없었고 악성댓글만이 줄지어 있을 뿐이었다. 몇 번을 다시 봐도 부아가 치밀 정도로 심한 말들이 난무했다.

"아아, 그 펀딩 이야기인가." 어지간히 눈이 좋은지 거리가 떨어져 있는데도 이부키 씨가 입을 뗐다.

"악성댓글뿐이에요. 이 사람들, 보는 사람이 어떤 심

정인지 알고 쓰겠죠."

"세상은 어차피 남 일로 넘쳐나고 있어. 타인의 생명을 진심으로 걱정하는 녀석 따위 없다. 자신의 자존감을 채우기 위해 비난할 뿐이지." 초코볼 포장지를 뜯은 이부키 씨가 느긋하게 노란색 덮개를 열었다. 울컥하는 표정을 보니 아무래도 황금 천사는 없는 모양이다.

"여생 은행의 정보를 가르쳐주면 자녀분을 살릴 수 있지 않을까요?"

"그렇게 안 해도 필요하면 그쪽이 오겠지. 뭐, 우리 지점에 올지는 모르겠지만."

"네? 다른 곳에도 여생 은행이 있어요?" 금시초문이다. 이부키 씨는 "어어." 하고 당연하다는 듯이 고개를 끄덕였다.

"어디에 있는지는 나도 몰라. 해외라든지." 이부키 씨가 심드렁하게 상자를 입에 대고 초코볼을 단숨에 입 속으로 탈탈 털어 넣는데 때마침 도모코 씨가 커피를 가져왔다.

"지점장은 냉정해. 아들을 사랑하는 부모의 마음을 조금은 생각해 주었으면 좋겠다니까. 안 그래?"

"맞아요. 계약은 따고 싶어 하는데 영업은 뒷전이라

니, 정말 이상해요." 비판에 편승하는 나에게 왓슨이 "그르릉." 하고 울부짖는 바람에 웃음을 터뜨리고 말았다.

"어머어머, 왓슨도 화내고 있어."

이부키 씨의 책상 위에서 뚫어지게 이쪽을 응시하는 검은 고양이 왓슨은 정말로 화내는 것처럼 보였다. 매일같이 얼굴을 마주하는데도 왓슨은 아직 한 번도 손길을 허락해 주지 않는다.

"이거 받아. 매일 약 먹고 있잖아." 도모코 씨가 커피와 함께 나를 위해 냉수도 떠다 주었다. 감사의 말을 전하고 약을 한 알 삼켰다. 지난 2주간 가슴 통증은 없었다. 마치 완치된 것처럼 평온한 나날이 이어지고 있다. 이대로 병 따위 잊어버리면 좋을 텐데…….

자동문이 열리는 소리에 고개를 들었다. 그곳에는 청색 책가방을 등에 멘 남자아이가 서 있었다. 긴소매의 흰색 셔츠에 책가방과 같은 청색 바지를 입고 있다. 흰색 야구 모자 탓에 표정은 잘 보이지 않는다. 남자아이는 내가 앉은 카운터까지 고개를 떨군 채 걸어오더니 꾸벅 인사했다.

"저기, 이곳이 여생 은행인가요?" 높고 가는 목소리 속에 분노가 담긴 것처럼 들렸다.

"그런데요. 저─."

"여생 은행 맞아? 진짜?" 믿을 수 없다는 표정으로 나를 바라본 뒤 남자아이는 곧바로 표정을 딱딱하게 굳혔다.

"어머어머, 웬일이야! 얘, 너 혹시 이가라시 군 아니니?" 이쪽으로 달려온 도모코 씨의 기세에 눌려 재차 남자아이를 바라보았다. 그래…… 크라우드펀딩에 올라와 있던 사진 속 아이다. 가지런히 잘린 짧은 검은 머리에 마른 몸, 부러울 정도로 하얀 피부.

움찔거리는 남자아이의 책가방에 이름표가 매달려 있다. 거기에는 매직으로 '이가라시 유키'라고 적혀 있다. 신이 난 듯 도모코 씨가 손뼉을 쳤다.

"역시 맞네. 이가라시 유키 군이야! 안 그래도 네 이야기를 하던 참이었어."

하지만 유키 군은 책가방의 어깨끈 부분을 꽉 쥔 채 머리를 숙이고 있다. 소리 없이 다가온 왓슨이 내 앞에 살포시 앉았다. 움찔거리며 고개를 든 유키 군을 향해 왓슨이 "냐앙." 하고 짧게 울었다.

"……했으면 좋겠어." 뒷걸음질 치면서 소곤거린 유키 군이 왓슨을 보다가 나에게로 시선을 옮겼다.

"여생 은행 따위 망했으면 좋겠다고!" 고함을 지르기 무섭게 자동문 밖으로 쏜살같이 뛰쳐나가 버렸다. 멍하니 있는 나와 도모코 씨 뒤로 낮게 으르렁거리는 소리가 들렸다.
 "저 꼬맹이…… 방금 망하라고 한 거냐." 분노로 얼굴을 물들인 이부키 씨가 초코볼 상자를 우그러뜨리고 있다.
 "냥." 왓슨이 동의하는 울음소리를 냈다.

 황금연휴 내내 비가 올 낌새다. 5월 1일부터 내리기 시작한 비는 3일이 되어서도 그치지 않고 있다. 2층 창문으로는 회색 하늘과 같은 색으로 물든 주택가의 지붕이 부옇게 흐려 보였다.
 외출할 용무도 없어서 OTT 영화를 보거나 독서를 하며 지내고 있지만 의외로 즐겁다. 몇 년 전에 '밑져야 본전'이라는 마음으로 산 대형 냉장고 덕분에, 앞으로 며칠간은 여유롭게 두문불출할 수 있겠지.
 몸 상태는 이상할 정도로 안정적이라서 약을 먹는 것도 잊어버릴 정도다. 숨이 가쁠 때 사용하는 스프레이 타입의 흡입제도 한동안 안 쓰고 있다.

……혹시 나았나? 그건 있을 수 없는 일이다. 의사가 완치되긴커녕 도리어 단계적으로 나빠져 갈 거라고 말했으니까.

스마트폰이 진동하는 동시에 나쁜 예감이 들었다. 아니, 이건 화면을 보고 나서 뒤늦게 든 예감이었다. '엄마'라는 알림을 보자 방 안에까지 회색의 세상이 드리워진 듯하다. 이대로 방치해도 되지만 그러면 남은 연휴 동안 찝찝한 마음을 지울 수 없을 거다.

"여보세요." 스피커폰으로 돌렸다.

"어머, 별일이네." 본인이 걸었으면서 엄마는 그렇게 말했다. 어젯밤에 도착한 문자메시지로 엄마가 하고 싶은 말이 무엇인지는 알고 있다. 앱을 열고 대화창을 띄웠다.

'가스미 짱한테 들었는데 직장 옮겼다며?'

메시지가 도착하고 몇 초 후, 가스미에게서 전화가 왔다. 역 앞에서 엄마랑 딱 마주쳤는데 설마 모르리라고는 생각 못 하고 이직 이야기를 해버렸다는 것이다. 알리지 않았던 건 사실이니 '4월부터 옮겼어.'라고만 답장해 두었다. 전화가 오리라는 건 예상할 수 있었다.

"이번 직장은 휴일에 꼬박꼬박 쉬나 보네."

"응. 좋은 곳이야."

"가스미 짱한테 듣고 깜짝 놀랐어. 하나는 아무것도 알려주지 않으니까 말이야." 이런 대화에서도 넌지시 책망하는 느낌이 드는 건 착각일까.

"그래서, 어느 은행에서 근무하는데? 어디 지점이야?" 내가 미처 대답하기도 전에 엄마는 질문을 퍼부었다.

"몇 군데 지방은행을 총괄하는 곳이라서 창구는 없어. 자세한 내용은 말해선 안 된다는 내규가 있어서."

"흐음, 그런 곳이 있구나. 자기야, 텔레비전 소리 좀 줄여봐." 방금은 거실에 있는 가족에게 말한 것이리라. 금세 소리가 작아졌다. 엄마는 기묘한 침묵 뒤에 말을 이었다.

"요즘 얼굴을 통 못 봐서 연락했어. 잘 지내니? 멀지도 않으니까 연휴 때 집에 한번 오렴." 이제야 본론에 들어간 모양인지 엄마가 목소리를 낮췄다.

"내일부터 일이 있어. 일이라고 해도 행사 보조지만." 이런 핑계를 앞으로 몇 가지 마련하면 나를 내버려 두겠지. 딱히 싫은 건 아니지만 만남을 피하고 만다.

"아, 일이 있구나."

"다음에 잠깐 들를게." 여기서부터 본가까지는 버스로

단번에 갈 수 있다. 시는 다르지만 같은 현 내에 있기 때문에 언제든지 갈 수 있는데도 지난 2년간 한 번도 얼굴을 내비치지 않았다.

"꼭 왔으면 좋겠어. 요시히토(良人) 씨도 만나고 싶어 하고."

'좋은 사람'이라는 뜻의 이름을 가진 요시히토 씨. 한 손으로 셀 정도밖에 만나지 않았지만 엄마와 재혼할 정도이니 착한 사람이겠지. 엄마보다도 열 살 연하인 서른일곱. 나에게는 새아빠에 해당한다. 두 사람이 결혼한 건 내가 취직하던 해였다. 아닌 밤중에 홍두깨 같은 재혼 소식에 깜짝 놀랐지만 첫 번째 인상도, 두 번째 인상도 좋았다. 그런데도 본가로 발길이 향하지 않는 것은 왜일까?

"당분간은 일에 적응해야 해서 여유가 없어." 장식장에 둔 노트북을 의미도 없이 바라보았다. 인터넷 기사는 오늘도 영문 모를 정치 이야기로 도배되어 있다.

"그 여유는 대체 언제 생기니? 하나, 역시 엄마가 재혼한 걸 못마땅해하는 거지?"

"아니야. 그런 거 아니라니까."

"돌연 집에서도 나가버리고 전혀 찾아오지도 않고. 많

이 서운해." 아아, 또 시작이다. 엄마와 전화를 하면 마지막은 항상 이렇게 된다.

서운한 사람은 다름 아닌 나다. 교제하는 사람이 있는 것도 몰랐고, 함께 사는 것조차 기정사실이었다. 둘 사이를 반대하는 건 아니다. 엄마보다 오히려 내가 줄곧 외로웠다는 말을 전할 수 없을 뿐. 이래서는 마치 늦게 찾아온 반항기가 따로 없다.

"오봉 명절 때라도 갈게." 약속하고 전화를 끊자 오랜만에 가슴이 답답해졌다. 기분이 그렇다는 게 아니라 정말로 호흡하기가 힘들다.

"아······." 인터넷 기사 헤드라인에 '여생 은행'이라는 글자가 보여 반사적으로 클릭했다.

여생 은행은 실존하는가, 펀딩으로 물의

자금이 아닌, 여생 후원을 모집하는 개인 사이트의 크라우드펀딩이 화제가 되고 있다. 가나가와현에 사는 이가라시 도모코 씨가 개설한 것으로, '아들에게 생명을 나누어 주세요'라는 이름의 크라우드펀딩이다. 난치병을 앓는 초등학교 3학년 아들을 살리기 위해 생명 제공을 요청하고 있다. 도시 전설로 유명한 여생 은행이 실존한다며 생명을 모집하고 있지만 인터넷상의 반응은 찬반양론으로—.

벌써 기사에도 실리다니. 도모코 씨가 보여준 사이트의 캡처 사진까지 첨부돼 있다. 스크롤바를 내리자 기사에 달린 댓글이 보였는데, 가장 위에 표시된 댓글이 너무나도 신랄해 읽다가 중간에 댓글창을 닫아버렸다. 카펫 위에 가로눕자 형광등이 눈 부셔서 눈을 감았다.

그러고 보니 그 소년은 왜 그런 말을 했을까. 자신을 위해 엄마가 필사적으로 생명을 모으려 하는데 어떻게 망하라는 말을 할 수가 있지.

불쾌한 기분을 말끔히 없애고 싶어서 가스미에게 문자메시지를 보냈다. 가스미는 웬일로 한가하다며 내일 저녁에 만나자고 했다. 일단 만나기만 하면 옛날처럼 거리는 좁혀진다. 하지만 부모님과는 그렇게 되지 않는다…….

아아, 역시 마음이 무겁다. 그때 대화창 화면이 꺼지고 스마트폰 착신음이 울렸다. 등록한 지 얼마 안 된 번호는 이부키 씨의 것이었다.

"네, 이케우치입니다."

"어어. 나야, 나."

"네, 지점장님. 휴일 잘 보내고 계세요?"

무작정 나라고만 외쳐대는 게 꼭 보이스 피싱 같네, 라고 생각하면서 대답했는데 왠지 주변이 시끌벅적했다. 술집에라도 있나.

"미안한데 내일 출근 좀 하지."

"내일이요? 하지만 은행 쉬는 날이잖아요……."

"그건 아는데, 용건 좀 처리해 줘." 이부키 씨는 부탁하는 재주가 영 없는 사람이다. 부탁하는 처지에 이렇게 당당하다니.

"용건, 이요? 하지만 내일은 조금……." 저녁에만 약속이 있는데도 일부러 머뭇거려 보았다.

"부탁이다. 휴일 출근 수당을 두 배로 쳐줄게."

"저 혼자서는 아무것도 못 해요."

"그것도 알고 있어. 아…… 그게 아니라 사료를 주러 가기만 하면 돼. 왓슨 녀석, 배곯고 있을 테니까." 은행에서 기르고 있는 왓슨은 자동 먹이 급여기 덕분에 휴일에도 쾌적하게 지낸다고 들었다.

"급여기가 고장 났다고 앱에 알림이 왔어. 도모코 씨도 친구와 여행 갔으니 한가한 사람은 그쪽 정도밖에 떠오르지 않아서 말이야."

"어차피 저는 약속도 없는 사람이죠."

"아, 아니, 그게 아니라 부탁할 수 있는 사람이 하나밖에 없다는 거지." 안절부절못하는 이부키 씨가 신기해 나도 모르게 짓궂게 굴고 말았다. 나에게 부탁을 한다는 건 이부키 씨도 어딘가 멀리 있다는 것이리라. 안 그렇게 생겨서는 여자 친구가 있어 여행 중일지도. 엄마처럼 어느 날 돌연 결혼할지도 모른다.

"좋아요. 기계를 못 고치면 연휴가 끝날 때까지 먹이 주러 갈게요."

"아아…… 다행이다. 고맙군."

"기념품 사 오세요." 이 정도는 요구해도 되겠지, 하고 말을 꺼냈다가 갑자기 콜록거리고 말았다. 본격적으로 상태가 나빠진 것 같다.

"잠깐만요." 양해를 구하고 나서 흡입제를 사용하자 바로 호흡이 편해졌다.

"통화 중에 실례했어요."

"고객이 오면 응대해 줘도 되고." 걱정하는 기색도 없이 전화기 너머에서 이부키 씨는 그렇게 말했다.

"네? 응대라니요, 은행 공휴일이잖아요?"

"그 부분은 융통성 있게 하고 있거든. 게다가 최근 매출이 차마 눈 뜨고 못 봐줄 정도로 처참해서 말이야. 그런 연유로 잘 부탁한다." 그렇게만 이야기하고 전화를 끊어버렸다. 기념품 이야기도 못 들은 척한 거지? 참 나, 어이없어…….

  짜증이 건강에 좋지 않다는 건 알지만 왠지 나만 손해 보는 기분이 든다. 괴로움에 몸부림치면서 불행의 바다에 가라앉는 나를 아무도 알아차리지 못하고, 다들 해변에서 즐거운 시간을 보내고 있는 그런 느낌 말이다.

  자기 전에 먹은 약 덕분에 잠에서 깬 나의 몸 상태는 나쁘지 않았다. 기왕 나왔으니 동네에서 쇼핑을 하고 왓슨에게 사료를 주러 갈 작정이었다. 하지만 화장품 가게에서 계산을 하고 있는데 강렬한 구토감이 치밀었다. 겨우 물건을 받아 들고 화장실로 내뛰었다.

  "아아……."

  중력이 강해져서 당장이라도 쓰러질 것 같은 감각. 역시 병이 착실히 진행되는 것이리라. 밖으로 나오자 봄바람치고는 후덥지근한 기운이 몸을 훑고 갔다. 사실 이대로 집에 가 눈을 붙이고 싶지만 그러면 왓슨에게 더욱 미움받고 만다. 할 수 없지, 하고 길가에 정차해 있는 택시에 올라탔다. 한동안 심호흡을 거듭하는 사이 조금씩 몸이 편안해졌다. 택시에서 내려 사무실 뒷문을 열자마자 달려든 왓슨은 내 얼굴을 확인하고는 불만스레 낮은 울음소리를 냈다. 분명 이부키 씨가 왔다고 생각했겠지. 탕비실에 있는 급여기 앞에 앉아 이쪽을 지그시 쳐다본다.

"잠깐만 기다려." 사무실 불을 켜고 나서 탕비실로 향했다. 급여기의 고장 원인이 한눈에 보였다. 기계에 달린 플러그가 빠져 있었다. 아마 왓슨이 잡아당겨서 빠져 버린 것이리라. 콘센트에 플러그를 꽂자 바로 전원이 들어오는 소리가 들리며 그릇에 먹이가 와르르 쏟아졌다. 어제부터 아무것도 먹지 않았다면 상당히 배가 고플 테니, 상부 뚜껑을 열고 먹이를 새로 채워 넣었다.

"왓슨, 밥 먹어." 이름을 부르자 왓슨이 우아하게 걸어와서 먹이 냄새를 킁킁 맡았다. 얼마간 냄새를 확인하고 나서야 먹이를 먹기 시작했다.

옆에 둔 급수기는 멀쩡한 것 같지만 이왕 온 김에 새로운 물로 갈아둬야겠어. 그 순간 문득 깨달았다. 이 일을 끝내고 집에 가면 정말 휴일 출근 수당이 나올까. 이부키 씨라면 "약속대로 두 배를 주겠지만 수당은 10분

치만 나온다."라고 할 것 같은데.

4월에 절친인 두 명의 고객이 여생을 주고받은 이후 계약을 따내지 못했으니 그런 말을 듣는다 해도 어쩔 수 없지만, 사무실에 올 때 쓴 택시비를 제하면 남는 게 있을까.

그러고 보니 크라우드펀딩은 어떻게 됐을까. 누군가가 유키 군을 위해 여생을 맡기러 와준다면 여생 은행에도 보탬이 되고, 그 아이에게도 도움이 될 텐데. 컴퓨터를 켜고 이가라시 씨의 사이트를 열었다. 모집 개요를 자세히 읽어보니 이가라시 도모코 씨는 유키 군이 태어나고 바로 이혼한 싱글 맘이었다. 유키 군은 선천적으로 심장판막에 이상이 있는데 초등학교 1학년 때 시한부 선고를 받았단다. 현재 일본에서 심장이식은 어려운 데다 가령 막대한 비용을 들여 외국에 간다고 해도 수술이 성공할지, 예후가 좋을지 등등 여러 난관이 있다고 한다. 이가라시 씨는 어떻게든 아들을 살리고 싶어서 여생 은행에 예치해 줄 사람을 찾고 있다.

"하지만……." 이곳에 찾아온 유키 군의 성난 표정이 머릿속을 스친다. 무엇 때문에 그렇게 화가 났을까. 엄마는 필사적으로 아들의 생명을 이어가려 하고 있는데…….

 아아, 또 가슴이 콕콕 아프다. 마치 이 사무실에는 희박한 산소밖에 없는 것처럼 숨이 가쁘다.

 다음 진찰은 5월 중순인데 앞당길 수 있는지 연락해 봐야겠어. ……참, 지금은 황금연휴구나. 오랜만에 느끼는 호흡곤란은 어쩜 이렇게 고통스러울까. 한동안 몸 상태가 좋았던 만큼 더욱 절망감이 엄습해 온다.

 "냐앙." 카운터 위로 훌쩍 올라온 왓슨.

 "밥 먹었어?"

 "냥." 드물게도 대답을 해줘 기쁜 나머지 만지려고 손을 뻗자 잽싸게 거리를 둔다. 아직 거기까지는 마음을 허락해 주지 않는 모양이다.

 호흡은 조금 편해졌지만 약 부작용으로 속이 좋지 않다. 전신의 피가 역류하는 것처럼 온몸이 저릿저릿하다. 오늘은 이만 돌아가자. 컴퓨터 전원을 끄려고 마우스를 움직인 순간 끼익하고 커다란 소리를 내며 뒷문이 열렸다.

 "실례합니다. 잠깐 질문 좀 할게요." 내 대답을 기다리지 않고, 머리를 하나로 묶은 화장기 없는 여성이 달려왔다. 나이가 40대 후반쯤 되려나. 아니야. 민낯이라 그렇게 보일 뿐 조금 더 젊을지도 몰라.

"앗······." 그제야 알아차렸다. 눈앞에 선 여성의 얼굴과 컴퓨터 화면에 비친 얼굴이 같다는 것을.

"뜬금없이 죄송해요. 이곳이······ 여기가 여생 은행이죠? 그렇죠?" 역시······ 이가라시 도모코 씨다.

"아들에게 여생을 나누어 주실 분에게 연락을 받았어요! 서둘러 여생 은행을 찾아야 한다고 생각하는데, 대뜸 이 건물이 맞는 것 같더라고요. 바깥 셔터는 닫혀 있어서 이쪽으로 들어왔어요." 속사포처럼 말을 쏟아낸 이가라시 씨는 내가 멍해 있는 동안 두리번두리번 주변을 둘러보았다.

"어디죠?"

"어디라고 하시면······?"

"신청서는 어디 있어요? 바로 작성하고 싶어요. 빨리 하지 않으면 내 아이가, 내 아이가······! 아아, 발견했구나. 드디어 내가 발견했어!" 흥분 상태란 이런 모습을 일컫는 것이리라. 아들을 아끼는 마음이 절절히 전해졌지만 이래서는 충분히 대화를 나눌 수도 없다.

"이가라시 도모코 님, 조금 진정해 주세요." 이름을 부르자 그녀는 깜짝 놀라며 나를 바라보았다.

"내 이름을 알고 있다니…… 역시 여기는……."

"네. 여생 은행입니다." 슬로모션처럼 의자에 앉으며 이가라시 씨는 손으로 얼굴을 뒤덮었다. 조용한 울음소리가 새어 나왔다.

"다행이다……. 이제 제 아들은 살 수 있겠네요." 손수건으로 눈물을 닦는 이가라시 씨는 피곤한 기색이 역력했다. 부스스한 머리에는 흰머리가 섞여 있었고, 미간에는 깊은 주름이 흔적을 남기고 있다. 상의에는 보풀이 일어 있다. 이가라시 씨의 사이트를 다시 확인하니 나이가 서른아홉이라고 적혀 있는데 도저히 30대로는 보이지 않았다. 아들 일로 피가 말라 스스로를 가꿀 시간 따위 없었을 것이다.

"말씀하신 대로 이곳은 여생 은행입니다. 그러나 황금연휴 중에는 영업하지 않아요."

"아……."

"모처럼 오셨는데 죄송합니다. 다음 주부터는 재개하니까 다시 방문해 주세요." 이부키 씨는 응대해도 된다고 했지만 나 혼자서는 어렵다. 게다가 지금은 한시라도 빨리 집에 가서 드러눕고 싶다.

머리를 숙이자 이가라시 씨는 하고 싶은 말이 있는지

입을 달싹거리다 이윽고 꽃이 시들듯 고개를 수그렸다.
"연휴인 것조차 잊고 있었어요."
여기서 마무리하면 되는데, 문득 생겨난 의문을 순식간에 말로 내뱉고 말았다.
"여생을 예치하실 분은 함께 오지 않으셨어요?"
"아, 그게…… 나고야에 살고 계셔서 오늘은 저 혼자 왔어요. 20대 분인데 40년이나 기부해 주신다네요. 마음이 바뀌기 전에 얼른 계약하고 싶어요." 유키 군을 살리고 싶다는 일념이리라. 하지만 계약자가 없는 경우에는 계약할 수 없다.
"죄송하지만 계약자와 함께 내점하셔야 해요. 그 밖에도 필요한 것이 몇 가지 있으니 이쪽에 앉아주세요."
모처럼 방문해 주었으니 먼저 설명부터 해두기로 했다. 태블릿을 이가라시 씨에게 보여주었다. 메인 화면 제일 윗부분에 필요 사항이 나열되어 있다.
"그리고 계좌를 개설하시려면 의사 진단서 및 면담도 필요해요. 심사 통과 후 8일이 지나면 여생이 이관됩니다."
이가라시 씨는 일련의 글자를 집어삼키듯 읽고는 얼굴을 들었다. 의외로 밝은 표정을 짓고 있었다.

"갑작스레 찾아왔는데 친절하게 설명해 주셔서 감사합니다. 다음 주에 다시 올게요. 여하튼 여생 은행이 실존한다는 걸 알게 돼서 다행이에요."

"여기에 적힌 대로 계약자 이외의 사람에게 이 은행에 대해 발설하는 것은 금지되어 있어요. 만약 이야기할 경우에는 계약이 무효가 됩니다."

"네." 진지하게 머리를 끄덕이던 이가라시 씨가 견디지 못한 듯 어깨를 떨며 흐느끼기 시작했다.

"죄송합니다. 갑자기…… 힘이 탁 풀려서."

"괜찮아요."

문득 얼마 전 유키 군이 이곳에 왔던 날이 떠올랐다. 그 일을 이가라시 씨는 알고 있을까…….

"저기……." 내 목소리는 의자를 끄는 소리에 묻혔다. 이가라시 씨가 깊숙이 허리를 굽혔다.

"다음에는 도움을 주실 분과 함께 올게요. 그러니까, 부디…… 부디 잘 부탁드리겠습니다."

은행을 나서는 그녀를 배웅하고 나서 이부키 씨의 책상 위에 앉아 있는 왓슨과 눈이 마주쳤다. 천천히 눈을 한 번 감았다 뜨는 왓슨. 그걸로 됐어, 하고 칭찬받은 느낌이 드는 건 기분 탓일까.

화면으로 시선을 돌리자 그곳에는 유키 군이 여전히 새하얀 이를 드러내며 웃고 있었다.

지난 2주 동안 가스미와 세 번이나 만났다. 그저께는 역사 안에서 쇼핑하고 점심을 먹었다. 오늘은 이전처럼 단골 술집에 왔다. 그간 문자로만 소통했는데 한번 보고 나니 이제는 만나는 게 수월해졌다. 물 흐르듯 만나자고 제안해 주는 가스미가 고마웠다.

토요일 술집 안은 사람들로 가득 찼고, 카운터석은 단골손님으로 보이는 사람들이 점령했기에 화장실 옆 좁은 테이블석에서 마시고 있다. 메뉴판의 '도비마루'라는 가게명을 새삼스럽게 바라보자, '마모루'라는 점장의 이름과 '아즈카(飛鳥)'라는 아들의 이름 '도비(飛)'에서 따왔다고 가스미가 가르쳐주었다.

"오래 기다리셨습니다. '바다의 라이벌 가라아게'입니다." 아즈카 군이 방긋거리며 접시를 내려놓았다. 가라아게 재료는 문어와 오징어다. 경계선을 긋듯이 정중앙에 뿌려진 소금과 후추 좌우로 김이 모락모락 나고 있다.

"라이벌은 무슨, 문어와 오징어는 생김새가 비슷할 뿐

이잖아. 뭐, 맛있으니 상관없지만." 가스미가 가방에서 꺼낸 길고 얄따란 종이를 아즈카 군에게 건넸다.

"얼마 전에 이야기한 영화 시사회 티켓이야. 우리 편집부에도 보내왔는데 같이 갈래?"

"어, 정말요?" 활짝 얼굴을 빛낸 아즈카 군에게 가스미가 누나 미소를 지었다.

"관계자석이라서 설문지에 답변해야 하는데 대충 아무거나 적으면 돼."

"우와, 무척 기대되네요." 어지간히 기쁜지 희희낙락한 표정을 하며 아즈카 군은 주방으로 돌아갔다. 사교적인 가스미가 부럽다. 그러고 보니 영화 본 지도 꽤 오래 됐네…….

"그래서 엄마는 뵈러 갔어?"

"아니. 아직 안 갔어." 젓가락으로 문어를 집어 먹는 가스미에게 심드렁하게 대답하고 하이볼을 마셨다. 지금은 몸 상태도 나쁘지 않으니 딱 한 잔만 하자고 스스로에게 약속한 뒤에 술을 들이켰다.

"역시, 그럴 것 같았어."

"알아, 만나러 가야 한다는 건. 그렇지만……."

오징어 가라아게를 앞접시에 옮겨 담았다.

"괜찮아. 하나의 심정 이해하니까. 새아빠가 아주머니보다 훨씬 연하라고 했나? 너보다 몇 살 위야?"

"띠동갑인가."

"그럼 머리 아프겠네."

요시히토 씨가 자상한 것도, 나를 배려해 주는 것도 안다. 피할 때마다 엄마가 말없이 슬퍼하는 것도 전해진다. 가스미처럼 일단 만나기만 하면 거리는 좁혀질까…….

"아즈카 군, 나 한 잔 더 줘. 하나한테도 같은 걸로."

"잠깐……." 막으려다 말았다. 딱 한 잔만 더 마시는 건 괜찮겠지…….

"사실 나, 최근에 부모님에게 다정한 딸이 되려고 하거든."

"가스미가? 얼마 전까지는 질색하더니." 빈 유리잔을 테이블 구석으로 치워버렸다.

"그렇긴 한데, 조금 생각이 바뀌어서." 붉은 입술을 삐죽거린 가스미가 스마트폰을 만지작거리다 화면을 보여주었다.

"이 크라우드펀딩 봤어? 아들을 살리기 위해서 생명을 모집한다는 엄마 이야기."

"아……! 음…… 인터넷 기사에서 본 것 같기도 하고."
깜짝 놀랐다. 어물쩍 넘어가기 위해 입에 가져갔던 오징어 가라아게가 너무 뜨거워서 공연히 허둥대고 말았다. 눈치챈 기색도 없이 가스미는 스마트폰 화면과 눈싸움을 벌이고 있다.

"이제는 방송에서도 다루더라. 생명 모집에 대한 비판이 엄청난 모양인데 안습이야, 정말."

"가스미는 이 펀딩 어떻게 생각해?"

"그야 생명을 모집하는 건 옳지 않은 것 같아. 애초에 여생 은행이 있을 리도 없고……." 가스미는 하이볼을 마시고 나서 "하지만." 하고 덧붙였다.

"우리 부모님이 방송을 보면서 부모라면 누구나 저렇게 할 거라더라. 당연한 것처럼 말이야. 그 모습을 보니까 왠지 감동받았다고 해야 하나, 조금 안도감이 들더라."

이가라시 씨의 행동은 이미 안줏거리가 될 정도로 유명하구나……. 다음 주에 그녀는 과연 계약할 사람을 데리고 올까…….

"그럼 가스미는 이가라시 씨를 응원하고 있다는 말이야?"

"이가라시가 누구? 아아, 이 기사 속 사람? 정말이네, 이가라시 도모코라고 적혀 있어. 잘도 이름까지 봤네."

"……시력이 좋으니까."

쓸데없는 말을 해선 안 돼, 하고 스스로를 타일렀다. 가스미가 테이블에 한쪽 팔꿈치를 올리고 턱을 괬다.

"이건 핏줄이니까 가능한 일이고, 협력하고자 하는 사람이 나타나면 해결되는 이야기잖아? 나는 찬성도 반대도 아닌 그저 방관자 느낌이야." 이런 점이 가스미의 장점이구나, 하고 새삼 생각했다.

"하나 짱." 낮은 목소리와 함께 눈앞에 접시가 놓였다. 둥글고 넓적한 접시 위에 프렌치토스트가 올려져 있다.

"이거 좋아하지? 서비스야." 이마에 땀방울이 송골송골 맺힌 점장이 씽긋 웃었다. 그 접시를 가스미가 빼앗아 테이블 중앙에 놓았다.

"마모루 씨는 정말 하나만 편애한다니까. 단골손님을 귀하게 여기라고 했잖아요."

"어이구, 무서워라. 그럼 천천히 먹어." 점장이 커다란 덩치로 일부러 부르르 떨면서 자리로 돌아갔다.

"그건 그렇고, 아즈카 군이랑 영화 보러 가?" 조금 전 일을 떠올리며 묻자 의외로 가스미가 얼굴을 붉혔다. 그런 표정은 오랜만에 본 것 같다. 저도 알아차렸는지 가스미는 프렌치토스트를 먼저 입에 가져갔다.
"사전 평가가 나쁜 스플래터 영화인데 하나는 그런 거 싫어하니까 어쩔 수 없이 물어봤지."
"흐음……." 애매하게 머리를 주억이는데 스마트폰이 들어본 적 없는 알람 소리를 냈다. 화면에 서글프게 울고 있는 고양이 캐릭터가 떠 있다.
"왜 그래?"
"아, 별거 아니야. 집에 가는 길에 회사에 들러야 할 것 같아."
아까 왓슨에게 먹이를 주러 갔을 때 자동 급여기 앱을 설치해 두었는데 아무래도 다시 에러가 발생한 모양이다.
"잠깐." 노여운 목소리로 가스미가 얼굴을 가까이 들이댔다.
"이번 직장은 좋은 곳이라고 했잖아? 그래 놓고 휴일 출근이라니, 혹시 또 블랙 기업 아니야?"
"아니, 아니야. 별문제 아니니까 걱정하지 마." 알람 설정을 끄고 스마트폰을 가방에 넣었다.
"그렇다면 다행이지만……." 투덜거리는 가스미의 시

선은 주방을 향해 있다. 차분하게 관찰하는데 조금 전부터 아즈카 군만 자꾸 바라보는 느낌이다. 가스미가 아즈카 군과? 아들뻘까지는 아니지만 꽤나 연하인 것 같은데…….

반면 나는 애인은커녕 좋아하는 사람도 없다. 부모에게도, 절친에게도 병을 숨기고 있는 나는 행복해질 권리조차 없다고 생각한다. 아니야, 혼자 비밀을 안고 있는 게 두려운 거겠지. 달아오른 뺨을 살짝 만져봤다. 몸을 좀먹는 병을 알코올이 없애준다면 좋을 텐데.

은행 바로 앞까지 왔을 때, 곧바로 위화감이 느껴졌다. 셔터 밑으로 희미한 불빛이 새어 나오고 있었던 것이다. 아까 먹이를 주러 왔을 때 불을 그대로 켜두고 갔나 싶었지만 탕비실 이외의 전기는 끈 기억이 있다. 뒷문 쪽으로 돌아가는데, 문이 반쯤 열려 있었고 안에서 누군가의 말소리가 들렸다. ……도둑? 그렇다면 빨리 도망쳐야지. 발길을 돌리는 동시에 "어이." 하고 익숙한 목소리가 들렸다.

"아, 지점장님."

"놀라기는. 왜 이런 곳에 서 있어?" 말은 퉁명스러웠지만 목소리 톤은 어느 쪽인가 하면 반가워하는 것 같았다. 이부키 씨는 내 손에 든 스마트폰을 보더니 미소 지었다.

"하나도 앱을 설치했군. 나 참, 큰일이라니까. 왓슨 녀석, 또 플러그를 뽑았어."

"아까도 그랬어요."

"녀석, 분명 일부러 그랬을 거야." ……이상하다. 뒷문 쪽이 어두워서 그런지 이부키 씨가 평소보다도 자상한 느낌이다. 아니야, 오랜만에 술을 마신 탓에 취해서 그래.

"지점장님이 오셔서 안심이네요. 그럼 저는 이만……." 서둘러 돌아가려는 나에게 이부키 씨가 "저기." 하고 온화하게 말을 걸어온다.

"모처럼 휴일에 출근했으니 말이야."

"네……."

"잠깐이면 되는데 괜찮지? 자, 들어가자고." 이런 전개는 상상조차 한 적 없었다. 심야의 사무실에 둘만 있게 되다니, 이건 드라마 속 한 장면 같잖아. 다시금 이부키 씨를 바라보는데 얼굴에 떠오른 미소도 어딘가 수상쩍어 보인다.

"저, 저는……." 머뭇거리는 내 손을 붙잡고 이부키 씨가 걷기 시작했다. 생각보다 손이 크고 투박해 심장 고동이 빨라져 간다. 어떡하지……. 어떡해…….

"오래 기다리셨습니다. 이가라시 님을 위해 직원을 불렀습니다." 이러면 곤란…… 어라? 고개를 들자 웬걸, 카운터에는 이가라시 씨가, 소파에는 유키 군이 있다. 뒤쪽에는 무료해 보이는 초면의 남성 두 명이 서 있었다. 이부키 씨가 내 귓가에 속삭였다.

"고객님이 두 분이나 오셨으니 반드시 계약까지 연결하도록."

"……네." 무얼 기대했을까. 이부키 씨와의 이것저것을 한창 상상하던 자신이 창피해서 고분고분 카운터로 향했다. 볼에 손을 대보니 그다지 열기도 없어 취기는 어물쩍 넘길 수 있을 듯하다. 뒷문 옆에 자리한 커다란 창 너머로는 눈이 휘둥그레질 정도로 커다란 만월이 은빛을 발하고 있었다. 마치 그림처럼 아름다워 나도 모르게 발걸음을 우뚝 멈췄다.

"어이, 빨리." 이부키 씨에게 한마디 듣고 나서야 아쉽게 카운터로 향했다. 조금 전과는 달리 이가라시 씨는 옅게 화장을 하고 있었고, 복장도 학교 참관 수업에라도 갈 법한 정장 차림이었다.

"이케우치 씨, 일부러 와주셨네요." 뒤에 있는 유키 군에게 시선을 주는데 이전에 여기서 만났을 때보다도 한층 더 뿔이 난 것 같았다. 더군다나 안색은 멀리서도 나빠 보였다.

"저기, 다음 주에 오실 예정 아니셨어요?"

"그게요." 이가라시 씨가 뒤를 돌아보았다.

"일전에 크라우드펀딩에 참여해 준 남학생과, 또 다른 희망자가 와주셨어요. 아까도 영업시간이 아닌데 계셨으니 혹시나 해서 와봤는데 빙고였네요." 내 오른쪽 뒤편으로 의자를 끌고 와서 앉은 이부키 씨가 품위 있게 미소 지었다.

"이가라시 님과 마음이 통했군요." 하얀 이가 번쩍 빛날 정도로 웃음을 장착하고 있다.

"그런 것 같아요. 정말 기뻐요……." 자리에서 일어난 이가라시 씨를 보다 뒤에 서 있는 두 사람에게로 눈길을 돌렸다. 저 사람들이 유키 군에게 여생을 주려고 하는구나…….

"계약자분, 이쪽으로 와주세요."

이부키 씨는 무리해서라도 계약을 진행하고 싶은 모

양이지만 위험 부담에 대한 설명을 제대로 해야 한다. 두 사람은 주뼛주뼛 내 앞에 앉았다. 왼쪽 남성은 아직 젊었는데, 이 사람이 크라우드펀딩에 참여한 사람일 것이다. 이가라시 씨에게 들은 바에 의하면 20대라는데 얼핏 보기에는 고등학생 같다. 오른쪽 남성은 배불뚝이에 머리가 긴 중년이다. 아마 50대 정도이리라.

"두 분이 계약자신가요?"

"네."

"예에."

왼쪽 남성은 또렷하게 대답했고, 오른쪽 남성은 타성적으로 대답했다.

"그럼 먼저 신분증을 제시해 주시겠어요?"

두 사람이 지갑을 여는 동안 두 대의 태블릿에서 충전기를 빼두었다. 신분증을 받아 들고 두 사람 앞에 태블릿을 놓았다.

"확인하겠습니다. 이쪽 분이······." 하고 왼쪽 남성에게 시선을 주었다.

"후지오카 하지메 님. 40년 예치를 희망하시네요."

"네. 잘 부탁드립니다." 원동기 면허증에 따르면 아이치현 오카자키시에 거주하는 스무 살이라고 한다. 가르마를 탄 찰랑찰랑한 머리에 삐쩍 마른 그는 부드러운 분위기를 풍겼다.

"이쪽 분은 구로카와 신스케 님이시고요."

"후우."

패기 없어 보이는 오른쪽 남성은 50세. 두 사람 모두 남성 평균수명까지 30년 이상 남아 있다. 첫 번째 조건은 합격.

"내가 복사해 오지." 웬일로 도와주는 이부키 씨. 두 사람분의 계좌를 반드시 개설하고 싶은 것이리라.

"태블릿을 봐주세요. 계좌 개설에 대한 주의 사항이 적혀 있으니 하나씩 설명하겠습니다. 우선 첫 번째로—."

"엥?" 설명을 시작한 나를 가로막은 오른쪽 남성 구로카와 씨가 불만 어린 목소리를 냈다.

"여기가 진짜 여생 은행이야?"

굵직한 손가락으로 매만지고 있는 기다란 머리는 윤기라기보다는 기름으로 번들거리고 있다.

"그렇습니다. 여생 은행이 맞습니다."

"허 참……. 아, 됐어. 계속해." 눈길을 피하는 구로카와 씨. 아무래도 낌새가 수상하다. 혹시 장난이라고 생각하고 신청했나……? 확인해 두자 싶어 자세를 바로 하자마자 "기다리셨습니다." 하고 이부키 씨가 내 앞으로 쓱 몸을 비집고 들어왔다.

"신분증을 돌려드리겠습니다. 앞으로 드릴 설명은 대강 들어주시면 됩니다. 그렇지, 이케우치?"

"아, 네."

검은 안경 너머의 눈이 나에게 말하고 있다. 세세한 건 신경 쓰지 말고 진행하라고. 평소라면 이부키 씨의 말은 절대적이겠지만 오늘은 가벼운 취기까지 한몫해 별난 사명감 같은 것이 치솟고 있다. 물론 계약을 따내야 하지만 계약자가 충분히 납득하고 난 이후여야 한다. 지난번보다 더 야무지게 항목을 하나하나 설명했다.

그러나 설명이 진행됨에 따라 구로카와 씨뿐만 아니라 후지오카 씨까지도 모습이 심상치 않다. 둘 다 태블릿에 시선을 떨군 채 딱딱하게 굳어 있다.

이쪽을 진지한 눈길로 바라보는 이가라시 씨와 달리 옆에 앉은 유키 군은 조금 전부터 꼼짝 않고 고개를 수그리고 있다.

"이제 설명은 그쯤이면 된다." 목소리에 약간 불편한 심기가 밴 이부키 씨에게 "네."라고 대답하며 고개를 끄덕였다. 이 정도 설명했으면 최선을 다했다고 할 수 있겠지.

"설명은 끝났으니 질문이 있으면 하셔도 됩니다." 여기서 질문이 없으면 중요 사항 계약서에 사인을 받고 오늘 할 일은 끝이다.

"저기." 후지오카 씨가 창백한 안색으로 손을 들었다.

"여생을 나누어 주면 저는 죽을지도 모른다는 말인가요?"

"그렇지는 않습니다!" 재차 이부키 씨가 얼굴을 불쑥 들이댔다.

"후지오카 님의 경우, 만약 일본인 남성의 평균수명까지 사신다면 40년을 예치하셔도 앞으로 20년 이상은 여생이 남을 것으로 계산됩니다."

"20년……."

"훌륭하십니다. 이게 바로 진정한 구원이죠! 난…… 아니, 전 진심으로 감동하고 있습니다." 일부러 목소리를 떠는 이부키 씨의 뒤를 잇듯 나는 "후지오카 님." 하고 그를 불렀다. 천천히 나에게 초점을 맞춘 후지오카 씨의 얼굴은 무표정에 가까웠다. 생명을 살리고 싶다는 일념으로 이곳까지 왔으나 설명을 듣고 겁을 집어먹은 것이리라.

"지점장님이 설명한 대로 여생은 평균수명에 의해 계산됩니다. 다만 만약 후지오카 님의 여생이 40년에 미치지 못할 경우에는 남은 생만큼만 이관되죠. 본인은 자신의 여생이 몇 년인지 알 수 없습니다."

"그 경우 저는 내일 죽는 건가요?"

"아니요. 우선은 건강진단과 개인 면담 후 문제가 없을 시 계좌를 개설합니다. 그리고 8일 후에 이관되고요. 만약 여생이 40년에 미치지 않는다 해도 당장 사망하지는 않고 하루의 유예가 주어집니다."

"하루라니……." 힘없이 머리를 숙이는 후지오카 씨 곁으로 "부탁드립니다!" 하고 이가라시 씨가 달려들었다.

"40년이 아니어도 괜찮아요. 제 아이를 위해 조금만이라도 나누어 주신다면 그것만으로도……." 필사적이다 못해 마지막에는 울먹거렸다.

"나는 그만큼은 못 줘. 벌써 쉰이니까." 구로카와 씨가 나직이 말했다.

"괜찮습니다." 이부키 씨가 밝은 목소리를 냈다.

"구로카와 님은 15년 예치하시는 게 어떨까요. 그러면 이론상으로는 여생의 절반이 됩니다. 어쨌든 두 분의 공적은 여생 은행 역사상 영원히 칭송받겠지요. 자부심을 가지세요."

이래서는 마치 대학생 때 강제로 참가한 학회와 같다. 조별 과제 때 조원 두 사람이 합세하여 터무니없는 이론을 내세워 밀어붙이는 바람에 처음에는 의구심을 가졌지만 마지막에는 납득하고 만 경험이 있다.

회화 전시회에 갔을 때도 그랬다. 두 명의 직원에게 그림을 사는 게 얼마나 대단한 일인지 설명을 듣는 사이 귀가 솔깃해졌다. 하지만 학회에는 두 번 다시 참가하지 않았고 그림도 막판에 구매하지 않았다. 나란 사람은 쉽게 휩쓸리는 주제에 금세 식어버리는 성격인 것 같다.

"부탁드려요." 이가라시 씨가 바닥에 무릎을 꿇었다.

"제발 유키를 살려주세요. 이렇게 빌게요!"

"알겠습니다."

"알았다고." 두 사람의 대답에 이가라시 씨는 눈물을 흘렸고 이부키 씨는 주먹을 불끈 쥐었다. 오버액션을 지켜보자니 마치 무대 연극을 보는 듯했다.

"정말 감사합니다." 이가라시 씨가 몇 번이나 이부키 씨에게 머리를 조아렸다.

"아닙니다. 오늘은 왠지 예감이 좋아 밤에 사무실로

와봤죠. 당신의 SOS가 들렸던 거군요."

"이부키 씨는 생명의 은인이세요."

아직도 계속되는 연극 무대에서 혼자 떨어져 나와, 덩그러니 앉아 있는 유키 군에게 다가갔다.

"괜찮아요?"

"……."

잔뜩 옹송그린 유키 군의 몸에서는 조용한 분노가 전달되어 왔다. 뭐라 말을 걸고 싶은데 적당한 말을 찾지 못한 채 뻘쭘하게 서 있었다. 돌연 이부키 씨의 스마트폰이 울렸다.

"실례합니다. 금방 돌아오겠습니다."

스마트폰을 한 손에 쥐고 뒷문으로 나가는 이부키 씨. 그가 사라지자마자 사무실은 한바탕 폭풍우가 휩쓸고 지나간 것처럼 고요해졌다. 후지오카 씨는 화장실로, 구로카와 씨는 담배를 피우러 밖으로 나간 듯하다.

"유키, 잘됐네. 이제 함께 있을 수 있어." 이가라시 씨가 눈물 어린 목소리로 그렇게 말했지만 유키 군은 고개를 가로저었다.

"엄마는 뭘 몰라." 더할 나위 없이 슬픈 목소리였다.

"무슨 말 하는 거야. 유키를 생각해서 이렇게 엄마가

열심히 찾았는걸. 아아, 신이 기적을 선사하신 거야! 참, 숙모님에게 이 소식을 알려야지."

스마트폰을 손에 든 이가라시 씨가 소파로 이동했다. 포기한 것처럼 머리를 숙이는 유키 군이 입술을 깨물었다.

"이게 옳은 거야?"

"네?" 무릎을 구부리는 나에게서 도망치듯이 유키 군은 온몸으로 외면했다.

"옳은 거냐니, 그게 무슨 말씀이시죠?" 그러나 유키 군은 더 이상 아무런 대답도 하지 않았다.

"어이!" 큼지막한 목소리와 함께 이부키 씨가 달려왔다.

"그 녀석, 도망갔어!"

"네?" 이가라시 씨가 비명을 지르듯 외쳤다.

"흡연실에 들어가지 않길래 말을 걸었더니 담배꽁초를 나에게 던지고는 줄행랑치더군. 뒤쫓아 갈까?" 그런 질문을 내게 해봤자 뭐라고 해야 할지 모르겠다. 세 명의 시선이 얽히다 같은 방향을 쳐다보았다. 화장실! 다음 순간 모두가 뛰기 시작했다.

"죄송합니다. 문 열겠습니다!" 이부키 씨가 노크하고

즉각 화장실 문을 열었다. 이어서 이가라시 씨도 안으로 들어가더니 비명을 질렀다. 외부로 나 있는 화장실 창문이 활짝 열려 있었다.

"내뺐군······." 이부키 씨는 아연실색했지만, 나는 왠지 그런 예감이 들었었다.

"어쩔 거예요······ 겨우 두 사람 찾았는데." 이쪽을 바라보는 이가라시 씨의 눈은 유키 군을 빼닮은 분노로 이글거렸다. 우리가 조목조목 설명한 것은 잘못이 아니라고 생각한다. 하지만 우선 화가 난 이가라시 씨를 달래야겠지······.

"죄송합니다."

"찾아 와요. 주소, 알잖아요. 그럼 잡아 와서 계약하게 만들어야죠."

"그건······ 불가능합니다."

"왜 안 되는데요!" 내 팔뚝을 잡는 이가라시 씨의 손을 이부키 씨가 순식간에 풀었다.

"본인이 동의하지 않는 한 계약은 어렵습니다. 제가 사죄드리죠. 죄송합니다." 의외로 이부키 씨의 표정은 온화했다. 틀림없이 가세해서 나무랄 거라고 생각했기에 깜짝 놀라고 말았다.

"뭐야, 이게……. 이제야 잘 풀릴 것 같았는데."

"엄마." 어느새 곁에 유키 군이 서 있었다.

"유키. 괘, 괜찮아. 엄마가 금방 다시 찾을게."

유키 군이 조용히 고개를 흔들었다.

"이제 됐어. 나, 필요 없어."

"무슨 소리를 하는 거니. 걱정하지 마, 엄마가 열심히 찾을 테니까."

"학교에 소문이 돌고 있어. 방송국 사람들도 쫓아오고. 모르는 사람이 말을 거는데 이젠 지긋지긋해."

"그런 말 하면 못써. 무슨 일이 있어도 넌 살아야 해!" 숨 돌릴 틈도 없이 이가라시 씨는 말을 이어갔다. "괜찮아. 무슨 말을 듣든 참아. 그러면 분명, 분명……." 마치 스스로 다짐하는 것 같았다.

조금 전까지 보이던 열정은 어디로 갔는지 이부키 씨는 골똘히 생각에 잠긴 것처럼 입에 주먹을 갖다 대고 있다. 사무실로 도로 들어간 이가라시 씨는 스마트폰으로 두 사람에게 연락을 취하기 시작했지만 양쪽 다 전원이 꺼져 있는 모양이다. 서서히 실망 어린 기색이 얼굴에 드리워지는 그녀를 유키 군은 말없이 쳐다보고 있었다.

이부키 씨는 어디 있나 싶어 찾아봤지만 자취를 감췄는지 보이지 않았다. 그때 이가라시 씨가 스마트폰을 응시한 채 "아앗!" 하고 소리를 질렀다.

"크라우드펀딩에 방금 새로운 신청이 들어왔어요!"

"이가라시 씨, 오늘은 늦었으니―."

"바로 근처래요!" 가방을 손에 든 그녀가 뒷문으로 달려 나갔다.

"이가라시 씨!" 내 목소리도 듣지 못한 듯 밖으로 나가 버렸다.

"내버려 둬. 금방 돌아올 거다……. 이봐!" 날카로운 이부키 씨의 목소리에 뒤돌아보자 유키 군이 소파에서 힘없이 떨어지려는 찰나였다. 얼굴이 새파랬다.

"엄마, 엄마……." 잠꼬대처럼 되풀이하는 유키 군의 입술이 삽시간에 보라색으로 물들어 갔다.

"지점장님!"

―여기서부터는 기억이 잘 나지 않는다. 이부키 씨가 유키 군의 상의 단추를 위에서부터 세 개 정도 끄르고 얼굴을 옆으로 돌려 누이고는 구급차를 불렀다. 지시대로 길가로 나가 구급차가 도착하기를 기다렸다. 그동안 몇 번이나 이가라시 씨에게 전화를 걸었지만 통화중이

라 연결이 되지 않았다.

 밤하늘 아래 번쩍이는 붉은 빛이 보였다. 필사적으로 손을 흔들고 소리를 질러 구급차를 이쪽으로 유도했다. 셔터를 열고 이부키 씨가 구급대원을 안으로 들였는데 그사이에도 유키 군은 괴로운 듯이 숨을 내쉬었다. 나도 허겁지겁 구급차에 올라탔다.

 ─정신을 차리고 보니 나는 응급 외래 진찰실 의자에 앉아 있었다. 복도는 휘황하게 밝았고 커튼 속에서는 끊임없이 누군가의 목소리가 들렸다.

 "유키 군……." 만약 이대로 유키 군이 죽는다면─. 이런 결론에 도달하려다 생각을 떨쳐버렸다. 최악이야.

 이부키 씨는 구급차에 올라탔을 때 "이따 전화하지."라는 말을 한 뒤로 지금껏 소식이 없다. 우당탕 발소리가 들려 얼굴을 들자 아들의 이름을 외치면서 뛰어오는 이가라시 씨가 보였다.

 "유키!" 내 옆으로 와 막무가내로 진찰실 문을 열려고 하기에 간신히 말렸다.

 "이가라시 씨, 안 돼요!"

 "이거 놔요! 유키에게 무슨 일이 있었죠? 대체 어떻게 된 거예요!"

"안 됩니다. 치료 중이에요."

"세상에 이런 법이 어디 있어! 앞으로 얼마 안 남았는데, 조금만 더 기다리면 여생을 줄 사람을 찾을 수 있는데. 왜, 어째서 다들 방해하는 거야!"

"그만하세요!" 필사적으로 손을 뿌리치려 하는 이가라시 씨에게 스스로도 놀랄 정도로 고함을 질렀다.

"어째서 유키 군을 방치했죠? 아들의 상태가 나쁘다는 것도 알아차리지 못하고, 그러고도 엄마예요? 왜 혼자 가엽게 내버려 두냐고요!" 노골적으로 드러난 감정. 그것은 바로 분노였다. 부글부글 끓어오르는 감정의 온도가 점점 치솟는다.

"유키 군은 줄곧 엄마 옆에 있고 싶어 했어요. 조금이라도 곁에 있고 싶어 했던 거라고요! 아들을 똑바로 봐주세요!"

멍하니 있던 이가라시 씨는 나를 험악하게 노려보았다. "어째서 당신에게 그런 비난을 들어야 하죠? 그런 것쯤은 알고 있어요!"

"아니요. 모르고 있어요. 나라면, 나라면…… 아이 상태가 나쁠 때 결코 곁에서 떨어지지 않을 테니까!"

아아, 그랬구나. 이제야 알았다. 내가 겨눈 분노의 끝에는 이가라시 씨가 아니라 엄마가 있었어……. 깨달음과 동시에 눈물이 주르륵 흘렀다.

"아…… 미안해요. 이게 아닌데. 죄송해요. 죄송합니다……." 갑자기 울면서 사과하자 이가라시 씨가 흠칫한 표정으로 보고 있다. 애먼 사람한테 화풀이하다니, 난 정말 최악이야……. 생각하면 할수록 눈물이 하염없이 흘렀다.

"하나 짱." 별안간 이름을 부르기에 고개를 돌리자 도모코 씨가 서 있었다.

"도모코 씨……."

"지점장이 급한 일이라고 깨우지 뭐야. 걱정 마. 이제 내가 설명할게."

도모코 씨는 이가라시 씨에게 시선을 돌렸다.

"처음 뵙겠습니다. 저는 여생 은행의 스즈모토 도모코(朋子)라고 합니다. 이가라시 씨의 이름인 '도모코(友子)'와는 한자가 다른데, 저는 '달월(月)' 자가 두 개 있는 한자를 씁니다." 당황스러워하는 이가라시 씨의 양손을 도모코 씨가 가만히 거머쥐었다.

"제가 앞으로 드릴 말씀을 잘 들어주세요. 괜찮으시죠?"

"네? 아, 네……."

"어서 이 소파에 앉아주세요. 제 이야기를 끝까지 경청해 주시면 아드님은 살 수 있어요."

"하지만—."

"경청해 달라고 말씀드렸습니다. 어떻게 할까요? 아드님을 살리고 싶지 않으세요?" 한 사람만큼의 간격을 두고 도모코 씨는 소파에 앉았다. 실이 끊긴 마리오네트처럼 이가라시 씨도 털썩 자리에 앉았다. 마치 최면술 쇼를 보는 것 같았다.

"고객님의 일은 방송에도 나와서 잘 알고 있어요. 유키 군을 살리고 싶어 여생을 나누어 줄 사람을 찾고 있지만 그게 쉽지 않죠. 조금 전 받으신 연락도 아마 장난이었을 테고요." 이가라시 씨는 간신히 동의를 표했다. 그랬구나……. 아까 찾았다고 말했던 사람도 장난이었구나.

"저희 은행은 고객님들께 여생을 예치받아야 비로소 성립하는 곳입니다. 지점장 이부키 씨도 예치에 힘쓰고 있고요." 여기서 잠깐 말을 끊은 도모코 씨는 "하지만." 하더니 다시 이어 나갔다. "개인적으로는 이번 사례에는 소극적입니다."

"그렇지만—." 반박하려던 이가라시 씨가 화들짝 놀라더니 입을 다물었다. 도모코 씨는 의자 등받이에 몸을 기댄 채 비스듬히 위쪽을 아련하게 바라보았다.

　"왜냐하면 타인에게 생명을 나누어 주고 싶어 하는 사람에게는 어떤 사정이 있는 경우가 많기 때문이죠. 자살하고자 하는 사람이 마지막만큼은 누군가에게 도움이 되고 싶어서 여생을 맡기는 경우도 있고요. 언뜻 이치에 맞는 말인 것 같지만 그러면 간접적인 살인 방조가 되고 맙니다."

　나는 경악했다. 어쩌면…… 후지오카 씨나 구로카와 씨가 자살을 결심했을 가능성도 있는 걸까. 아까는 거기까지 생각을 못 했다. 도모코 씨가 오른쪽 손가락 하나를 세웠다.

　"앞으로 1분, 시간을 드릴 테니 어떻게 생각하는지 말씀해 주세요."

　"아……." 입가에 손을 가져다 댄 이가라시 씨가 나에게 고개를 숙여 보였다.

　"조금 전 평정을 잃어 죄송했어요. 저…… 유키를 염려하는 마음이었는데 결국에는 아이를 홀로 두었네요." 아무런 말도 못 하는 나에게 한 번 더 머리를 숙인 이가라시 씨가 무릎 위에 둔 손을 꽉 쥐었다.

"듣고 보니 그러네요. 유키가 생명을 나누어 받는 게 자살을 돕는 거라면 그건 잘못된 일이겠죠. 결정했어요. 제가…… 아이에게 여생을 줄게요. 남은 인생, 전부 주고 싶어요."

"안 됩니다. 그럼 의미가 없어요. 유키 군과 만나지 못하는 건 물론이거니와 당신이 죽고 말아요." 나도 모르게 이가라시 씨의 발치에 한쪽 무릎을 꿇었다. 하지만 그녀는 머리를 절레절레 흔들었다.

"저는 괜찮아요. 부모라면 자신이 어떻게 되든 아이만은 살기를 바라죠. 아이가 살아가기만 한다면 상관없어요. 그걸로 됐어요." 눈동자에 눈물을 가득 머금은 이가라시 씨를 보며 나는 고개를 내저었다.

"유키 군은 아직 어린데도 자신의 운명을 받아들이고 있어요. 아이가 바라는 건 엄마가 마지막 순간까지 곁에 있어주는 거예요."

"그러면……." 콧물을 훌쩍거린 이가라시 씨가 고통스럽게 말을 이어갔다. "여생 은행은 무엇을 위해 존재하죠? 저는 유키를 살리고 싶어요. 제 목숨과 맞바꾸어서라도 아이를 지키고 싶어요." 진심으로 결의를 다진 사람의 말투는 본디 부드럽다. 분노도 포기도 아닌, 강한 의지가 온화한 표정에 드러나 있었다.

도모코 씨가 검지를 입에 가져다 댔다.

"1분이 지났습니다."

"아……." 머리를 수그리는 그녀의 손을 도모코 씨가 슬며시 쥐었다.

"조금만 더 제 이야기를 들어주세요. 지금부터 개인적인 이야기를 할게요. 오래전 저에게는 남편이 있었어요. 남편이 아프다는 사실을 알게 된 건 아들이 다섯 살 때였어요." 놀란 표정으로 바라본 이가라시 씨가 다시 시선을 천천히 내렸다.

"저는 이미 여생 은행에서 일하던 터라 제가 여생을 주는 것도 가능했죠. 하지만 저는 그러지 않았어요." 이가라시 씨는 어째서, 라는 눈을 하고 있다. 의문이 전달됐는지 도모코 씨는 몇 번이나 고개를 끄덕였다.

"저는 얼마 남지 않은, 남편과 함께하는 나날에 온 힘과 마음을 쏟아부었어요. 아들에게도 이야기해서 둘이서 남편을 잘 보내주었어요. 그 일에 후회는 없어요. 하지만 당신이 여생을 모으는 모습을 보고 부러웠던 건 사실이에요. 그 시절로 돌아간다면 저도 똑같이 했을지도 몰라요." 다부진 말투로 도모코 씨가 이야기했다. 처음 듣는 도모코 씨의 과거다. 하지만 그 말이 도리어 이가라시 씨의 등을 떠밀고 마는 건 아닐까…….

염려한 대로 이가라시 씨의 눈빛이 조금 전보다 밝아졌다.

"그럼 절차를 진행해 주세요. 아직 늦지 않았을 거예요. 아이에게, 아들에게 제─."

"어렵습니다." 도모코 씨가 단호하게 말허리를 자르자 놀란 얼굴 그대로 이가라시 씨가 얼어붙었다.

"방금 말씀드린 건 제 개인적인 의견이에요. 여생 은행 직원으로서는 찬성하기 어렵습니다."

"하지만, 하지만……! 제가 그렇게 하고 싶어요."

"마저 들어주세요."

당장이라도 자리를 박차고 가버릴 듯한 이가라시 씨에게 던진 말에서는 시릴 만큼 냉랭한 온도가 느껴졌다.

"유키 군은 이미 여생 은행에 대해 알고 있어요. 그렇지?" 도모코 씨의 질문에 나는 크게 고개를 위아래로 움직였다.

"얼마 전 일입니다만, 이가라시 씨가 방문하시기 전에 유키 군이 혼자 여생 은행에 왔었어요. 여생 은행 따위

망하면 좋겠다고, 그렇게 말했죠."

"아아……." 절망의 벼랑 끝에서 떠밀린 것처럼 이가라시 씨는 신음했다. 그녀의 어깨를 도모코 씨가 껴안았다.

"만약 당신이 죽으면 유키 군은 어떻게 될 것 같아요? 외톨이가 되는 게 다가 아니에요. 당신을 죽였다는 죄책감을 안고 살아가게 되겠죠."

소리 없이 눈물짓는 이가라시 씨가 몸을 숙였다.

"그럼, 이제…… 어쩔 도리가 없는…… 건가요?"

"아니요." 도모코 씨가 즉답했다. 그 표정에는 왠지 웃음이 깃들어 있었다.

"지금, 고객님은 마지막 개인 면담을 통과하셨어요."

"네……?" 고개를 든 이가라시 씨는 영문을 모르겠다는 표정을 지었다. 내 표정도 똑같을 터다. 도모코 씨가 가방에서 태블릿을 꺼냈다.

"1년 미만의 여생을 줄 경우 앞으로도 계속 만날 수 있어요. 여기서 하나 제안해 드리고 싶은데 고객님의 여생을 11개월 예치하시는 건 어떨까요? 그 가방에 진단서도 들어 있죠?"

놀란 이가라시 씨가 조심스럽게 가방에서 흰 봉투를

꺼냈다. 봉투를 받은 도모코 씨는 안을 들여다보고는 만족스럽게 고개를 끄덕였다. 이가라시 씨는 병실 쪽으로 불안한 눈길을 주었다.

"하지만 대기 기간 8일이 지나야 한다고……."

"걱정 마세요. '그런 건 어떻게든 된다'고 이부키 씨가 전해달라더군요." 확신에 찬 도모코 씨의 말을 듣고 내가 되레 놀라고 말았다. 의외로 규칙은 느슨한 것 같다.

"그럼 제 아들은 살 수 있겠네요!" 벌떡 일어서려는 이가라시 씨의 손을 도모코 씨가 잡아당기더니 태블릿을 건네주었다.

"여기에 사인해 주세요. 지금 당장이요."

"아…… 네."

함께 받은 터치펜으로 사인하는 손이 여간 떨리는 게 아니었다. 사인을 끝내자 도모코 씨는 머리를 크게 끄덕였다.

"이걸로 계약은 완료되어 고객님의 생명은 아드님에게 이관되었어요. 그런데 사실 아직 못다 한 이야기가 있어요." 도모코 씨는 남들이 보지 못하게 태블릿을 감추고 뭔가를 조작하기 시작했다.

"이번 당신의 크라우드펀딩은 일본뿐만 아니라 전 세

계에서도 주목받는 뉴스였어요. 여생 은행 입장에서는 더 이상 실태가 알려져서는 안 되기 때문에 예방 조치 차원에서 신청 버튼을 무효화했어요."

"그게 무슨……."

"그렇지만 말이죠." 도모코 씨가 미소 지었다.

"전 세계에 아드님을 돕고 싶다는 강한 의지를 지닌 사람들이 있어요. 그런 분들이 곳곳에서 여생 은행을 발견했다는 소식을 지점장에게 들었답니다."

"그럼, 그 말은……?" 얼굴이 눈물로 범벅된 이가라시 씨가 간절하게 물었다.

"여생 은행은 윤리적인 관점에서 모든 신청을 접수하지는 않을 거예요. 그러나 이가라시 씨와 같이 여생 11개월까지라면 계약을 진행한다네요. 몇 명이 신청했는지는 아직 저희도 모르지만요."

"아…… 아아." 이가라시 씨가 안도한 듯 바닥에 무너져 내렸다.

"감사합니다. 정말 감사해요!"

"당신이 많은 사람을 움직였어요. 다만 더 이상 여생 이관을 권유하는 경우에는 무효가 됩니다. 그래도 괜찮나요?"

이가라시 씨가 벌떡 일어서는 동시에 맞은편 문이 열렸다. 그녀는 밖으로 나온 의사와 간호사에게 달려갔다.

"휴, 천만다행입니다. 한때 위험했지만 놀랄 정도의 회복력을 보여주었어요……." 한시름 놓은 의사 선생님 너머로 유키 군이 보였다. 침대에 누운 그는 쇠약해 보이긴 해도 눈을 똑바로 뜨고 엄마에게 방긋 웃어주었다.

"유키, 유키!" 넘어질 뻔하며 달려간 이가라시 씨가 아들을 꽉 끌어안았다.

"엄마, 힘들게 해서 미안해요. 나, 내가 몸이 약해서……."

"괜찮아. 엄마야말로 미안해. 이제는 절대 안 떨어질 거야. 곁에 꼭 붙어 있을게……!" 오열하는 이가라시 씨에게 머리를 숙이고 우리는 병원을 뒤로했다.

은행으로 돌아가는 길은 충만감으로 가득했다. 희한하게 몸 상태도 좋아진 느낌이다. 모든 병은 마음에서 비롯된다더니.

"도모코 씨, 감사했어요."

"감사하긴, 하나 짱이 지점장을 움직였어."

"제가요? 설마요." 그럴 리가 없다. 결국 병원에도 오지 않았고 중요한 순간에 모습을 감췄으니까……. 어라, 혹시 그때 열리지 않는 문 안에서……?

후후후 웃는 도모코 씨가 검지를 다시 입에 가져다 댔다.

"비밀인데 본사에서 크라우드펀딩을 보고 어마어마하게 노여워했대. 여생 은행의 존재를 들켜서는 곤란하다면서. 신청도 전부 인정하지 않겠다는 결단을 내렸나 봐."

"네에?"

"하지만 하나 짱이 너무나 필사적이라 지점장이 윗선에 항의해서 겨우 허가받은 거래. 지점장은 겉으로는 툴툴거려도 사정을 유심히 살피고 있어." 그렇게 말한 도모코 씨는 그만 집에 가서 자야겠다며 은행과는 반대 방향으로 사라졌다. 이부키 씨가 그런 일을 해줬구나……. 어쩌지. 아무것도 모르고 실례되는 말을 해버리지는 않았는지 걱정된다.

"냐앙." 울음소리에 고개를 들자 왓슨이 저 앞에 앉아 있었다.

"왓슨, 마중 나왔어?"

역시나 왓슨은 다가가는 나를 피해 밤의 어둠 속으로

자취를 감췄다. 별이 총총한 먼 하늘에는 아까 전보다 더 조그마한 달이 떠 있다. 이번 계약도 결국 11개월이라는 짧은 기간밖에 따내지 못했지만 초조함 따윈 없다.

많은 여생을 모아 조금이라도 나누어 받고 싶은 마음은 있지만 이가라시 씨 모자를 생각하니 억지로 계약을 진행하지 않아 다행이라는 생각이 들었다. 그녀도 앞으로는 유키 군을 잘 보살펴 줄 테니, 이걸로 됐겠지…….

스마트폰을 꺼내 통화 이력에서 번호 하나를 골라 통화 버튼을 눌렀다.

"여보세요? 하나니?" 한밤중이라 받지 않을 수도 있겠다 싶었는데 의외로 엄마는 금방 전화를 받았다.

"밤늦게 미안."

"아니야, 괜찮아. 무슨 일 있어? 어디 아파?" 이렇게 항상 걱정해 줬구나.

재혼을 계기로 어색해지고 말았지만 부모 역시 완벽하지 않다는 걸 알게 된 지금, 엄마와 의연하게 마주하고 싶었다.

"휴일인데 출근하고 이제 집에 가는 길이야. 일이 정리되면 대체 휴가 내서 본가로 갈게. 요시히토 씨하고도 제대로 인사하고 싶고."

"정말? ……그래도 돼?" 이미 울음기 가득한 엄마의 목소리를 들으니 저절로 웃음꽃이 피었다. 마음속의 깨진 거울이 다시 달라붙는 느낌이다. 아직 금이 가 있어 마음을 그대로 비추지 못할 수도 있지만 괜찮겠지.

신이 난 엄마의 재잘거림을 들으면서 걷고 있는데 추위에 떨며 은행 건물 앞에 서 있는 이부키 씨가 보였다. 자연스레 미소가 지어졌다.

Chapter 4

☾

언젠가, 배턴을 넘기는 날에

6월에는 항상 비 냄새가 난다. 날이 갠 오늘, 비가 언제 올지 예고하는 것처럼 축축한 바람이 몸을 휘감는다. 가방을 쥐고 걸으면서 몸 상태를 확인했다. 지난 몇 주간은 거짓말처럼 안정적이다. 겨울 무렵에는 달고 살던 숨 가쁨도 사라지고, 느른함이나 위 통증에서도 해방되었다.

그럼에도 마음이 묵직한 건 어차피 다시 악화될 거라는 예감이 곁을 서성이고 있기 때문이겠지. 다음 주에는 오랜만에 검진이 있으니 몸 관리를 해야겠어……. 은행 뒷문 앞에서 크게 심호흡하면서 업무 모드로 바꾸고 문을 열었다.

"좋은 아침입니다." 안으로 들어가자 도모코 씨가 생

글생글 웃어주었다.

"좋은 아침. 커피 마실래? 한 잔 정도는 더 나올 것 같은데."

"매번 감사해요. 잘 마실게요."

컴퓨터로 출근 등록을 하고 탕비실에서 머그 컵에 커피를 따르고 있는데 정면에 있는 열리지 않는 문에서 이부키 씨가 나왔다. 오늘도 앞머리와 안경 탓에 눈은 보이지 않았고 입술도 곡선을 그리며 꾹 닫혀 있다. 요컨대 평소와 다름없다는 뜻이다. 인사를 하자 "어어." 하고 이부키 씨가 오른손을 들면서 익숙한 손놀림으로 자물쇠를 채웠다. 여생 은행의 비밀이 감춰진 방치고는 보안이 구식이다.

"저 내부는 어떻게 생겼을까요?" 호기심이 티 나지 않도록 평범한 어조로 도모코 씨에게 확인해 본다.

"나도 슬쩍 본 게 다야. 어두워서 잘 안 보였지만 지점장이 말하기로는 그저 기계만 죽 늘어서 있대. 도무지 상상이 잘 안 간다니까. 문 너머에 있는 신이 여생을 배정하고 있다고 하는 게 차라리 현실적인 느낌이야."

진한 커피를 마시면서 카운터에 앉았다. 10분 뒤면 오늘의 업무가 시작된다. 옆자리에서 도모코 씨는 컴퓨터를 켜고 있다.

"시간이 참 빠르네요. 이렇게 일할 수 있는 것도 도모코 씨에게 스카우트받은 덕분이에요." 그날 도모코 씨가 권하지 않았다면 지금쯤 어디서 일하고 있을까. 갑작스러운 병으로 고통받고 절망하던 과거는 꿈이라고 믿을 수 있을 정도로 평안한 나날에 고마운 마음이 샘솟는다.

"누구 덕분이라고?" 엿듣기 대마왕 이부키 씨가 냉큼 끼어들었다.

"무, 물론 지점장님 덕분이기도 하죠." 신중히 말을 고르자 미간을 찌푸린 이부키 씨가 "엣헴." 하며 가슴을 쫙 폈다. 한 몸 같은 검은 정장에 오늘은 하늘색 넥타이를 매고 있다. 복장은 그럴싸해도 머리가 부스스한 탓에 잠에서 막 깬 사람처럼 보인다.

"장마 이미지를 표현했지." 묻지도 않았는데 이부키 씨가 자랑스럽게 넥타이를 들어 올리자 "잘 어울려요." 하고 도모코 씨가 칭찬했다.

"나도 그렇게 생각해." 이부키 씨는 정색한 표정으로 대답하고 우리에게 종이 한 장을 배부했다. 거기에는 알 수 없는 그래프가 그려져 있다. 옆에는 잔글씨로…… 아, 이건 예산 관리표구나.

"오늘까지 여생 예산은 보다시피 마이너스다. 6월 말까지 대략 10년 치의 여생을 확보해 줘."

내가 일하기 시작한 이래, 첫 계약 이후로 여생을 예치하고 싶어 하는 사람이 방문한 적은 있었지만 다들 설명을 듣고는 줄행랑을 쳤다. 6월도 하순에 접어들었지만 이번 달 계약 수는 제로다. 아, 하지만······.

"유키 군의 여생을 많은 사람들에게서 모았잖아요? 한 명당 11개월이라고 쳐도요." 다양한 나라에서 후원해 왔다고 들었다. 유키 군의 얼굴을 떠올리니 여생이 늘어나서 정말 다행이다 싶어 마음이 따스해진다.

"태평하군." 말 한마디로 따스한 온도를 식히는 이부키 씨.

"우리 은행의 예치 실적은 유키 군 어머니에게 받은 11개월뿐이다. 나머지는 다른 지점 실적이지. 게다가 그건 지난달이고." 떨떠름한 표정을 지은 이부키 씨가 안경을 벗고 꼼꼼하게 닦기 시작했다.

"본디 일본인은 생각만 많고 행동으로 안 옮긴다니까. 유심히 생각하다가 단념하는 경우가 너무 많아. 어찌 됐건—." 말 중간에 콜록콜록 기침한 이부키 씨가 나를 뚫어져라 쳐다봤다. 렌즈에 가려지지 않은 눈이 매섭기 그지없어 고고한 늑대를 연상케 한다.

"더욱, 더더욱 여생을 모아야 해. 하나는 지금 이대로 괜찮다고 생각하나?"

"아니요. 해고되면 곤란하죠."

남은 생이 얼마 없는 내가 기댈 수 있는 건 이 일뿐. 나머지는 몇 개인가 가입해 놓은 보험 정도다. 나의 기합이 전해졌는지 눈을 슴벅거리던 이부키 씨가 안경을 장착했다.

"해고한다는 말은 한 적 없는데."

"그럼 인사이동인가요? 그 경우 외국에 갈 수도 있어요?"

외국어는 하나도 못 하는 데다 애초에 여권조차 없다. 무엇보다 전문의가 있는 지금의 병원에서 다른 곳으로 옮기는 건 얼마 남지 않은 생을 줄이는 행위나 다름없다. 인사이동이 정해지면 일을 그만두어야 하겠지. 간신히 적응해서 나만의 대처법도 찾았는데…….

이부키 씨가 "흐음." 하며 어깨를 으쓱했다. "여생 은행은 필요한 사람 앞에 나타나지만 어디에 있는지는 나도 모른다고 했잖아. 그러니까 인사이동은 없어."

괜히 걱정했다 싶어 안도하자마자 이부키 씨가 불쑥

얼굴을 들이댔다.

"그렇다고 안심하지는 마. 열심히, 성심껏 하라고."

"네."

"다음에 창구로 찾아오는 고객의 여생은 무슨 일이 있어도 예치받아야 해. 적어도 한 명당 1년 이상을 목표로 삼는다." 그렇게 말하더니 이부키 씨는 열리지 않는 문 안으로 쏙 들어갔다. 아침부터 무거운 마음이 묵직이 덮쳐왔다. 아니, 실제로 숨 쉬는 게 조금 힘겹다. 그러고 보니 건강에 대해서 도모코 씨에게 말한 건 초반뿐이고 그 뒤로 일절 보고하지 않았다. 이부키 씨로 말할 것 같으면, 서류에 쓰여 있지만 읽어본 낌새도 없으니 내가 난치병 환자라는 사실을 모를 가능성조차 있다. 결국 가스미와 부모님에게도 털어놓지 못한 채 제자리걸음을 걷고 있는 자신이 갑자기 한심스러웠다.

"목표는 그다지 마음에 두지 않아도 괜찮아. 하나 짱 답게 일해주면 돼."

"열심히 할게요." 상냥하게 위로해 주며 미소 짓는 도모코 씨를 보자 나를 덮쳐온 꺼림칙한 감정이 조금은 가신 느낌이다. 커피를 마시면서 예산 관리표를 보는데 도모코 씨가 "참." 하면서 손뼉을 쳤다.

"일전에 본가에 갔다고 했지?"

"네. 얼마 전에 다녀왔어요."

"역시 본가가 좋다니까. 우리 아들내미도 가끔 다녀가면 좋을 텐데."

엄마는 생각보다 몇 배나 더 반겨주었고 새아빠인 요시히토(良人) 씨는 역시 이름 그대로 좋은 사람이었다. 접시를 다 비우지 못할 정도로 요리를 만들어줬다. 처음에는 어색했지만 며칠 머무르는 사이 맺혔던 응어리도 풀어졌다. 재혼을 멋대로 결정해서 충격받았다고 고백했을 때는 취기까지 부채질한 탓에 엄마뿐만 아니라 요시히토 씨마저 울음을 터뜨리고 말았다.

"신기하게도 무척 즐거웠어요."

"그럴 줄 알았어. 기분 전환하고 온 게 전해져."

"조금 더 빨리 찾아갔으면 좋았겠다 싶어요." 그 후로 가끔 본가에 다녀오곤 한다. 심정적으로 기나긴 반항기가 끝난 느낌이다.

끼이이이익―. 요란한 소리와 함께 출입구 셔터가 자동으로 열렸다. 드디어 영업 시작이다.

"반드시 계약을 성사해야지." 굳은 의지를 입 밖에 내자 도모코 씨가 윙크를 날렸다.

"열심히 안 해도 돼. 나도 열심히 한 적 없으니까."

그런데 문제는 이곳을 찾는 사람이 거의 없다는 것이다. 더욱 많은 사람의 발길을 붙잡으려면 어떻게 해야 할까. 대놓고 홍보하는 건 어떨까? 계약이 불발되면 이곳을 방문했다는 기억은 사라지는 것 같으니, '열 번 찍어 안 넘어가는 나무 없다'는 전술이 유효할지도 몰라.

아냐, 이부키 씨가 상부로부터 경고를 받을지도 모르니까 한번 상담하고 결정하자. 뭐, 애초에 여기서 계약을 얼마나 따내든 내가 여생을 나눠 받을 수 있다는 보장은 없으니까 무리할 필요도 없는 것 같고. 그렇지만 물에 빠지면 지푸라기라도 잡는다는데.

이리저리 궁리하는데 자동문 열리는 소리가 들렸다. 느닷없이 방문객이 찾아오다니, 드문 일이다. 이건 나에게도 운이 찾아왔다는 것이다.

"어서 오세요." 여기 온 이래 가장 큰 목소리로 인사하고는 바로 입을 닫았다. 왜냐하면 내점한 사람이 중학생이었으니까. 이 근방의 중학교 교복을 입고 있는 그녀는 생소하다는 듯이 내부를 둘러보고 있다. 도모코 씨를 곁눈질하는데 나에게 당혹스러운 눈짓을 보내왔다. ……좋지 않은 예감이 든다. 만약 그녀가 고객이라면 상당히 어렵겠는데. 매뉴얼에 따르면 미성년자의 계약은 필요한 서류도 많고 심사도 까다롭다. 눈앞에 있는 작년 매출 데이터를 봐도 미성년자의 계약 수는 제로라고 표시되어 있다.

그러나 잘못 들어왔을 수도 있다는 기대는 그녀가 내 앞으로 곧장 다가옴으로써 풍전등화가 됐다.

"여기 여생 은행 맞아요?" 아, 사라졌다. 꺾일 것 같은 사기를 진작하고 미소를 꾸몄다.

"맞습니다. 여생 예치를 희망하세요?"

"네."

하얀 셔츠에 갈색 체크 스커트. 어깨까지 오는 머리는 갈색으로 염색했는데 천진한 얼굴이 어린 인상을 풍긴다.

"신분증명서 필요하죠?" 똑 부러지게 말한 그녀는 주홍색 지갑에 담긴 신분증을 카운터 위에 올려놓았다. 거기에는 '현립 제2 고사이 중학교 3학년 2반 미나미야마 고하루'라고 적혀 있다.

"미나미야마 님, 이렇게 내점해 주셔서 감사합니다." 인사하면서 매뉴얼을 슬쩍 바라봤다. 여기서부터 상당한 단계를 거쳐야 계약에 이르게 된다.

"이번에는 미나미야마 님이 여생을—."

"고하루라고 불러줘요."

"……네?"

"성 말고 이름 불러줘도 된다고요. 내 성을 좋아하지 않거든요." 불쾌해 보이는 고하루에게 "알겠습니다." 하고 머리를 숙여 보였다.

"그래서 여생을 예치하려면 뭘 해야 하는데요? 별로 시간이 없네요." 이래서는 상대방의 페이스에 말려들고 만다. 자연스레 카운터 밑에 숨겨둔 매뉴얼 책자를 넘겼다.

"고하루 님이 여생을 예치하실 본인인가요?"

"네."

"여생을 드리고 싶으신 분은 누구죠?"

"이름은 미나미야마 가나코. 우리 엄마……라고 해야 하나, 두 번째 엄마예요."

"두 번째?" 컴퓨터 자판을 두드리던 손을 멈추고 묻자 고하루는 조바심이 난 듯 한숨을 쉬었다.

"그러니까 새엄마라고요. 새엄마이긴 해도 세 살 때부터 같이 살았지만. 우리 아빠, 내가 어릴 때 재혼했거든요." 여생을 새엄마에게 주고 싶다는 것이리라.

"요컨대 어머님에게 여생을 이관하고 싶으시다는 말씀인가요?"

"그렇게 말했잖아요. 30년 주고 싶어요."

"3…… 30년이나요?" 순간 환희에 젖었지만 금세 평정을 되찾았다. 큰일이다. 여생 예치 연수가 많을수록 심사가 엄격해진다. 미성년인 데다 장기 예치라면 가령 계약이 성사되어도 이번 달 안으로는 어렵다.

고하루는 스마트폰을 만지기 시작했지만 손끝과 눈동자의 움직임으로 긴장하고 있는 게 전해졌다. 어째서 그렇게 많은 여생을 맡기고 싶어 하는 걸까.

"고하루 님, 여생 예치에 대해 설명해 드릴게요."

"그냥 '고하루 씨'라고 불러주세요. 너무 오글거려요."

"알겠습니다. 고하루 씨, 여생을 예치하시려면 몇 가지 조건이 필요합니다."

고하루는 "네?" 하고 못마땅하다는 듯이 눈썹을 날카롭게 치켜세웠다. 갈색 앞머리가 얼굴을 가리는데도 아랑곳하지 않은 채 뚫어지게 쳐다본다.

"그런 이야기 처음 듣는데요." 지금부터 설명하려던 참인데요, 라고 받아칠 수도 없어서 괜히 입가에 의식적으로 미소를 띠었다.

"여생을 예치하시는 분이 미성년자일 경우 보호자의 동의가 반드시 필요합니다. 부모님 중 한 분이 동의서에 서명해 주시지 않으면 계좌 개설을 진행할 수 없어요."

"장난해요?" 스마트폰을 거칠게 카운터 위에 놓은 고하루가 이번에는 나를 매섭게 째려보았다.

"그딴 거 알 바 아니니까 그냥 진행해 줘요."

"규정이므로 불가합니다."

"아, 짜증 나." 다리를 꼬는 고하루가 왠지 일부러 센 척하는 것처럼 보였다. 아니, 무언가에 쫓기는 것 같기도 하고…….

"어머님께 생명을 드리고 싶다면 어머님 본인의 동의서는 받기 힘들지도 모르겠네요."

"맞아요. 들키면 기필코 반대할 테니까."

"아버님은 어떠세요?"

"아, 그 사람은 안 돼요." 고하루가 오른손을 휘휘 내저었다.

"일 때문에 계속 해외에 있어요. 잠시 귀국해도 나만 만나고 금방 다시 돌아가고요. 그리고 다음 귀국이 언제인지도 몰라요."

아하, 그럼 고하루는 새엄마와 둘이서 사는 건가. 어

렸을 때 재혼을 했다니 사이가 좋은가 보다.

"됐고, 얼른 절차나 진행해 줘요."

"죄송합니다. 동의서가 없으면 진행할 수 없어요."

고집스럽게 버티고 선 고하루에게 몇 번째인지 모를 사과를 하고 나서 옆을 보는데 도모코 씨가 고개를 가볍게 끄덕였다. 지금까지는 대응이 적절했던 것 같아 안도했다. 고하루는 얼마간 토라진 듯 돌아앉아 있더니 이내 의자에 다시 똑바로 앉았다.

"무슨 일이 있어도 여생을 주고 싶어요. 그러니 부탁해요."

몇 번 요청하든 동의서가 없는 한 어려울 것이다.

"저기, 고하루 짱."

고객을 친근하게 부르는 도모코 씨의 모습에 깜짝 놀라고 말았다. 개의치 않고 도모코 씨는 고개를 기울였다.

"어째서 그렇게 많은 여생을 주고 싶어 하는 거야? 30년 치의 여생을 예치하다니, 일반적이지 않잖아?"

"아줌마는 이해 못 해요."

"아줌……"

도모코 씨의 얼굴이 미소를 유지한 채 순식간에 시뻘

겋게 물들었다. 홉뜬 눈 아래로 턱 부근이 부들부들 떨리고 있다.

"아, 저기 고하루 씨. 사정을 설명해 주기를 원하는 것뿐이에요. 계약할 수 있는 방법이 있을지도 모르니까." 허둥지둥 거들자 고하루는 "그래요?" 하고 어깨를 으쓱거렸다.

"진작 그렇게 말하지, 빙 둘러서 말하기는."

시야 끝에 보이는 도모코 씨는 당장이라도 폭발할 것처럼 노여움으로 가득 차 있다. 언제나 온후한 도모코 씨에게 '아줌마'는 금지어인 듯하다.

"알려주세요. 무슨 이유로 어머님께 여생을 주고 싶어 하는 거예요?"

"그게……." 말없이 머리를 매만지는 고하루의 시선이 바닥 언저리에서 방황하고 있다.

"엄마가…… 암에 걸렸어요." 꺼질 듯한 작은 목소리에 나도 모르게 말문이 막혔다. 잠시 침묵을 지킨 후에 고하루는 "그러니까……." 하고 말을 이었다.

"얼마 전까지는 쌩쌩했는데 갑자기 상태가 나빠져서 검사하니까 이젠 손쓸 방도가 없을 정도로 진행됐대요. 그 사람, 만사가 태평해서 입원은 안 하고 집에서 죽고 싶다고 자꾸 우겨요……. 아빠에게 어떻게 해야 할지 물었는데 바쁘다면서 귀국할 생각을 안 해요." 조금 전까지의 태도는 허세였는지 목소리 톤이 점점 낮아진다.

"얼마 전에 우리 반에서 화제가 됐던 크라우드펀딩을 떠올리고 이곳을 찾았어요. 부모에게 여생을 선물하는 게 금지된 건 아니잖아요. 그러니까 계약하게 해줘요."

"무리야." 도모코 씨가 단호하게 말했다.

"미성년자 계약 취소권이라는 게 있어서 부모 승낙이 없는 계약은 인정되지 않거든. 이해했으면 집으로 돌아가렴."

아까 들은 '아줌마' 발언이 어지간히 거슬렸는지 도모코 씨는 휙 고개를 돌렸다. 검은 고양이 왓슨이 별안간 카운터 위로 뛰어올랐다. 고하루의 얼굴을 가만히 쳐다보더니 이내 내 쪽을 돌아본다. 마치 "어떻게 좀 해봐."라고 말하는 것 같다. 정말 희한한 고양이야.

하지만 어떻게 해야 하지……. 앞에 있는 매뉴얼을 재차 확인했다. 몇 번이나 읽어봐도 역시 미성년자는 보호자 동의서가 없는 시점에서 계약이 힘들고, 심지어 30년이나 예치하는 건 과한 것 같다.

"계약할 수 있을 텐데." 돌연 뒤에서 이부키 씨가 낮은 목소리로 말을 걸어왔다. 탕비실에서 커피를 새로 내렸는지 고소한 향기가 코끝을 간질였다. 이부키 씨는 고하루를 향해 가식적인 미소를 띠었다.

"모친이 반드시 서류를 꼼꼼하게 보리라는 법도 없으니, 우선 슬쩍 내밀면서 사인해 달라고 졸라보는 건 어떨까요? 이유는 학교에 제출할 보호자 동의서가 필요하다든가, 반에서 유행하는 가상의 여생 은행이 있다든가, 대충 둘러대면 믿어줄지도 모르죠."

"지점장님ㅡ." 항의할 걸 예상했는지 이부키 씨가 나를 향해 오른손을 쫙 펴고 저지한다.

"하나, 30년과 20년 그리고 10년인 경우의 동의서를 각각 만들어. 도모코 씨는 전부 안 됐을 때를 대비해 정기 적립 서류를 작성해 두고."

"네? 그렇지만……."

주저하는 우리를 못 본 체한 이부키 씨는 카운터 밖으로 돌아 나가 고하루의 앞에 섰다.

"설득은 고객님 몫입니다. 이런 건 정색하면 부모님도 수상하게 생각해요. 학교에서 받은 프린트를 보여주는 느낌으로 하는 게 좋아요."

"엄마는 이런 거 꼼꼼히 읽는 타입인데."

"우선은 30년짜리 동의서부터 보여주세요. 거부하면 20년, 마지막에는 10년으로 조금씩 줄여가는 겁니다."

그런 전략까지 가르치다니 뭔가 잘못됐어. 이건 아니다 싶어 막으려고 입술을 떼다가 곧바로 다물었다. 여생을 모으는 것이 이 은행의 사명이다……. 하지만 남을 속여가며 계약을 권하는 건 역시 이상해.

"저기, 죄송하지만."

"그래도 거부하면 어떡해요?" 대화에 끼어들려고 했지만 고하루의 질문에 묻혀버렸다.

흠, 하고 주먹을 입에 댄 이부키 씨가 묘안을 생각해낸 듯 손가락 하나를 세웠다.

"부친을 억지로라도 불러들이는 방법은 어떨까요. 그쪽 역시 부인의 병세에 상당히 동요하고 있을 테니까요. 기어코 안 오면 국제우편으로 보내면 됩니다. 옛날과 달리 지금은 며칠 만에 도착하니까요." 이런 얼토당토않은 계약, 나중에 분란이 생길 게 뻔하다.

"아하." 고하루는 감탄한 듯이 고개를 끄덕였다. 아마 이부키 씨의 작전에 넘어간 모양이다.

"다만." 하고 이부키 씨가 긴 두 팔을 마주 끼었다.

"1년 이상의 여생을 예치할 경우, 너…… 아니, 고하루 씨가 모친을 만날 수 있는 건 단 한 번뿐입니다. 다시 말해 그 이후로는 평생 못 만난다는 뜻이다. 그래도 되나?" 이부키 씨의 말투가 점점 평상시 모드로 돌아가고 있다.

"소문으로 들어서 알고 있어요. 그래도 괜찮아요. 전혀 상관없어요." 엄마를 정말 끔찍하게 사랑하나 보다. 매번 이 설명을 하면 계좌 개설을 포기하는 사람이 태반인데 고하루는 확신에 찬 눈빛이다.

"그럼 됐군." 흡족한 듯한 이부키 씨가 '어때, 훌륭하지?' 하고 시선을 맞춰왔지만 역시나 동의서를 인쇄할 수가 없다. 30년…… 아니, 설령 1년을 예치해도 엄마와 볼 수 있는 기회는 단 한 번뿐이다. 이런 중대한 계약을 쉽사리 맺어도 될까 의문이 남는다. 정확히 말하면 의문밖에 남지 않는다.

"아까 말했던 정기 적립은 뭐예요?" 고하루의 목소리에 머리를 들자 왓슨과 눈이 마주쳤다. 나를 지그시 바라보더니 휙 등을 돌린다.

이부키 씨가 손을 뻗어 도모코 씨가 인쇄한 정기 견적서를 고하루에게 건넸다. "아아, 설명을 아직 안 했군. 매년 조금씩 생명을 이관하는 것을 정기 적립이라고 부른다. 수수료로 여생을 많이 떼어 가지만 단번에 생명이 줄어드는 일도 없지. 게다가 매년 1년 미만의 여생을 적립하면 앞으로도 변함없이 모친과 만날 수 있고."

"흐음."

왓슨이 뚫어져라 응시하는 바람에 어쩔 수 없이 동의서를 작성해 출력했다. 정기 적립 동의서도 추가해 두었다. 그사이 이부키 씨가 건강검진을 받으라고 설명했다.

모든 서류를 건네자 고하루는 환한 표정으로 자리에서 일어섰다. "진짜 여생 은행이 있다니 너무 신기해."

"관계자 이외의 누군가에게 발설한 시점에서 계약은 취소된다. 알겠나, 모친 이외에는 절대 입에 올려서는 안 돼. 부친에게 동의서를 받을 거라면 이야기해도 상관없지만 친구는 안 된다." 정중한 말투는 그만둔 모양인지 이부키 씨는 거만하게 이야기했다.

"알고 있다니까요."

"것보다 이번 경우 너보다 부친 쪽이 계약자로서 적합하고 이점도 크겠지. 우선 부친을 불러들여서 설득해 봐."

"으음, 생각해 볼게요."

"과연, 이해력이 상당히 좋군—."

"고마워요, 아저씨." 고하루가 그렇게 말하고 밖으로 뛰어나갔다. 망연히 서 있는 이부키 씨가 믿을 수 없다는 표정으로 느릿하게 나를 보았다.

"저 녀석, 나한테…… 아저씨라고 했나?"

"저한테도 아줌마라고 했어요." 도모코 씨가 빠드득 이를 갈았다.

"그, 그보다 어떻게 해요? 아버님이 계약자라면 몰라도, 만약 고하루 씨가 부모님 동의서를 들고 오면 정말 계약하실 거예요?" 엄마가 아프다지만 과연 이게 옳은 일일까? 중학생이면 아직 엄마에게 어리광 부릴 나이인데, 더 이상 못 본다는 것이 얼마나 중대한 일인지 지금은 이해하지 못하는 것 같다. 물론 30년 치의 생명이 가진 무게감도.

"당연하지. 여차하면 수수료를 더 붙이고 싶을 정도다."

"30년은 과도할지 모르겠지만 10년 정도라면 괜찮지 않을까." 혀를 끌끌 차는 이부키 씨에게 도모코 씨도 동조했다.

"도모코 씨까지 찬성하는 거예요? 아무리 그래도 그런 어린아이에게 생명을 빼앗다니……." 이렇게 말하는 나를 보고 도모코 씨는 앉음새를 고쳤다. "여생 은행은 정말 필요한 사람 앞에 나타나. 그 아이가 진심으로 예치하고 싶다고 생각했으니까 여기에 왔겠지? 앞으로의 일은 그 애가 생각할 몫인 것 같아."

내가 시무룩하게 있자 이부키 씨가 크게 한숨을 쉬었다.

"주저할 게 뭐 있어. 모처럼 이곳을 찾아준 고객인데."

"하지만 아직 중학생이에요. 올바른 판단을 할 수 있을 것 같지 않아요."

"그럼 이런 경우는? 슈퍼마켓 점원은 아이가 스테이크용 비싼 소고기를 사러 오면 팔지 말아야 하나?"

"그것과 이건 차원이 달라요. 예치하는 게 무려 자신의 생명이잖아요? 게다가 엄마와 이제 한 번밖에 못 보는데 계약을 권할 수는 없어요."

꾹 다문 입술로 완만한 곡선을 그리던 이부키 씨가 "저기 말이야." 하고 낮은 목소리로 말했다.

"하나의 상식을 타인에게 강요하는 건 그만둬. 사람들에게는 때때로 무슨 짓을 해서라도 구하고 싶은 목숨이 있어. 설령 틀리더라도 그 녀석이 얼마나 필사적으로 엄마를 붙잡아 두고 싶어 하는지 생각해 봐."

진지함을 띤 경고에 나도 모르게 숨을 멈추었다. 방금 한 말은 사리에 맞다. 하지만 동의서를 얻는 방법이 비정상적이라고 말하고 싶다. 말로 정리하기도 전에 이부키 씨가 나를 곧게 응시했다.
　"우리는 여생 은행에서 일하고 있다. 옳은지 그른지는 본인이 결정할 일이고 우리 쪽에서 관여할 문제가 아냐." 분하지만 합당한 논리라고 인정하지 않을 수 없다.
　"나도 지점장 의견에 찬성이야." 도모코 씨까지 편들고 나섰다.
　"그렇지만, 괜찮을까요?" 기가 죽은 나를 보며 도모코 씨가 고개를 끄덕였다.
　"나는 엄마라서 알 수 있어. 고하루의 어머님은 절대 동의서에 사인하지 않아. 고하루는 아버님께 동의서를 부탁하겠지. 분명 고하루가 아니라 아버님이 계약자로 이곳을 찾으실 거야." 예언자처럼 확고하게 말하는 도모코 씨.
　지난번에는 부모가 아이에게, 이번에는 아이가 부모에게 생명을 주려고 한다. 정해진 운명을 거스르는 것이 이 은행의 본분이라면 여생 은행의 존재는 과연 바람직할까.

"시한부 선고 받았어."

망설이고 망설이다 내뱉은 말이 지나치게 단도직입적이었는지 가스미는 유리잔을 든 채 굳어버렸다. 금요일의 이자카야 '도비마루'는 사람들로 복작거려 카운터석까지 만석인 상황이었다.

조금 전까지 "하나 옆자리에 앉은 사람, 완전 잘생겼어."라고 속닥거리던 가스미에게, 왠지 시한부 선고에 대해 말해야겠다는 생각이 들었다. 전부터 결정한 것은 아니고 갑작스레 속엣말이 툭 튀어나온 느낌이었다. 아니나 다를까, 농담이라고 여겼는지 가스미는 고개를 젖혀 남은 매실 사와를 단숨에 들이켜고는 잔을 들어 올렸다.

"마모루 씨, 한 잔 더요!"

목청 좋게 추가 주문을 한 후, 가스미는 내 머리부터 발끝까지 스캔했다.

"시한부라니, 그 시한부?"

"응, 그 시한부."

"시한부라고 하니까 생각났는데 그 크라우드펀딩은 어떻게 됐을까. 왜, 엄마가 아들을 위해서 생명을 모집했던 펀딩 말이야. 무사히 여생 은행을 찾았을까."

빈 잔을 아즈카 군에게 건네고 가스미는 메뉴판을 펼쳤다. 이러다간 없던 일이 될지도 몰라. 확실하게 설명해야지, 하고 입을 열기도 전에 가스미가 미간을 힘껏 찡그렸다. 메뉴판을 훑던, 반짝이는 네일 장식이 달린 집게손가락도 굳어 있다.

"잘못 들었다면 미안한데, 혹시 하나가?"

"응."

"하나가 시한부 선고를 받았다고?"

"응."

두 번째 대답에 가스미가 눈을 크게 떴다.

"엑! 아니, 뭐? 무슨 소리야?!"

"병원에서 시한부 선고를—."

"처음부터 자세히 이야기해 봐!"

이제야 사안의 중대성을 깨달은 가스미를 보고 안심한 나는 신체적 위화감을 느끼기 시작했을 무렵부터 설명했다.

"처음에는 운동도 안 했는데 숨이 차서……."

심장질환 가능성이 높다는 것, 의심 단계이지만 발병할 것 같다는 것을 빠짐없이 전달했다. 가스미는 이따금 스마트폰으로 검색하면서 이야기를 들었는데 내 말이 끝날 때까지 한마디도 하지 않았다. 신기한 건 슬픈 소식을 전하고 있는데 한편으로는 스스로 안도한다는 것이다. 이제야 털어놓을 수 있어 기쁘고, 조금 애달프다.

"지금은 '확장성 심근병증 의심' 단계지만 요 며칠 건강이 안 좋아서……." 여생 은행에서 일하기 시작하고 나서 몸 상태는 한 걸음 나아가다 한 걸음 물러나고 있다. 한동안 안정적이었지만, 월말 무렵부터는 다시 숨이 차는 경우가 잦아졌고 지금은 조금만 움직여도 피로를 느낀다. 얼굴과 발이 붓는 것도 자각하고 있다. 어제 병원에서는 또 검사 결과가 좋지 않다는 설명을 들었다. 만일을 위해 진단서도 가방에 넣어 다니고 있다.

"……전혀 몰랐어." 스마트폰을 카운터에 떨구듯이 놓고 가스미가 내 손을 잡았다.

"앞으로 어떻게 되는데?"

"지금 먹는 약이 효과가 없으면 박동조율기나 심장이식도 고려해야 한대." 말이 끝나기 전에 가스미는 짧게 비명을 질렀다. 주변 손님들의 시선이 집중된다.

"괜찮아. 다만 만약의 경우에 대비해서 가스미에게만은 전해두고 싶어서……."

"뭐? 부모님께도 알리지 않았어?"

"아직 이야기 안 했어."

"그럼 안 되지. 안 되고말고!"

"쉿, 아까부터 목소리가 커."

"지금 목소리 운운할 때가 아니잖아!" 말문을 닫으려는 나의 팔뚝을 잡고 흔들면서 가스미는 한층 더 흥분했다.

"내게 말해줘서 고마워. 하지만 부모님께야말로 확실하게 전해야 해. 요전에 화해했다며?"

"애초에 싸우지도 않았는걸……."

"오래 기다리셨습니다. 무슨 일 있어?" 점장이 매실 사와를 손에 든 채 이상하다는 표정을 짓고 있다.

"……아무것도 아냐." 유리잔을 받아 든 가스미가 꾹 입을 다물었다.

"그래. 그럼 빈 잔 가지고 갈게." 잔을 빠르게 회수하고 점장은 주방으로 돌아갔다.

"너무 놀라서 큰 소리로 말해버렸어." 볼륨을 줄인 가스미에게 "응." 하고 대답했다.

"나도 아직 실감이 안 나기는 해……."

"당연하지. 그야 이렇게 건강해 보이는걸. 나도 병에 대해 자세히 조사해 볼게." 사실 오늘 아침 화장실에서

심하게 토했다는 이야기는 하지 말자. 오후 들어 조금 진정되어 간신히 외출할 수 있는 상태가 됐으니.

가스미가 걱정해 줘서 고마웠다. 조금 더 빨리 전해야 했다는 마음과, 전하는 게 맞나 하는 후회가 혼재하지만.

"그래도…… 속상해. 알려줘서 고마운데 너무 슬퍼." 내 팔에 이마를 기댄 가스미에게 속삭였다. "그렇지. 어째서 이런 일이 일어났을까." 나 역시 슬픔에 잠기고 말았다.

배웅해 주겠다는 가스미를 겨우 만류하고 역으로 이어진 길을 걸었다. 갑자기 상태가 악화되어 가스미 앞에서 약한 모습을 보일 수도 있다고 생각하니 더 이상 함께 있기가 싫었다. 첫 고객이었던 절친 두 명을 보았을 때부터 언젠가 가스미에게 말해야지, 하는 생각이 머릿속에 있었다. 내 병세를 적어도 가스미는 알고 있기를 바랐던 것이다. 물론 가스미에게 여생을 받을 생각 따윈 없다. 다만 나의 마지막을 친구에게는 알리고 싶었으니까.

최근에는 여생 은행에서 여생을 나누어 받을 수 있을지도 모른다는 기대도 줄어들고 있다. 고하루 건도 그렇다. 몇십 년이나 되는 여생 계약을 체결하는 데 주저하고 있으니, 여생 은행에 공헌하고 있다고 하기는 어렵다.

계약을 강권하기 전에 결국 내 안에 있는 상식이 제동을 건다. 매출도 형편없는 것 같으니, 여생을 나누어 받기 전에 해고될 가능성도 있겠지.

건강도 좋아졌다 나빠졌다 반복되는 시소게임 중이다. 최근에는 나쁜 쪽으로 기우는 추세다. 죽음의 발걸음 소리에 오들오들 떨면서도, 생의 존재를 필사적으로 찾으며 지금의 나는 살아가고 있다.

"엄마한테 이야기하러 가야겠네……." 비가 그친 번화가는 젖은 지면 위로 네온사인이 비쳐 아름다웠다. 지금까지는 스쳐 지나가며 별 관심도 두지 않았던 포스터나 쇼윈도에 줄지어 선 옷조차 휘황찬란하게 보인다. 번화가를 빠져나와 조금만 더 가면 택시승강장이다.

숨이 꽤 차오르고 있다. 마치 마라톤을 완주한 것처럼 심장이 아프다. 주말에는 느긋하게 집에 있는 편이 좋을 것 같다.

그 뒤로 고하루는 어떻게 지내고 있을까. 부모님과 이야기를 잘 나누었을까. 나 역시 엄마에게 말 못 하고 있는 주제에 그때는 강력히 반대하고 말았다. 도모코 씨

말대로 어머님은 동의서에 사인할 것 같지 않으니 아버님에게 이야기했으려나…….

"이거 놔!"

처음에는 환청인 줄 알았다. 고하루를 생각하고 있어 그녀의 목소리가 들려온 것뿐이라고. 뒤를 돌아보는데 젊은 경찰관에게 팔을 잡힌 교복 차림의 여학생이 있었다. 두 걸음 다가가고 나서야 날뛰고 있는 소녀가 고하루라는 걸 알아차렸다.

"괜찮으니까 같이 가자." 필사적으로 달래는 경찰관에게서 도망치려고 고하루는 발을 동동 구르고 있다. 주위 행인 중에는 흥미로워하며 스마트폰으로 촬영하려는 사람도 있다.

"만지지 마, 변태야!" 소리치는 고하루에게 나도 모르게 달려갔다. 미심쩍게 나를 바라보는 경찰관 옆에서 고하루가 안도하는 표정을 지었다.

"언니!"

"응?"

고하루는 붙잡히지 않은 손으로 내 팔을 붙들고 경찰관에게 보란 듯이 말했다.

"내가 말했던 사람이에요. 거짓말 아니죠?" 꽤나 젊어 보이는 경찰관이 나를 빤히 쳐다보더니 고하루를 놓아주었다.

"이 아이와 여기서 만날 약속을 한 사람이 당신입니까?"

"약속이요?" 반문하자마자 붙잡은 손에 힘이 들어가는 게 느껴졌다. 긍정해 달라고 눈빛만으로 애원해 온다. 아니, 협박당하는 느낌도 든다.

"네. 약속했어요." 대답과 동시에 내 팔을 붙잡은 손에서 힘이 조금 풀렸다.

"정말이요? 그렇다면 의심스러운데요. 중학생과 이런 한밤중에 만날 약속을 하다니, 앞으로 무엇을 하실 생각이죠?" 경찰관이 수상하게 여기는 것도 무리는 아니다. 역 뒤편 이곳은 동네의 유일한 번화가로 술집이 즐비하니까.

"그러니까 말했잖아요, 아는 사람이랑 약속 있다고. 그렇지?" 그렇긴 뭐가 그래. 이래서는 내가 거동 수상자가 되고 만다.

"이름이 뭡니까? 신분을 증명할 만한 게 있어요?" 경찰관이 오른손을 내밀며 신분증 제시를 요구하자 무심코 한숨이 흘러나왔다. 아아, 최악이다……. 지나가는 사람들이 호기심 어린 시선을 던진다. 어쩔 수 없지, 하고 가방에서 지갑을 꺼내는데 어제 받은 진단서가 슬쩍 보였다.

"이케우치 하나 씨군요. 이 학생하고는 어떤 관계죠?" 마치 심문하는 듯한 말투로 마이넘버 카드(개인 고유 번호가 기재된 일본의 신분증) 정보를 메모장에 옮겨 적는 경찰관.

"근, 근처에……."라고 말하다가 고하루가 사는 곳을 모른다는 사실을 깨달았다.

"친구 집 근처에 사는 아이예요. 옛날부터 친해서……." 마지막에는 목소리가 기어들어 가고 말았다.

"그렇다 쳐도 중학생을 이 시간에 불러내다니 비상식적인데요."

"그렇죠."

"잠깐 저기 있는 파출소까지 동행해 주시겠습니까?" 단호함으로 무장한 경찰관에게 가방에서 꺼낸 진단서를 건넸다.

"사실 저, 심장병이 있어서…… 예후가 아주 나빠요. 오늘도 야근 후에 움직이질 못해서 걱정해 준 고하루 씨, 아니 고하루 짱이 데리러 와준 거예요."

상당히 괴로운 변명이었다. 눈이 휘둥그레진 경찰관은 진단서를 가만히 들여다본 뒤에 안타까운 표정으로 말했다.

　"……난치병이네요. 사실 제 아버지도 같은 병이라고 해야 하나, 이케우치 씨와 마찬가지로 의심 단계예요." 예상치도 못한 전개에 나도 경찰관과 같은 표정을 지었다. 거짓말은 싫지만 이대로 끝까지 관철하는 게 최선이리라.

　"근방에 친척도 없고, 친구도 출장으로 부재중이라서 마지못해 고하루 짱에게 도움을 요청했어요." 고하루가 숨을 참고 있는 모습이 눈에 들어왔다.

　"폐를 끼친 것 같아 죄송합니다." 머리를 숙이자 조금 전보다도 호흡하기가 괴로웠다. 아아, 나는 대체 무얼 하고 있을까…….

　이틀 후인 일요일 저녁 무렵. 경찰관에게 선도받던 그 장소에서 다시 만난 고하루는 천연덕스러운 표정으로 옆에 있는 찻집에 나를 데려갔다. 건물 외부와 내부 인테리어가 고풍스러운 찻집은 밤에는 바로 운영되는 모양인지 카운터 안쪽 선반에는 소주와 사케 병이 진열되어 있다. 아무래도 고하루는 낮 시간대 단골인 듯하다.

  창가 자리에 앉았지만 불투명한 노란 시트지가 발라져 있어 유리창 너머 거리 풍경은 흐릿했다. 권태로운 표정으로 연배 있는 여성이 주문을 받으러 왔기에 나는 유자차를, 고하루는 크림소다를 주문했다.

  "그래서, 그동안 뭐 하고 지냈어?" 그날 밤 경찰관에게서 풀려난 뒤 고하루와 함께 택시에 탔다. 어째서 그곳에 있었는지 내가 추궁할까 봐 그런 걸까. 고하루가 택시 기사에게 행선지를 말하거나 애매하게 얼버무리는 바람에 사정을 전혀 듣지 못했다. 5분 정도 달려 도착한 주택가에서 내리려는 고하루를 붙잡고 '이것만은 양보 못 해.' 하고 오늘 다시 만날 약속을 한 것이다.

  "제대로 설명해 줄래?" 조금 전보다도 무서운 목소리로 말하자 고하루가 턱을 살짝 들어 올렸다.

  "미안해요." 그녀만의 사과 방식이리라.

  "밤늦게 왜 그런 곳에 있었어?"

  "그야 엄마가 말을 안 들어주니까. 동의서에 사인 안 해줬거든요. 그래서 집을 뛰쳐나와 버렸어요." 주눅 든 낌새도 없는 고하루의 말에 기가 막혔다.

  "가출했다가 붙잡혔다는 소리야?"

"하는 수 없잖아요. 그렇게라도 안 하면 엄마가 동의해 주지 않으니까." 삐쭉 입을 내민 고하루는 크림소다가 나오자 냉큼 먹기 시작했다. 바닐라아이스크림을 음미하자 입매가 느슨해졌다. 어른스러워 보여도 아직 아이구나…….

그런 그녀의 엄마는 이제 곧 세상을 떠나고 만다. 살리고 싶어 하는 마음은 이해할 수 있지만, 고하루가 여생을 주는 것이 과연 옳은 일인지는 모르겠다. '무슨 짓을 해서라도 구하고 싶은 목숨이 있다'던 이부키 씨의 말이 여태 마음에 남아 있다.

"병에 걸렸어요?"

"응?" 헛, 하고 고개를 들자 고하루가 눈을 치뜨고 나를 바라보았다.

"그저께 경찰관한테 진단서 보여줬잖아요. 심장, 치료 못 하는 거예요?"

"아…… 응." 유자차에서 피어오르는 김을 응시했다. 오늘 아침에는 약간 좋아졌지만 나날이 쉽게 피곤해지는 느낌이다. 아마 이대로는 주 4일, 여덟 시간 근무조차 견디지 못하겠지.

"난치병이고 한창 진행 중이래. 치료법이 아직 없나

봐."

"……그렇구나." 소곤거리듯 말한 고하루는 손에서 스푼을 놓았다.

"여생을 누군가에게 받을 생각은 없어요?"

"줄 사람이 있으면. 오늘은 내 이야기는 됐고." 어느새 반말로 바뀌었지만 그래도 상관없겠지, 라는 생각마저 든다.

"대체 뭐가 됐다는 거예요. 다른 것도 아니고 죽음이잖아요? 그저 죽을 날을 기다리다니 너무 슬퍼." 반론하려고 벌린 입을 일단 다물었다. 죽을 날을 마냥 기다리기만 하던 내가 여생 은행에 입사했다. 벌써 3개월이 지나 계절이 바뀌기 시작하는 가운데 나의 사고방식에도 변화가 일어나고 있다.

"……그래. 처음에는 여생 은행에서 일하면 누군가에게 여생을 받을 수 있을지도 모른다고 기대했어."

"존재하지 않는다고 생각했던 장소에서 일하고 있잖아요. 기대하는 게 당연해요. 그게 인간이니까."

누가 어른인지 점점 헷갈리네. 미지근한 유자차를 홀짝이며 입술을 축였다.

"하지만 근무하는 사이 그런 마음은 옅어졌어. 희한하

게도 나는 여생을 주고받는 데 거부감이 있는 것 같아. 아무리 고민해 봐도 옳은 일인가 하는 의구심이 자꾸 들어."

고하루와 이야기하면서, 몇 명인가의 고객에게 설명해도 좀처럼 계약으로 연결되지 않았던 이유는 내 안에 있는 어떤 정의감 탓이었다는 걸 깨달았다. 여생을 줄이면서까지 누군가에게 생명을 주는 일이 옳다고 단언하지 못하는 나 자신을 발견한 것이다.

역시, 이 일은 나에게 맞지 않는 것 같아. 이제 와서 무슨 소리인가 싶겠지만 도모코 씨에게 상담해 보자. 여기까지 생각하다가 맞은편에 있는 고하루의 입이 앙다물려 있는 걸 발견했다.

"나는 거부감 따위 없어요."

"아, 미안. 괜한 말을 했네."

"아니에요. 각자 생각이 다를 뿐이니까."

크림소다 위 아이스크림이 녹기 시작했다.

"나, 중학생이 되고 나서 반항만 했어요. 엄마에게 걸핏하면 말대꾸하고 공부는 싫어하고, 가출도 몇 번이나 했는지 몰라요."

"그랬구나."

"문득 정신 차리고 보니까 엄마 건강이 나빠져 있었어요. 마른하늘에 날벼락 같았어요……. 의사 선생님이 엄마한테 남은 시간이 적으니 잘해주라고 하더라고요. 나, 아직 중학생이에요. 어떻게 그런 잔인한 말을 중학생한테 할 수 있어요?" 하소연하듯이 말한 고하루는 눈을 꼭 감았다.

"여생 은행에 갈 수 있으면 좋을 텐데, 하고 생각했어요. 그랬더니 정말 눈앞에 있더라고요. 망설임은 하나도 없어요. 옳고 그름 따위 상관없고, 엄마를 살리고 싶어요. 그런데 엄마는 동의서를 내다 버렸어요." 엄마가 되어본 경험은 없지만 나라도 똑같이 했을 것이다.

"자식에게 목숨을 나눠 받고 싶어 하는 부모는 없지 않을까." 내 말이 끝나기도 전에 고하루의 눈동자에 눈물이 그렁그렁 맺혔다.

"그건 알아요. 그럼 어째서 내가 여생 은행에 갈 수 있었는데요? 필요한 사람에게만 나타난다며……." 오른쪽 눈동자에서 흘러내린 눈물을 감추듯이 고하루는 고개를 푹 숙였다. 그래…… 여생 은행은 진심으로 소망하는 사람 앞에 모습을 드러낼 터. 그 순간 문득 떠올랐다.

"아버지, 해외 부임 중이시지?"

"곧 돌아온대요. 실컷 방치해 둔 주제에 이제 와서."

"아버지께 동의서에 서명해 달라고 할 수밖에 없어. 30년은 어렵겠지만 지점장님이 말한 것처럼 정기 적립으로 바꾼다든가. 아니면 아버지의 여생을 예치한다든가……." 내가 말하고도 가혹한가 싶었지만 다른 방안이 떠오르지 않는다. 그러나 고하루는 흥, 하고 고개를 돌려버렸다.

"그 인간에게는 부탁하고 싶지 않아요." 버릇없는 말투다.

"그야 그 인간, 지난 5년간 귀국한 건 단 세 번뿐이었어요. 귀국해도 바쁘게 일만 하고, 이번에도 진짜 올지 의심스러워요."

"어머니의 병에 대해 이야기했어?"

"했어요. 아마 이번에도 급한 일이 있다고 둘러대겠죠. 그런 냉혈한이 퍽이나 자기 목숨을 주겠다." 화풀이하듯이 고하루는 빨대로 크림소다를 단번에 먹어치웠다. 이제 감정을 감추는 건 포기했는지 눈물을 뚝뚝 떨구고 있다.

"엄마가 병에 걸린 건 그 인간 때문이에요. 가족은 거들떠도 안 본 탓에 이런 일이 생긴 거라고요. 만약 엄마가 죽으면 나, 그 인간하고는 절연할 생각이에요." 나지막이 이야기하는 고하루 앞에서 나는 대꾸할 말을 찾지 못했다.

"아, 이만 가야 돼요."

"응?" 반사적으로 고하루와 함께 자리에서 일어섰다.

"지금부터 친척 아줌마 집에 갈 거예요. 동의서는 친척 아줌마가 서명해 줘도 되잖아요."

"그건 그렇지만…… 내일 학교 가는 날 아니야?"

"네? 이 상황에 무슨 학교예요. 음료, 잘 마셨어요." 꾸벅 머리를 숙이고 고하루는 찻집 밖으로 나가버렸다. 만약 동의서를 가져온다면 계약을 진행할 수밖에 없겠지. 아무리 내가 반대해도 이부키 씨는 내 의견을 받아주지 않을 테고.

내심 복잡한 심경을 품은 채 계산하고 밖으로 나가자 저녁인데도 후덥지근한 바람이 몸을 훑고 지나갔다. 장마가 끝나려면 아직 기다려야 하지만 7월이 되자 나날이 기온이 오르고 있다.

화장품을 사고 집에 갈까 싶어 발걸음을 옮기다가 멈춰 섰다. 왜 이러지? 온몸에서 피가 빠져나가는 것 같다. 이제까지 경험해 본 적 없는 강렬한 구토감이 치밀었다.

다시 찻집으로 돌아가 화장실로 뛰어 들어갔다.

"아아……."

중력이 누르는 힘에 당장이라도 거꾸러질 듯한 감각. 급격하게 병세가 악화되었을지도 몰라. 찻집 사람에게 인사를 하고 밖으로 나오니 세상은 달라져 있었다. 걸을 때마다 시야에 들어오는 풍경이 여름 더위에 녹아내린 것처럼 빌딩도, 전신주도 흐물흐물해 보였다. 금세 현기증이 폭풍처럼 덮쳐와 움직일 수가 없었다. 쭈그리고 앉아 전신주에 손을 대고 몸을 지탱했지만 호흡이 잘되지 않는다. 눈을 꾹 감고 폭풍이 지나가기를 기다린다. 마치 물에 가라앉는 것처럼 숨이 가빠져 가는 걸 느낀다.

불현듯 "괜찮아요?" 하는 목소리가 귓가에 들렸다. 남성의 목소리라는 것만 알 뿐 대답할 여유 따위는 없다. "천천히 심호흡해 보세요." 등에 얹힌 손을 의식하면서 숨을 쉬었지만 달리기를 막 끝낸 뒤처럼 고통스럽다.

"코로 숨 쉬어야 산소가 들어가기 쉬워요."

"네." 조금씩 호흡이 진정되며 이제야 풍경도 원래대로 보였다.

"저기에 벤치가 있어요. 제 팔을……. 네, 그렇게요. 부축해 줄 테니까 같이 가요." 이 사람은 누구일까. 안내해 주는 대로 발걸음을 앞으로 내디뎌 보았다. 다행이다, 걸을 수 있을 것 같아.

　아스팔트 도로만 보면서 걷다가 겨우 역 앞 벤치에 앉을 수 있었다. 도와준 사람을 다시 쳐다보니 같은 나이대로 보이는 정장을 입은 남성이 있었다. 이쪽을 걱정스럽게 응시하고 있다. 청결감 있는 가늘고 검은 머리, 진지한 얼굴임에도 미소 짓는 듯한 눈, 곧게 뻗은 콧대.

"저…… 저기……."

"아무 말 안 하셔도 돼요. 진정되시면 택시를 부를게요. 병원에 가시겠어요?" 남성은 내 호흡이 원래대로 돌아온 것을 확인하고 스마트폰 앱으로 택시를 불러주려 했다.

"어느 병원으로 가시겠어요?"

"병원은…… 괜찮아요."

"그렇지만 상태를 보니 걱정되는데요."

　휴일 진료를 하는 병원에는 이 난치병을 진찰해 줄 의사가 없을 것이다. 구체적으로 설명할 수도 없어서 직접 택시를 불렀다.

"저기, 성함을 알려주시겠어요?" 택시를 기다리는 동안 적어도 이름만이라도 물어보자 싶었다.

"드라마 같은 데서 자주 보던 장면이네요. 이름을 밝힐 정도로 대단한 일을 하지도 않았는데요, 뭘." 아무래도 그는 밝은 사람인 것 같다. 싱그러운 미소가 여름과 잘 어울렸다.

생각보다 빨리 도착한 택시에 올라탔다.

"정말 감사했습니다."

"아니에요. 몸조심하세요." 그는 택시에 동승하지 않고 미련 없이 가버렸다. 한 번도 돌아보지 않고 그대로 걸어간다. 달리기 시작한 택시가 남성을 지나치자 그가 손을 크게 흔들어주었다. 나도 뒷유리 너머로 손을 흔들었다. 다시 못 볼 사이라는 것이 조금 아쉬웠다.

"아아, 큰일이야, 큰일." 고객이 없는 사무실에서 조금 전부터 이부키 씨가 우왕좌왕하고 있다.

"결국 이번 달 매출도 현 단계에서는 제로. 이래서는 하나에게 인사이동 이야기가 있을지도 모르겠군." 힐끔 시선을 보내고는 눈이 마주치자 일부러 피하는 이부키 씨. 지난번에는 인사이동이 없다고 했으면서. 그렇지만 계약을 따내지 못한 건 사실이기도 하고, 역시 나에게는 이 일이 맞지 않는 것 같다.

"지점장." 나보다 먼저 이의를 제기한 것은 도모코 씨였다.

"그렇게 말해봤자 소용없어요. 하나 짱은 접수 담당이니까요."

"그건 그렇지만……."

"애초에 영업은 지점장 일이에요. 여기서 한탄할 시간에 일이나 따 오세요."

"윽……."

"하나 짱이 어제 쉰 것도 감기가 아니라 지점장의 갑질로 스트레스를 받은 건지도 모르죠."

"으윽……."

이부키 씨의 약점은 도모코 씨인 모양이다. 어깨를 움츠리고 뒤로 물러난 이부키 씨가 조금 불쌍해 보였다.

어제 쉰 건 사실이다. 쉴 생각은 없었는데 전날 밤 고열에 시달리는 바람에 출근하지 못했다. 몸져누워 있으면서 그때 도와준 남성을 몇 번이나 떠올렸다는 건 비밀이지만.

"감사해요." 이부키 씨가 열리지 않는 문 안으로 모습을 감추는 것을 끝까지 지켜본 후에 도모코 씨에게 인사를 건넸다.

"몸이 안 좋아 보이네. 전에 말한 병 때문이야?"

고용지원센터에서 만났을 때를 마지막으로 도모코 씨에게는 병세에 대해 말하지 않았지만 기억해 주고 있었나 보다. 제때 의논하지 않았던 스스로를 반성하며 고개를 끄덕였다.

"사실 건강이 안 좋아요. 여기에 오고 나서도 좋았다가 나빴다가 했는데 지금은 나쁜 편이라……. 정확히는 '상당히 나쁜 편'이에요."

"당분간 쉬어도 돼. 유급휴가는 아직 없지만 결근으로 처리하면 되니까. 보다시피 오는 사람도 없고."

"네……."

어떡하지. 이 일이 맞지 않는다고 이야기해야 할까. 책상 위에 시선을 둔 사이 도모코 씨는 탕비실로 간 모양이다. 잠시 후 돌아온 도모코 씨가 머그 컵 하나를 건넸다.

"도모코 특제 아마자케(쌀로 빚은 일본 전통 음료)야. 냉장고에 뒀으니까 언제든지 뜨거운 물에 타서 마셔."

"감사해요."

"지금이 딱 여름으로 바뀌는 시기잖아. 의외로 몸이 훅 간다니까. 아마자케는 옛날에는 여름 보양식으로 마셨다더라." 피어오르는 김에서 다디단 향이 났다. 한 모금 마셨더니 조금 전보다 마음이 편해진 느낌이다.

"요즘에 고민이 생겼어요. 저, 고객님이 오셔도 지점장님처럼 열정적으로 여생을 예치하라고 권하지 못하잖아요……."

"으응." 홀짝홀짝 아마자케를 마신 도모코 씨가 동의했다.

"사정을 알면 알수록 계좌 개설을 하지 않는 방향으로 조언하게 돼요. 아마도…… 이 일에 맞지 않는 것 같아요." 툭하면 무의식적으로 여생을 예치하지 않는 쪽으로 조언해서 은행에 보탬이 되지 않는 짓을 하고 만다.

"제가 여기 있어서 여생 은행의 매출이 오르지 않는다면—."

"그건 아니야, 절대." 도모코 씨의 단호한 말을 듣고 깜짝 놀랐다.

"저기, 왜 내가 하나 짱을 이곳 직원으로 추천했는지 알아? 하나 짱이 착한 사람이라는 걸 한눈에 알아봤기 때문이야."

"전혀 착하지 않아요. 절친에게도, 부모님에게도 연락을 미루고 미루다가 최근 들어서 겨우 만나게 된걸요……."

"하지만 확실하게 실천에 옮겼잖아?" 자상하게 묻는 도모코 씨를 보며 머리를 끄덕였다. 도모코 씨가 "바로 그런 점이야." 하고 웃었다.

"상대방이 어떻게 생각할지 곰곰이 생각하고 나서 행동하거나 입을 열잖아. 자신뿐만 아니라 상대방을 굽어볼 줄 아는 사람이야말로 착한 사람이거든. 일도 그래. 실적을 올리려고 무작정 권하지 않고 상대방을 성심껏 배려해서 의견을 전하지. 이 은행에는 그런 사람이 필요해." 그녀는 말을 끝내고는 이부키 씨가 있는 열리지 않는 문을 가리켰다.

"지점장은 평소에는 무뚝뚝하고 쌀쌀맞은 데다 완고하지만 고객을 대할 땐 유창하게 계좌 개설을 권하지? 그런데 그건 딱히 여생 은행 본사가 엄격하기 때문이 아니야."

"아…… 그래요?"

"여생 은행은 중립적이어야 해. 하지만 지점장은 어떻게 해서든 여생을 많이 모으고 싶어 하지. 잘은 모르겠지만 그러면 할 수 있는 일이 늘어난다나." 처음 듣는 이야기다. 할 수 있는 일이 대체 무엇일까…….

"게다가 우리끼리니까 하는 이야기인데 하나 짱이 오고 난 후로 오히려 계약 수가 많아졌어." 장난스럽게 웃는 도모코 씨의 말을 듣고 눈이 동그래졌다.

"앗, 하지만…… 아직 두 건뿐인데요? 심지어 두 건 모두 1년 미만이고요."

"누군가에게 생명을 주는 일이란 그런 거야. 지점장은 계약을 따고 싶어서 안달복달하지만 원래 그러니까 신경 쓰지 마." 그래도 신경을 안 쓸 수가 있을까.

"여하튼 하나 짱이 정직한 마음가짐으로 판단할 수 있는 사람이라 나는 추천했어. 함께 일하면서 예상대로 그런 사람이라고 실감했고. 이건 정말이야."

"……네." 고개를 끄덕이는데 갑자기 울고 싶어졌다. 부끄러움과 쑥스러움, 그리고 누군가에게 인정받았다는 느낌이 들었으니까.

동시에 늘 어디선가 여생을 나누어 받으려 했던 스스로가 창피해졌다. 간사한 마음을 버리고 고객을 진정성 있게 대해야겠다는 생각이 처음으로 들었다. 그렇다면 도모코 씨에게도 병에 대해 자세히 전해야 해.

"사실, 제 병세…… 꽤 나빠요. 시한부 선고도 받았어요." 내 고백을 들은 도모코 씨는 마치 알고 있었던 것처럼 고개를 끄덕였다.

"그래서 도모코 씨에게도 민폐를 끼칠 일이 있을지도 모르겠어요. 미리 죄송하다고 말씀드리고 싶어요."

이 상태라면 얼마 안 있어 침대에서 일어나는 것도 힘겨워질 듯하니까. 입원하거나 수술하게 되면 업무를 고스란히 떠맡게 될 도모코 씨에게 커다란 폐를 끼치겠지.

"그랬구나……. 말 꺼내기 어려웠을 텐데 귀띔해 줘서 고마워. 이 일, 부모님에게는 말씀드렸어?"

"아직요. 좀처럼 용기가 나지 않아서……." 나무라기는커녕 도모코 씨는 "그렇구나." 하고 맞장구를 쳐주었다.

"정말로 소중한 사람에게는 쉽게 말하기 어렵지."

"네."

"나 역시 아들에게 전부 오픈하느냐 하면 그건 아니거든. 어쨌든 지금은 건강 잘 챙겨. 쉬어도 상관없으니까."

"감사해요." 기묘하다. 도모코 씨가 잘 이해해 줘서 그런지 도리어 부모님에게 전하고 싶은 마음이 돋아났다.

"오늘은 일찍 퇴근할래?" 도모코 씨의 인자함이 아마자케와 함께 몸속으로 따뜻하게 스며든다.

"괜찮아요. 끝까지 열심히 할게요."

"열심히 하지 않아도 돼. 느긋하게 해. 그럼 난 비품

구매하고 올 테니까 자리 비우는 동안 잘 부탁해."

"네."

도모코 씨가 뒷문으로 나가는 순간, 동시에 출입구 자동문이 열렸다. 바람처럼 뛰어 들어온 것은 고하루였다. 어라, 아직 점심시간도 안 됐는데……. 손목시계로 시각을 확인하는 동안 고하루는 내가 앉아 있는 카운터 앞까지 와서 "저기." 하고 성난 목소리를 내뱉었다.

"동의서 없이 어떻게 안 돼요?"

"아, 친척 아줌마도 잘 안됐어ㅡ요?" 반말이 튀어나오려다 말았다. 고하루는 의자에 앉아 볼을 빵빵하게 부풀렸다.

"엄마가 먼저 연락했대요. 일부러 먼 곳까지 갔는데 엄청나게 야단맞았어요. 심지어 나한테 말도 안 하고 그 인간을 불러들였지 뭐예요. 완전 최악이야." 그 인간이라는 건 아버지를 일컬으리라.

"해외에서 돌아오셨군요."

"곧 다시 출국한대요. 머무는 동안 다 같이 저녁 먹으러 가재요. 자기 마음대로 구는 것도 정도가 있지, 진짜 열받아!" 혐오감을 노골적으로 드러내는 고하루가 "아악!" 하고 외치며 머리를 감싸 쥐었다.

"엄마, 정말로 상태가 나쁜 것 같은데 어떡하지. 어떻게 좀 해봐요!"

"지금 어머님은 혼자 집에 계시나요?"

"아니. 친척 아줌마랑요……. 친가 쪽 친척인데 아오모리에서 와서 우리 집에서 지내고 있어요." 조금 전까지의 기세를 잃고 고하루는 힘없이 말했다. 사실은 곁에 있어주고 싶을 터다. 하지만 여생 은행을 알게 된 바람에 그러지 못하는 거겠지.

"이러다 엄마가…… 엄마가……." 울먹이는 고하루에게 "이해해요."라고 대답했다.

"고하루 씨의 심정은 이해해요. 어머님을 정말 사랑하나 봐요."

"사랑해요. 친엄마는 아니지만 그 이상으로 나를 아껴줘요. 나는 그것도 모르고 반항만 하고……. 그러니까 적어도 생명을 나누어 주고 싶어요." 흐느끼는 고하루. 그렇지만 역시 난 찬성할 수 없다.

"고하루 씨의 생명을 나누어 주어도 어머니는 전혀 달가워하시지 않겠죠. 오히려 그 일을 알면 자기 자신을 질책하실 거라고 생각해요."

"그럼 어떻게 해야 하는데!" 언성을 높인 고하루의 볼에 눈물이 흘러내렸다.

"아버지께 제대로 이야기해야 해요."

"그건 싫어요."

"어머님을 살리고 싶죠? 지금은 고집부릴 때가 아니라는 거, 고하루 씨도 사실은 알고 있을 거예요." 분한 듯이 얼굴을 찡그리는 고하루. 그렇겠지……. 엄마의 건강이 나쁘다는 걸 아는 상황에서 외식이나 제안하는 아빠라면 당연히 반발할 만하다. 하지만 지금 할 수 있는 일은 그것밖에 없다.

"아버지는 지금 어디에 계시나요?"

"몰라요. 억지로 차에 태우고 집으로 끌고 가려고 해서 신호 대기 중에 도망쳤어요."

문 열리는 소리가 들려서 뒤돌아보자 이부키 씨가 안경 렌즈를 닦으며 열리지 않는 문에서 나오고 있었다. 자물쇠를 채우는 모습을 보니 고객이 있다는 걸 눈치챈 모양이다.

"이런, 고객님이 오셨군. 어서 오십시오." 만면에 웃음을 띠고 다가오면서 안경을 썼다. 안경을 쓰고야 고객이 고하루라는 사실을 알아챘는지 엑, 하고 오만상을 찌푸리며 우뚝 멈춰 섰다. 지난번 '아저씨' 발언에 앙심을 품고 있는 것이다.

"어라, 아버지는?" 고하루가 아무런 대답을 못 하자 이부키 씨는 땅이 꺼져라 한숨을 쉬었다.

"어차피 동의서도 받아 오지 못했겠군. 서류 좀 보여 줘." 고하루가 얼마 전 작성했던 서류를 뭉치째 이부키 씨에게 건넸다.

"어차피 고하루 씨는 미성년자이니까 보호자 동의서가 없으면 아무것도—." 도중에 말을 멈추기에 올려다보자 이부키 씨가 눈썹을 찡그리고 있었다.

"음······."

"왜 그러세요?"

"······아니, 별일 아니다." 냉담하게 서류를 돌려주었다.

급격한 변화에 어찌할 바 몰라 하고 있는데 입구 자동문이 열리는 소리가 들렸다. 중년 샐러리맨이 안으로 들어온다. 뒤돌아본 고하루가 의자 미는 소리를 내며 일어섰다. 곧바로 그 남성이 고하루의 아빠라는 걸 알았다. 그야 눈과 입매가 똑 닮았으니까.

"헉······ 왜 아빠가 여기 있어?"

"고하루, 너······." 놀란 것은 상대도 마찬가지인지 고하루보다 더 눈을 크게 뜨고 있다. 정신을 차린 고하루가 고개를 내저었다.

"뭐야…… 뒤밟았어? 평소에는 방치해 두는 주제에, 전화만 하고 만나러 오지도 않는 주제에 뭐 하는 거야!" 당장이라도 덤벼들 듯한 고하루. 카운터 밖으로 팔을 뻗어 막으려 했지만 그녀는 바로 몸을 휙 돌려버렸다.

"엄마가 많이 아파. 나를 막으러 다닐 시간에 집에는 왜 안 가는데. 지금도 그래, 이런 곳에 올 때가 아닌데 왜……." 고하루는 와아앙, 하고 크게 울음을 터트렸다.

"엄마가 죽는대. 그런데도 아무것도 할 수가 없어. 왜 내가 주면 안 되는데. 내가 제일 엄마를 살리고 싶은데……!"

"고하루……." 아빠가 안으려 하자 저항하면서 오열하는 고하루. 저 아이를 위해 내가 할 수 있는 건…….

"아버님, 죄송하지만 이야기를 들어주시겠어요?" 내가 호소하는 동시에 고하루는 아빠의 손을 뿌리치고 뒤쪽으로 도망쳤다. 딸에게 신경이 쏠린 것 같았지만 그는 가까스로 나를 쳐다봐 주었다.

"지금부터 드릴 말씀을 믿지 못하실 수도 있지만 잘 들어주세요. 사실 이곳은–."

"여생 은행이죠." 그렇게 말하고 그는 피곤하다는 듯

이 의자에 걸터앉았다. 설마 알고 있으리라고는 생각지 못해 그대로 굳고 말았다. 어느새 옆에 선 이부키 씨가 그를 향해 입을 열었다.

"오랜만이야."

"이부키 씨……였나요. 당신과 또 만나게 됐군요."

"이번에는 늦었군."

"업무 일정을 조정하지 못해서, 마음이 꽤 급했어요." 의아해하는 건 나뿐만이 아니라 고하루도 마찬가지다. 뒤에서 가만히 다가와 귀를 기울이고 있다. 내 의자를 살짝 미는 이부키 씨. 앉으라는 뜻이리라. 옆 의자에 이부키 씨도 자리를 잡았다.

"이 사람은 미나미야마 마코토 씨. 서류를 보고 알았어."

"처음 뵙겠습니다." 고개를 깊게 조아리는 미나미야마 씨. 정면에 보이는 고하루와 눈이 마주쳤다. 이부키 씨가 "저기 앉아." 하고 손짓을 했다. 머뭇거리면서도 고하루는 결국 자리에 앉았다. 지금…… 무슨 일이 일어나고 있지. 설마……. 어떤 예감이 점점 커지고 있다. 마우스를 움직여 이부키 씨가 컴퓨터 화면에 계약서 부본을 띄웠다.

"아아……."

무심코 한숨이 흘러나왔다. 계약서 서명란에 '미나미야마 마코토'라는 이름이 적혀 있다. 계약일은 5년 전. 수혜자는 미나미야마 가나코― 고하루의 엄마다. 5년 치의 여생을 예치한다고 기재되어 있다.

"지점장님…… 미나미야마 씨는 부인에게 이미 여생을 예치했기 때문에― 앗!" 얼떨결에 이부키 씨의 팔목을 붙잡았다.

"여생을 예치한 사실을 입에 올리면 무효가 되는데……." 여생 은행에 대한 이야기를 타인에게 해버리면 계약은 무효가 된다고 했을 터. 이곳에는 계약에 관여하지 않은 고하루가 있다.

"아니." 이부키 씨가 정면을 바라본 채 말했다.

"이제 미나미야마 씨가 맡긴 여생의 잔고는 없어. 그러니까 딱히 상관없다."

미나미야마 씨가 "미안하다." 하며 고하루를 바라보았다. 넋이 나간 고하루는 아직 상황을 이해하지 못한 것처럼 보였다.

"그러니까 5년 전에 네 엄마가 아프다는 걸 알게 됐어. 의사에게 갔을 때는 이미 늦었지." 슬픈 이야기임에도 그리운 듯한 말투로 말하며 그는 천장을 올려다보았다.

"경악했어. 네 엄마가 죽는다니 상상조차 못 했거든. 네 엄마는 입원 치료는 받지 않겠다고 억지를 부리지, 너는 아직 초등학생이지. 만약 여생 은행이 있다면, 하고 매일 기도했어. 그리고…… 드디어 찾아냈어."

"그때 미나미야마 씨, 필사적이었지."

출력한 계약서를 고하루에게 건네는 이부키 씨. 가로채듯 손에 쥔 고하루는 글자를 눈으로 훑으며 서서히 창백해져 갔다.

"5년…… 예치했어? 그럼 아빠가 해외로 간 이유는……."

"아빠는 말이야, 고하루가 엄마랑 시간을 많이 보냈으면 했어. 그런데 여생 은행 이야기는 할 수 없었어. 아빠는 엄마랑 딱 한 번밖에 못 만나거든. 그건 5년이 지나 계약이 종료되어도 마찬가지고." 확인하듯이 그가 이부키 씨를 보았다.

"계약은 계약이니까." 이부키 씨의 말이 조금 쓸쓸하게 귀에 닿았다.

"그렇죠. 같은 나라에 있으면서 네 엄마와 만나지 못

하는 건 너무 괴로운 일인 데다 고하루도 납득하지 못할 거잖아? 그래서 굳이 해외 전근을 갔어."

"어떻게 그럴 수가……. 그럼 돌아오지 않았던 게 아니라."

"돌아올 수 없었던 거지." 미나미야마 씨의 자상한 설명을 듣고 고하루는 눈물범벅인 채 계약서를 계속 응시하고 있다. 문득 의문이 떠올라 "저기……." 하고 물었다.

"미나미야마 씨가 아내분과 마지막으로 만났을 때가 언제죠?"

"여생 은행을 발견한 날 아침이에요. 집에 들어가면 그게 마지막 만남이 되잖아요? 그래서 전근 가기 전까지 호텔에서 지냈어요." 자조하는 미나미야마 씨의 눈동자도 촉촉해졌다. 그럼 계약한 뒤로 지금껏 한 번도……? 무심결에 그의 얼굴을 들여다봤다.

"물론 아내는 금방 눈치챘어요. 감이 좋기도 하고, 제가 여생 은행을 찾고 있었다는 걸 알았거든요. 그 이후 아내는 이곳을 찾아왔어요."

"으음." 하고 이부키 씨가 고개를 끄덕였다.

"계약을 체결한 다음 날 곧장 달려왔다. 화가 머리끝까지 난 채 말이야. 내 운명은 내가 결정하고 싶다며 펑 펑 울더군. 마침 도모코 씨가 없는 날이어서 몹시 힘들었지." 씁쓸하게 이부키 씨가 고하루에게 시선을 주었다.

"그때 약속할 수밖에 없었다. 더 이상 여생은 절대 예치받지 않겠다고."

"말도 안 돼……!" 번쩍 고개를 든 고하루의 눈동자에서 눈물이 다시 흘러내렸다.

"그럼 내가 한 짓이…… 헛수고였다는 거야? 그럼 이제 엄마는 죽는다는 거잖아! 그럼 아무런 의미도 없잖아!" 절규하는 소리가 사무실에 울려 퍼졌다.

"그건 아니라고 생각해요." 스스로도 신기할 정도로 불쑥 내뱉었다. 분노에 찬 얼굴을 내 쪽으로 돌리는 고하루에게 한 번 더 말했다.

"아닙니다." 이번에는 단정적인 말투로.

"여생 은행에서 계약하는 경우 대기 기간이 8일이에요. 그사이에 어머니는 이곳을 방문하셨죠. 그렇다면 취소도 가능하다는 거죠. 맞죠?"

"그렇지." 하고 이부키 씨가 대답했다.

"처음에는 취소해 달라고 완강히 요구했지만 마지막에는 받아들였다."

"뭐……?" 맥이 빠진 고하루에게 쐐기를 박듯 말했다.

"어머니는 고집을 꺾고 고하루 씨와의 5년을 선택하신 거예요." 설령 남편과 만나지 못해도 남은 나날을 딸과 함께 보내기로 한 것이다. 그리고 약속대로 미나미야마 씨는 5년 뒤에 이곳으로 돌아왔다.

"……정말이야?" 코가 새빨개진 고하루가 묻자 미나미야마 씨가 고개를 끄덕였다.

"아빠는 엄마랑 연락 못 해. 그래서 친척 아주머니의 도움을 받았지. 다들 고하루가 여생 은행을 찾을까 봐 걱정했단다." 미나미야마 씨의 눈에도 눈물이 차오르고 있다.

"아니나 다를까, 고하루는 여생 은행을 찾았고 동의서에 서명해 달라고 엄마에게 떼썼어. 된통 야단맞은 것 같은데 엄마는 그렇게까지 고하루가 자신을 아껴주어서 매우 기뻐했어. 그러니까 의미는 충분히 있었단다."

"하지만, 하지만……." 콧물을 훌쩍거리는 고하루의 어깨를 미나미야마 씨가 감싸 안았다.

"아빠가 얼굴을 거의 보여주지 않아서 우리 딸을 쓸쓸하게 했구나." 이제는 미나미야마 씨도 울고 있다. 커다란 눈물방울이 뺨으로 떨어진다.

"고하루, 사정을 털어놓지 못해서 미안하다. 엄마는 네가 자라는 모습을 볼 수 있어 행복하다고 친척 아주머니에게 종종 이야기했대."

"그럼 내 여생을…… 나누어서……." 절대 받아들여지지 않으리라는 것을 알았는지 고하루의 쉰 목소리가 희미해졌다.

가나코 씨가 여생 은행에서 받은 5년의 생은 다했을 것이다. 지금은 편안한 마음으로 지내고 있겠지. 만난 적 없는 사람인데도 왠지 그럴 거라는 생각이 들었다.

"사실은 말이야." 미나미야마 씨가 조금 전보다 부드러운 목소리로 말했다.

"엄마와 마지막 협상을 했어."

"협상?" 고하루가 어리둥절해하자 미나미야마 씨가 장난스럽게 웃었다.

"엄마에게는 그 5년이 이별을 준비할 수 있는 시간이었던 거야. 하지만 고하루는 그러지 못했잖아. 갑자기 엄마 상태가 나빠져서 슬픈 마음으로 가득하지?"

"맞아……. 아무것도 몰랐으니까." 억지를 부리던 모습은 온데간데없고 소녀답게 고하루는 눈물을 뚝뚝 흘리고 있다.

"일주일 치의 내 여생을 받아주기로 했어."

"아……."

"아주머니가 엄마를 끈질기게 설득해 주셨어. 엄마도 납득했고. 그러니까 오늘부터 6일간은 엄마랑 둘이서만 보내. 슬프겠지만 이번에는 고하루가 이별을 준비할 시간이야." 이렇게 슬픈 이야기를 하면서 어째서 미나미야마 씨는 웃을 수 있을까. 사랑하는 사람을 소중히 여기는 강한 마음에 나도 눈물이 흘렀다.

"마지막 하루는 아빠도 같이 셋이서 지내자. 이제 아빠도 엄마와 만날 수 있단다."

"그게 마지막……."

"응. 아빠가 엄마와 만날 수 있는 건 그게 마지막이야. 그 이후에는 네가 엄마를 보살펴 줘야 해. 슬프게 해서 미안. 정말 미안하다."

"아빠!" 품에 안기는 고하루를 더욱 보듬어주는 미나미야마 씨. 마치 뿔뿔이 흩어졌던 가족이 하나가 되는 장면을 보는 듯하다. 여생을 주는 데에는 그 사람의 결의— 깊은 각오와 슬픔, 그리고 희망이 존재하는구나……. 만약 내가 도움이 된다면 조금 더 보탬이 되고 싶어.

눈물로 시야가 일그러진 가운데, 여생 은행에서 일하는 의미를 발견한 것 같았다.

7월 하늘에 가느다란 연기가 한 줄기 피어올랐다.
"지금쯤 가나코 씨는 하늘로 갔겠지." 그렇게 말하면서 도모코 씨는 눈물을 훔쳤다. 옆에서 나도 조용히 고개를 끄덕였다. 그 이후로 계약을 하고, 이부키 씨가 특별하게 선처하여 즉시 여생을 이관했다. 그 일주일을 그들은 어떻게 보냈을까.

고하루는 즐겁게 6일간 무슨 일이 있었는지 말해주었다. 어딘가 외출하지도 않고 줄곧 모녀끼리 지냈다고 한다. 이런저런 이야기를 나누다 마지막 날에는 아빠까지 함께 진정으로 단란한 시간을 보냈다나. 저녁 메뉴는 고하루가 좋아하는 햄버그스테이크, 그리고 미나미야마 씨가 즐기는 야채조림이었다. 미나미야마 부부는 5년 만에 만났음에도 시간의 공백을 느끼지 못할 정도로 자연스러워 보였다고 한다.

"아빠…… 마지막에 엄마한테 사랑한다고 했어요." 고하루는 이렇게 끝맺으면서 눈물을 머금었다.

"이케우치 씨." 회상을 끝내고 목소리가 들려 뒤돌아

보니 고하루가 걸어오고 있었다.

"여러 가지로 고마웠어요." 머리를 숙이는 고하루에게 비장함은 없고, 평온한 표정뿐이다.

"아무런 도움이 못 돼서 미안해. 저기, 아버지는?"

"지금 조문객들에게 인사하러―." 말하다 말고 고하루가 쿡쿡 웃었다.

"뭐랄까, 나랑 아빠가 너무 아무렇지도 않으니까 다들 오히려 걱정하고 있어요."

"응. 그런 것 같더라. 그건 그렇고 참 아름답고 따뜻한 의식이었어." 이별은 언제나 갑작스럽다. 그러나 여생은행을 이용해서 이별을 준비할 수 있다면 존재 의의는 있는 것 같다. 고하루를 배웅하고 도모코 씨와 함께 걸었다.

"결국 지점장님은 참석하지 않으셨네요."

"지점장은 신파를 싫어하니까." 도모코 씨가 뒤를 돌아보았다.

"최근에는 몸 상태가 좋은 것 같네?" 화제를 바꿔준 도모코 씨 덕분에 한시름 놓고 고개를 끄덕였다.

"얼마 전까지 아팠던 게 거짓말 같아요." 그래, 요 며칠은 유난히 안정적이다.

"그래 보이더라." 기쁜 듯 활짝 미소 짓는 도모코 씨를 보다가 문득 깨달았다. 잘 생각해 보면 몸 상태가 좋아지는 건 늘 계약을 한 뒤다.

"잠시만요. 혹시…… 여생 은행에서 일하는 사람은 계약 실적에 따라 여생을 받을 수 있나요?"

"설마. 그러면 20년 일하고 있는 나는 어떻겠어."

하긴 그렇군, 하고 납득했다. 이제 슬슬 나도 여생을 나누어 받겠다는 기대는 버려야겠어. 여생 은행에서 일하는 의의를 드디어 찾았으니 고객들에게 더욱 정성을 다해야지.

"그럼 이만 집에 가자. 볕에 그을리겠어." 화장장을 향해 합장하고는 도모코 씨는 걸음을 내디뎠다.

"잠깐만요."

뒤쫓아 가는 저편으로 여름 하늘이 애달프게 펼쳐져 있었다.

기이하게도 그때부터 몸 상태는 내내 안정적이다. 우체국 심부름을 부탁받고 거리를 걷는데 메스꺼움도, 느른함도 없었다. 그 뒤로 나흘이 지났다. 미나미야마 씨는 오늘부터 일본 근무로 복귀한다고 한다. 아까 전화로

"이제 아빠랑 살 거예요." 하고 소식을 전해준 고하루의 목소리는 밝았다. 앞으로도 고하루 가족이 웃는 얼굴로 지냈으면 좋겠다…….

우체국에서 편지를 부치고 밖으로 나오자 태양과 시선이 얽혔다. 그리고 반대편에서 걸어오는 정장 차림의 남성이 보였다.

"엇……."

무심결에 멈춰 선 것은 낯익은 남성이었기 때문이다. 딱 한 번 만났을 뿐인데 왠지 바로 알아차렸다. 그때 마치 드라마 속 주인공처럼 나를 도와주었으니. 그도 똑같이 발걸음을 멈추다가 얼굴을 밝게 빛내며 뛰어왔다. 분명 그날도 가는 흑발이 바람에 흔들리는 모습이 슬로모션처럼 보였지.

"저기, 저번에……?"

"네, 맞아요. 그 이후로 괜찮았어요? 계속 걱정했어요." 도움을 받았을 때는 여유가 없었지만 사실 이후에는 몇 번이나 떠올렸다. 새삼스럽지만 상당한 미남이었다.

갑자기 부끄러워져서 "네." 하고 기어들어 가는 목소리로 대답했다. 남자에 내성이 없기 때문에 이럴 때는 어떤 반응을 해야 할지 모르겠다. 그는 가방에서 명함 케이스를 꺼내더니 명함 한 장을 나에게 내밀었다.

"미야자키 구니토시라고 해요." 명함에는 대기업 생명보험회사명과 '요코하마 지부 과장'이라는 직책이 적혀 있다.

"이케우치 하나예요. 그때는 정말 감사했어요."

"아니에요. 건강해지신 것 같아 다행이네요." 하얀 이가 반짝 빛날 정도로 상쾌한 이미지의 미야자키 씨를 보자 절로 고개가 숙여졌다. 기대하면 안 돼.

"그럼." 인사하고 마무리 지으려 하자 그는 "다행이다." 하며 안도했다.

"길거리를 걸을 때마다 다시 만날 수 없을까 기대했어요."

"네……?"

"그래서 오늘은 기적이 일어난 것만 같아요." 미야자키 씨가 싱긋거리자 내 볼은 쉬이 뜨거워졌다.

Chapter 5

☾

망가진 사랑을 고치는 방법

이 여성에게는 고고한 아름다움이 있다. 그녀가 은행에 발을 들여놓은 순간부터 향수를 뿌린 듯 화려한 분위기가 넘쳐흘렀다. 벌써 몇 차례 방문했음에도 다들 마법에 걸린 것처럼 시선을 계속 빼앗기고 만다. 저 이부키 씨조차도.

 옅은 화장에 긴 생머리를 하나로 묶고, 검정 계열 정장을 입은 단아한 스타일.

 곧은 자세와 강인한 의지가 느껴지는 눈동자에서 품격이 드러난다. 그녀처럼 나에게도 타고난 무언가가 있으면 좋을 텐데 아쉽게도 신은 평등하지 않다.

 최근에는 나도 나름 연습을 해서 화장술은 향상됐다고 생각한다. 혼자만의 착각인지도 모르지만. 너무 뚫어지게 쳐다보면 실례겠지. 나도 자세를 바로잡고 머리를 숙였다.

"나쓰메 마사미(夏目正美) 님, 내점해 주셔서 감사합니다." 이 순간에도 이름에 '아름다울 미(美)' 자가 들어가 있구나, 하는 깨달음이나 얻고 있다.

"저야말로 감사해요."

처음에는 신청서를 주었고 지난번에는 자세한 설명을 했다. 그리고 오늘은 건강진단서를 받기로 했다. 그녀가 내민 봉투에서 진단서를 꺼내 '수검자'와 '소견 없음' 글자를 확인하고 앞에 놓았다.

"이걸로 서류는 다 갖추어졌네요. 다시 한번 확인하겠습니다." 데이터가 표시된 태블릿을 나쓰메 씨에게 건넸다.

"네."

"계좌에 예치하실 여생은 10년, 상대방의 성함은 후유노 마사키(冬野正樹) 님……. 왠지 이름의 느낌이 비슷하네요."

"네?" 되묻는 나쓰메 씨를 보며 허둥지둥 고개를 저었다.

"성에 계절 한자가 들어가 있고 두 분 다 '바를 정(正)'

자를 사용하셔서요……." 쓸데없는 말을 해버렸는데도 나쓰메 씨는 상냥하다.

"맞아요." 그녀는 소리 없이 우아하게 웃었다.

"이름에 공통점이 있어서 금방 친해졌어요. 벌써 오래전 일이지만요."

계약서에 따르면 나쓰메 씨는 현재 스물아홉 살. 두 사람의 만남은 대학교 1학년 때로, 만난 지 얼마 지나지 않아 연인이 되었다. 풀리지 않는 의문은 진행형인 연애가 아니라 2년 전에 헤어졌다는 점이다.

"두 분은 8년 사귀고 헤어지셨네요? 그런데 왜 여생을 예치하고 싶어 하시죠?"

보통 헤어진 연인에게 여생을 선물하고 싶다는 생각은 하지 않을 것이다. 이번에 제출한 건강진단서를 첨부해 심사 신청을 하기 위해 그 이유를 정확하게 알아두고 싶었다.

"그 부분은 별로 상관없잖아." 머리 위에서 내리꽂히는 목소리에 한숨을 쉬었다. 조금 전부터 이부키 씨의 인기척이 없다 싶었는데 바로 옆에서 듣고 있었구나.

"하지만……." 주저하는 나를 무시하고 옆 의자에 앉은 이부키 씨는 손을 뻗어 나쓰메 씨에게서 태블릿을 낚

아챘다. 7월이 되어도 검정 재킷을 벗지 않는 건 아마도 이부키 씨의 고집이겠지. 오늘 넥타이는 감색. 드문드문 노란색 점이 찍혀 있어 밤하늘을 연상시킨다.

"모처럼 10년이나 여생을 예치해 주는데 복잡한 건 생략하자고." 최근에는 그 누구에게도 존댓말을 쓰지 않는 이부키 씨. 대형 계약을 따낼 수 있을 것 같으니 몸이 근질거리는 건 알겠지만 조금 더 신중하게 하시죠.

"제대로 된 이유를 적지 않으면 심사에서 가려지는 경우도 있기 때문이에요." 그럴싸한 미소를 꾸미고 이부키 씨가 아니라 나쓰메 씨를 향해 설명하자 "흥." 하고 옆에서 비웃는 소리가 들렸다. 울컥하는 마음을 누르며 어떻게든 침착함을 유지하려 했다. 이부키 씨가 옆에 있으면 평정심이 항상 무너진다. 그런 나를 보고 쿡쿡 웃은 나쓰메 씨가 자세를 고쳐 앉았다.

"이유라면 말씀드릴게요. 숨길 것도 없으니까요." 품위 있는 미소에 왠지 볼이 뜨거워진다. 매력적인 사람이란 언제나 여유 있는 사람을 가리키는 것 같다.

"누구나 이상하게 생각할 만한 일이죠. 그리고 담당이신 이케우치 씨에게는 왜 전 남자 친구에게 여생을 주고자 하는지 정확하게 알려드리고 싶어요."

"그러나." 이부키 씨가 떨떠름하게 제지하려 했지만 동요하지 않고 고개를 크게 주억이는 나쓰메 씨.

"괜찮아요. 저도 빨리 여생을 맡기고 싶으니까 첫 심사에서 통과되면 좋죠." 이부키 씨를 부드럽게 설득한 뒤 그녀는 나에게 눈길을 주었다. 올곧은 시선에 무심코 눈을 피하고 말았다.

"이케우치 씨는 진정한 사랑을 하신 적이 있나요?" 생각지도 못한 질문에 순간 대답이 늦고 말았다.

"……아니요. 그런 경험은 없는 것 같아요." 없지만 최근에는 미야자키 씨와 좋은 관계다. 그래 봤자 차를 마시거나 점심식사를 함께하는 정도지, 고백을 받은 건 아니지만……. 내심 그렇게 생각에 살을 덧붙이던 나는 옆에서 웃음을 참고 있는 이부키 씨를 한번 노려봐 주었다. 그런 머리 스타일에 똑같은 정장만 닳도록 입는 지점장님도 인기가 있을 것 같지는 않거든요.

가볍게 고개를 끄덕이는 나쓰메 씨가 그리운 듯 미소 지었다.

"마사키…… 아니, 후유노 씨하고는 그야말로 진정한 사랑을 했어요. 대학을 졸업하고 나서도 계속 곁에 있어주어서 저는 행복했죠. 하지만…… 사랑을 망가뜨린 사람은 바로 저예요." 소리도 없이 숨을 내뱉은 나쓰메 씨가 미간에 주름을 만들었다. 조금 전까지 머금고 있던 미소는 감쪽같이 사라졌다.

"저에게는 꿈이 있었어요. 꼭 이루고 싶었기에 후유노 씨의 프러포즈에 응할 수 없었죠. 제 옆에 있지 말고 다른 사람과 행복을 이루라며 이별을 통보했어요."

"그러셨군요."

"그는 심하게 반대했어요. 하지만 제가 곁에 있으면 그의 발목을 잡을 것 같아서 눈물을 머금고 헤어졌어요. 아니…… 사실은 그와 멀어지고 싶었어요." 고개를 끄덕이며 이부키 씨를 보는데 입을 쩍 벌리고 하품을 하는 게 아닌가. 아무래도 계약 이외의 일에는 흥미가 없는 모양이다.

"헤어진 후로 그를 좀처럼 만나지 못했어요. 그렇지만 지금도 그의 행복을 바라고 있어요. 작년에 그에게 결혼했다는 연락을 받았어요. 올해 초에 아기가 태어났다고도 들었고요. 진심으로 기뻤어요. 하지만……." 다시 슬픔에 휩싸인 나쓰메 씨. 미소와 고뇌, 어떤 표정이든 아름다웠다.

"그에게 연락이 왔어요. 췌장암이 발병했다고요."

"그래서 여생을……?" 느릿느릿 눈을 감더니 나쓰메 씨는 고갯짓했다.

"저와 사귀는 바람에 그는 시간을 낭비하고 말았죠. 태어난 아기를 위해서라도 제 생명을 나누어 주고 싶다, 그런 생각이 들었어요."

누군가를 위해 자신의 생명을 나누어 주는 그런 비현실적인 일이 이곳, 여생 은행에서는 가능하다. 새삼 엄청난 기적을 지켜보는 느낌이다. 이부키 씨에게 태블릿을 돌려받아 다시 나쓰메 씨 앞에 올려두었다.

"나쓰메 님의 결심, 정말 대단하다고 생각해요."

"언제 그에게 여생이 이관되나요?"

"심사가 통과되면 개인 면담을 실시합니다."

"저기." 불안한 듯이 그녀의 얼굴이 흐려졌다.

"제가 여생을 준 사실을 후유노 씨에게는……."

"걱정 마세요. 정보는 일절 새어 나가지 않아요." 그보다도 반드시 확인해 두고 싶은 점이 있었다.

"지난번에도 설명해 드렸지만 여생을 예치하시면 상대방과는 한 번밖에 만날 수 없어요." 천천히 머리를 끄덕인 나쓰메 씨는 슬픈 표정을 지었다.

"그건 이해했어요. 그의 집에 찾아가도 만나지 못한다

는 뜻인가요?" 예전부터 나도 궁금했다. 단 한 번만 만날 수 있다는 건 알겠다. 하지만 좁은 나라에 살고 있으니 집이나 직장으로 찾아가면 만날 수 있을 텐데.

"평행세계 같은 거다." 이부키 씨가 하품을 한 후에 이야기했다.

"평행세계가 뭐였죠?" 뭐라고 들은 적은 있지만 말로 내뱉기에는 정보가 너무 부족하다.

"한마디로 그가 존재하지 않는 세계에 가는 느낌이지. 존재하지 않는 사람과는 두 번 다시 만날 수 없어. 주소에 의지해 찾아가도 그곳에는 다른 사람이 살고 있고. 다만 제삼자를 통해서는 정보를 주고받을 수 있다나 뭐라나."

지난번 계약했던 미나미야마 씨는 친척을 통해 연락을 취했다고 했다. 그럼에도 직접 만나지 못하는 건 몹시 슬프리라…….

"저는 만나지 못해도 괜찮아요. 그를 살리고 싶어요. 그뿐이에요." 상체를 앞으로 기울인 그녀를 보며 이부키 씨가 어깨를 으쓱거렸다. 나도 다음 단계를 확실하게 설명해야지.

"마저 설명할게요. 개인 면담 결과에 따라 여생 계좌

는 당일 개설되고 8일의 대기 기간을 거치면 여생은 이관돼요." 설명을 들으면서 나쓰메 씨는 눈물을 글썽거렸다.

"다행이다. 이제 그가 살아갈 수 있겠네요."

나라면 좋아하는 사람에게 자신의 생명을 내어줄 수 있을까. 나쓰메 씨는 아름다울 뿐만 아니라 강한 사람인 것 같다.

"팔딱팔딱 살아 있네."

가스미는 하이볼을 마시면서 그렇게 말했다. 눈앞에 있는 회를 묘사하나 싶었는데 시선이 이쪽을 향한 걸 보니 나를 두고 말하는 모양이다.

"무슨 말이야. 건강해 보인다는 뜻?"

단골 술집 '도비마루'는 시간이 이른 탓인지 아직 손님이 몇 팀밖에 없었다. 카운터에 앉은 우리 앞에서 점장이 재료를 준비하며 콧노래를 흥얼거리고 있다. 아들 아즈카 군은 조금 늦게 출근한단다.

가스미는 히히 웃더니 "몸 상태도 그렇지만 사랑도, 일도 순조로운 것 같아서." 하며 짓궂은 시선을 던져왔다.

"아아, 진짜 그런 것 같아." 부정적인 성격의 나조차 최근에 느끼는 충만함은 부정할 수 없다. 몸 상태도 좋고 월요일에 받은 정기검진에서는 피검사를 다시 받을 정도로 수치가 좋아졌다. 여생 은행 일도 잘 풀리고 있고 미야자키 씨와도 몇 번이나 점심 식사를 했다.

"설마 하나가 헌팅으로 사랑에 빠지다니―."

"헌팅이 아니라니까. 몸이 안 좋을 때 도와줬어." 정정하는 나를 가스미가 흥미로운 눈으로 쳐다본다.

"네네, 생명의 은인이지요. 농담한 것뿐인데 정색하기는. 그래서 새로운 남자 친구 사진은 없어?"

"뭐래. 아직 안 사귄다니까. 단지 그렇게 됐으면 좋겠다는 거지……."

"얄미운 리얼충(온라인이 아닌 실제 사회에서 인간관계나 취미 등을 통해 충만하게 살아가는 사람을 일컫는 단어) 같으니라고!" 으하하 웃는 가스미가 때때로 아저씨 같아 보인다. 미야자키 씨와는 몇 번 만났지만 현재로서는 점심 식사만 같이하는 건전한 사이다.

"분명 지금 하나는 연애 운이 절정일 거야. 요전에 여기서도 옆에 꽃미남이 앉았잖아. 그 사람도 너를 꽤 힐끔거렸거든."

"요전에……? 아아, 그렇게 말했었지."

"오호, 그때 그 꽃미남은 안중에도 없었단 말이구나. 하나 상대로는 어림도 없나 보네."

재료를 준비하던 점장이 안으로 들어가자 나도 반격하기로 했다.

"너야말로 아즈카 군하고는 어때?" 그러자 가스미가 외국어를 들은 것처럼 멍한 표정을 지었다.

"숨기지 않아도 돼. 얼마 전에 두 사람 영화 보러 갔잖아? 뭐, 처음에는 나이 차 때문에 놀랐지만 그 정도는 괜찮다 싶어." 시사회에 초대하는 가스미의 수줍은 얼굴을 떠올렸다. 짐작건대 가스미는 아즈카 군에게 푹 빠져 있을 터.

"앗, 잠깐만. 아즈카면 여기서 일하고 있는 아즈카 군?"

"달리 누가 있어. 최근에도 둘이 사이좋게—."

"푸하하하." 돌연 포복절도하는 가스미를 보고 이번에는 내 눈이 휘둥그레졌다. 테이블석의 샐러리맨들이 목을 길게 빼고 쳐다보기에 팔을 잡아당겼지만 눈물을 닦으며 계속 웃는 터라 당장이라도 의자에서 떨어질 것 같았다. "여보세요, 갑자기 왜 이래." 아무리 그래도 취하기에는 너무 이른데.

  겨우 진정된 가스미는 하이볼 잔을 비우고 나서 가슴에 손을 얹었다.

"놀라게 하지 마. 아니, 지금 건 허를 찔렀어. 깜놀."

"깜놀이라니…… 앗, 아즈카 군과 그런 사이가 아니야?"

"아냐, 아냐. 절대 불가능해." 그렇게 말하고 나서 가스미는 되새기는 듯 풋, 하고 다시 웃음을 터뜨린 뒤에 갑자기 진지한 표정을 지었다. 갑작스러운 변화에 도리어 내가 놀라고 말았다.

"언젠가 하나에게도 확실하게 말해야겠다 싶었는데……."

"헉, 무서워." 나도 모르게 흘러나온 말에 가스미가 재차 망설이듯 입을 닫았다.

"가스미?" 뜸을 실컷 들인 가스미는 머리를 작게 위아래로 흔들었다. 오랜 절친이니까 알 수 있다. 진지한 이야기를 할 때 가스미는 저런 표정을 짓는다.

"하나가 병에 대해 이야기해 줘서 정말 고마웠어. 그래서 나도 제대로 말하고 싶었어. 그게 지금인 것 같네." 내 손을 쥔 가스미는 눈에 힘을 주더니 입을 열었다.

"나…… 사실은 사귀는 사람 있어."

"……아."

"게다가 사귄 지 2년 됐어."

"뭐어?"

"그리고 조만간 결혼하기로 했어."

"뭐어어어?!" 상상을 훨씬 초월하는 고백에 고성을 지르고 말았다. 샐러리맨들이 이쪽을 바라보고 있다는 걸 알지만 억누를 수가 없었다.

"뭐라고? 2년? 결혼?" 갑작스러운 고백에 뇌가 고장 난 듯했다.

"빨리 말하고 싶었는데 하나가 건강해지면 이야기해야겠다고 결심했거든." 아아, 그랬구나. 갑자기 숙연함이 엄습했다. 건강과 이직 때문에 배려해 줬구나. 얼마나 자신의 일로만 머릿속이 가득 찼었는지 통감하는 순간이었다. 내 이야기만 하고 가스미 이야기를 전혀 들어주지 못했구나.

마음속이 행복한 기분으로 가득 차는 걸 느낀다. 아아, 기뻐서 눈물이 나오는 건 오랜만이야…….

"가스미가 결혼하다니, 정말…… 정말 기뻐. 축하해."

"뭐야. 울지 마." 그렇게 말하는 가스미의 눈동자에도 눈물이 맺혀 있다. 분명 나쓰메 씨도 이런 기분이었겠구나. 소중한 사람에게 무언가 해주고 싶은 마음, 이제 알겠어.

점장이 카운터로 나와 울고 있는 우리를 보고 흠칫했다. 겨우 감정을 가라앉힌 뒤 물어보고 싶은 것은 한 가지뿐이었다.

"2년이나 사귀었다니, 전혀 몰랐어. 어떤 사람이야? 사진 없어?"

"사진? 아아, 그럼 소개할게." 가스미가 시선을 돌린 끝에 있는 것은— 바로 점장이었다.

"내가 결혼할 상대는 짜잔, 마모루 씨야." 만면에 미소를 띠는 가스미. 기계적으로 점장에게 시선을 옮기자 그는 "이거 참 미안하구먼." 하고 익살맞은 표정을 지었다.

미야자키 씨와 만난 건 몇 번 안 되지만 마치 오랜 지인 같다는 착각에 빠진다. 그건 살가운 그의 성격 때문일지도 모르고, 유달리 취미와 음식 취향이 잘 맞기 때문일지도 모른다. 토요일 점심에 찾은 곳은 역에서 가까우면서도 공원과 맞닿아 있어 푸릇푸릇한 자연을 느낄 수 있는 오픈형 카페다. 계절이 조금 더 지나가면 지금은 뜨거워 앉아 있을 수 없는 테라스석도 쾌적해지겠지.

 미야자키 씨가 제일 좋아하는 카페인지 매번 이곳에서 점심을 먹는다. 새삼 바라보니 미야자키 씨는 텔레비전에 나와도 무방할 정도로 스타일도, 목소리도, 들고 다니는 가방조차도 세련됐다. 한편 나는 나름대로 차려입기는 했지만 텔레비전에는 얼굴을 내밀려야 내밀 수가 없을 만큼 평범하다. 식후 커피를 마시면서 조금 전까지 가스미의 중대 발표에 대해 이야기하던 참이었다.

 "그건 놀랄 만하네. 하나 씨는 전혀 몰랐어?" 이름으로만 부르는 데에도 아직 익숙해지지 않았다. 몸이 목적이었다면 일찌감치 관계를 가졌을 테고 이렇게 데이트만 되풀이하지 않겠지. 하지만 수없이 추측해도 결국에는 '이런 나를 좋아해 줄 리가 없다'는 결론에 도달하고 만다. 혼자 있으면 행복한 기분이 드는데, 이렇게 둘이 이야기를 나누고 있으면 맞지 않는 옷을 입은 느낌이다.

 "전혀 몰랐죠. 설마 아들이 아니라 아빠 쪽과 사귀고 있다니 예상 밖이었어요."

 "존댓말."

 "앗." 하고 멈칫했다. 금세 존댓말을 썼다는 걸 깨달았다. 지난번 이곳에서 서로 반말을 쓰자고 약속한 지 얼마나 됐다고 또 존댓말을 썼네.

"……예상 밖이었어." 고쳐 말하자 미야자키 씨가 기쁘게 눈매를 휘었다. 이런 사소한 동작만으로 세상이 반짝반짝 빛나 보인다고 하는 건 과장일지도 모른다. 하지만 오랫동안 느낀 적 없는 이 감정이 사랑임을 실감하고 있다.

"친구가 행복하면 그보다 기쁜 일은 없지. 최근에 내 친구도 결혼했는데 나까지 행복한 마음으로 가득 차더라고." 쑥스러워하는 미야자키 씨가 일분일초마다 좋아지고 있다. 다시는 행복해질 일 따위 없을 거라고 생각했는데…….

"그런데 여생 은행이라고 알아?" 그가 불쑥 질문하는 바람에 나도 모르게 손에 든 잔을 떨어뜨릴 뻔했다.

"응? 여생 은행?"

"어렸을 때 들어봤으려나. 자신의 여생을 누군가에게 줄 수 있는 신비로운 은행 이야기."

"아아…… 들은 적 있다해." 일본어가 서툰 만화 속 중국인처럼 대답하고 말았다.

어째서 미야자키 씨가 여생 은행을 알고 있을까. 아니, 대부분의 사람들이 도시 전설로 인식하고 있는데 왜

이 타이밍에 갑자기?

 자연스러운 미소를 의식했지만 어색해지고 만다. 미야자키 씨는 공원에서 술래잡기를 하고 있는 부모와 자녀에게 시선을 주면서 부드럽게 웃었다.

 "분명 현실에 존재하지 않는 장소라고 생각해. 하지만 나는 믿어."

 "그렇구나……."

 "내 여생을 사랑하는 사람에게 줄 수 있다니 멋지잖아. 그야말로 진정한 사랑인 것 같아." 그렇게 말하고 나서 미야자키 씨는 부끄럽다는 듯이 손으로 입을 가렸다.

 "미안. 진부한 이야기지?"

 "전혀 그렇지 않아. 나도 사랑하는 사람을 위해 목숨을 나누어 주고 싶을 것 같아." 실제로 여생이라는 선물을 주고받는 사람들은 사랑으로 가득 차 있다. 부모와 자식은 물론이거니와 친구, 심지어 전 남자 친구에게 선물하는 사람이 있을 정도이니까. 그렇지만 이 화제를 계속 이어가면 내가 그곳에서 일하고 있다는 사실을 들킬 위험이 있다. 다른 화제를 찾아야지, 하고 생각하는데 미야자키 씨가 나를 응시했다.

 "나는 하나 씨에게 언젠가 내 여생을 주고 싶어."

"……응?"

역시 내가 여생 은행에서 일한다는 걸 알고 있나? 설마 일전에 쓰러진 이유가 난치병 탓이라는 것도 눈치챘을까……?

"방금 한 말 못 알아들었구나. 다시 말할게." 굳어 있는 나에게 그는 수줍게 말을 건넸다.

"하나 씨를 좋아해. 언젠가 여생을 줄 수 있는 사이가 되고 싶어. 저와 사귀어주세요." 올곧은 시선과 갑작스러운 고백에 심장이 요란한 소리를 냈다.

검은 고양이 왓슨이 손님용 소파에 앉아 내 얼굴을 지그시 바라본다. 카운터가 중간에 있기는 하지만 얼굴을 들면 바로 시선이 교차한다. 평소에는 나에게 눈곱만큼도 관심이 없는 주제에 대체 무슨 일일까?

"저기, 있잖아." 옆자리에 앉은 도모코 씨가 말을 걸어와 눈길을 돌렸다.

"어머니께는 병에 대해 말씀드렸어?"

"그게…… 아직이요."

도모코 씨는 나에게 두 번째 엄마 같은 존재가 되었다. 방문객도 거의 없으니 서로의 이야기— 대부분은 나의 이야기를 들어주고 있다.

"그렇구나. 하긴 말하기 어렵지."

사실 말을 꺼내려고 했다. 하지만 애초에 엄마에게 중대한 이야기를 동시에 두 가지나 하려던 것이 잘못이었다. 아니면 순서가 틀렸든지. 미야자키 씨 이야기를 먼저 한 바람에 수습이 안 됐던 것이다. 그리고 엄마보다 요시히토 씨가 더 기뻐해 주었다.

고백 이후 미야자키 씨는 결혼을 전제로 교제해 달라며, 우리 부모님과도 만나고 싶다고 했다. 처음부터 병에 대해 털어놓는 편이 나았을지도 모른다. 최근에는 예상 밖의 급전개에 놀라움의 연속이다. 난치병에 걸린 걸 알게 되어 포기해 버린 꿈이 갑작스레 눈앞에 떠오른다.

다만…… 문제는 내 마음이다. 고백받았을 때의 고양감은 이루 말할 수 없었다. 하지만 결혼을 전제로 사귀자는 이야기를 들으니 갑자기 자신의 모습을 전지적 시점으로 관찰하는 듯한 착각에 빠지고 만다. 고백에 겨우 답하는 나를 저 먼 곳에서 바라보는 듯한 느낌. 전혀 현실감이 없다.

미야자키 씨에게 병에 대해 이야기하지 않으면 안 된다는 죄책감에 사로잡힌 한편, 요즘 들어 몸 상태가 계속 안정적이다. 전에 한번 머릿속에 떠올렸던 생각, 어쩌면 나는 이미 여생 은행에서 생명을 받았을지도 모른다는 생각이 맴돌고 있다. 도모코 씨는 부정했지만 지점장님에게 제대로 물어봐야겠어.

도모코 씨가 자리에서 일어서는데 뒤에서 오도독오도독 소리가 들렸다. 이부키 씨가 오늘 점심 식사로 돈돈야키라는 막과자를 먹고 있다.

"지점장님, 잠시 물어보고 싶은 게 있는데요."

"뭔데?"

"저, 그…… 여생 은행에서 일하는 사람도 생명을 나누어 받는 경우가…… 있어요?" 우물쭈물하며 묻자 이부키 씨는 오물오물 입을 움직이며 "응." 하고 대답했다.

"그런 경우가 있을 수도 있지."

"네? 정말이요?" 그렇다면 나의 예상이 적중했다는 건데. 기대에 찬 눈을 했는지 이부키 씨가 기가 막힌다는 듯 한숨을 쉬었다.

"나는 몰라. 여생 은행은 신비한 곳이니, 무슨 일이 일어나도 이상하지 않다는 거지. 뭐, 너무 과신하진 말라고." 아, 뭐야. 이부키 씨도 잘 모르는구나. 낙담하면서 왓슨을 쳐다보았다.

"왓슨, 어떻게 생각해?"

"냐앙." 웬일로 대답해 준 왓슨이 카운터 위로 훌쩍 뛰어오르더니 다가온다. 손가락을 내밀다가 놀라고 말았다. 웬걸, 매끈한 털을 만지게 해준 것이다.

"대박이에요. 왓슨이!"

"잘 따르는군." 오독오독 과자를 씹는 이부키 씨에게 "그러니까요." 하고 감동하며 대답했다. 왓슨은 카운터 위에 놓인 탁상 달력을 앞발로 이따금씩 만지며 놀고 있다.

"그렇구나……."

미야자키 씨는 여생을 주고 싶다고도 했다. 그때는 웃어넘겼지만, 아무래도 그는 1년 이상의 여생을 선물하면 만나지 못한다는 규정은 모르는 것 같다. 여생 은행에 대한 소문은 이제는 인터넷에서도 도시 전설의 일부로 떠돌고 있다. 내용은 '할리우드 스타는 여생을 받아 젊어 보인다', 그런 현재 버전으로 업데이트되었지만.

솔직히 미야자키 씨에게 여생을 주고 싶다는 말을 들었을 때 있는 그대로 기뻐할 수 없었다. 오히려 거부감이 들었다. 만약 받았다고 해도 나는 난치병을 앓는 몸이라 여생을 줄 수 없다는 이유 때문만은 아니다. 알게 된 지 얼마 되지 않은 사이에 그런 약속을 하는 데에 위화감을 느껴버린 것이다. 그토록 여생을 원했는데 이 무슨 사치스러운 고민일까…….

왓슨이 또 나의 얼굴을 올려다본다. 오늘은 머리를 쓰다듬어도 시선을 피하지 않고 말없이 무언가를 호소하는 듯하다. 정말 이상한 고양이야.

나는 미야자키 씨를 어떻게 생각하고 있을까. 그 마음과 자상함에 부응해야 한다고 다짐하는 나 자신이 있는가 하면, 왠지 빠져들지 못하는 나 자신도 있다. 어떻게 될지 알 수 없는 것을 고민해 봤자 소용없어. 앞으로 몇 번 더 만나면 어느 쪽이든 감정도 움직이겠지.

"지점장." 탕비실에서 나온 도모코 씨가 말을 걸었다.

"오늘은 하나 짱의 담당 고객인 나쓰메 마사미 씨의 개인 면담일이에요. 그렇다는 건 다른 고객 응대는 못 한다는 뜻이죠. 그러니까 제 일은 이걸로 끝이라고 봐도 되겠죠?"

"상관없어. 이번에 10년 계약을 따내면 얼마간은 무사태평할 테니까." 들떠 있는 이부키 씨의 모습에 "아싸!" 하고 도모코 씨가 그 자리에서 펄쩍 뛰었다.

"하나 짱, 미안한데 먼저 들어갈게. 갑자기 아들내미

가 온다네. 으휴, 피곤하다니까." 티끌만큼도 피곤해 보이지 않는 도모코 씨가 신바람이 나는지 잽싸게 퇴근했다. 면담 시간까지 얼마 남지 않았다. 컴퓨터를 켜고 지난번에 나쓰메 씨가 제출한 서류를 화면에 잔뜩 띄웠다.

"지점장님, 심사가 통과된 모양이에요."

"아아, 아까 봤어." 즐겁게 몇 개째인지 모를 과자를 먹고 있다.

"심사 기관은 어디인가요?"

"몰라도 손해 보는 건 없다." 일어선 이부키 씨. 기다란 앞머리에 과자 부스러기가 붙어 있었다.

"그래도 궁금해요. 무슨 일이 있으면 문의해야 하니까요."

"호기심이 많으면 빨리 늙는다. 하나는 개인 면담을 하고 계약해. 그걸 윗선, 즉 나에게 보고하면 오늘 일은 끝이야." 노화를 들먹이는 이부키 씨의 머리에 과자가 붙어 있다는 말은 하지 말자.

저번에 나쓰메 씨에게 받은 건강진단서를 꺼냈다. 이건 본인에게 돌려줘야 하니까 다시 한번 꼼꼼하게 살펴보자.

"이제 다 됐네." 병원명이 기재된 봉투에 넣으려고 할 때였다. 왓슨이 꼬리로 건강진단서를 때리는 바람에 바닥에 떨어지고 말았다.

"에구……." 건강진단서를 줍는 순간, 문득 이름에 시선이 박혔다.

"어라?" 어리둥절해하는 사이에 자동문이 열리고 나쓰메 씨가 안으로 들어왔다. 인사를 하는 그녀는 오늘도 아름다웠지만 어딘가 공허한 인상이다. 소파에 앉는 그녀를 잠시 대기토록 하고 한 번 더 서류를 확인했다. 이번에는 인터넷 검색사이트를 열고 조사해 보았다.

"아아……." 어쩌지. 엄청난 사실을 발견하고 말았어.

이부키 씨에게 상담하려 했으나 그는 "아, 나쓰메 씨군요. 잘 오셨습니다." 하고 어색한 영업용 미소를 띠며 그녀를 자리로 불렀다.

"잘 부탁드려요." 앞자리에 앉는 나쓰메 씨. 물론 이부키 씨는 당당하게 내 옆자리를 차지했다. 이건 내가 말해야 해……. 마음을 굳게 먹고 등허리를 쭉 펴면서 인사했다.

"지난번에 신청해 주셔서 감사했습니다."

"네, 그래서 결과는 어떻게 나왔나요?"

"신청서와 의사 진단서는 무사통과되어 오늘 최종 면

담을 할 거예요." 노골적으로 안도하는 모습에 예감은 확신으로 바뀌었다. 무슨 말부터 꺼내야 할지 고민하는 사이 옆에 앉은 이부키 씨가 싱긋 웃었다.

"괜찮아요. 나쓰메 씨라면 개인 면담도 금세 끝날 겁니다." 쓸데없는 말을 하는 이부키 씨의 팔을 나쓰메 씨에게 보이지 않도록 잡아당겼다. 그러자 이부키 씨가 나를 보고 머리를 위아래로 크게 흔들었다. 역시 알고 있었구나……. 안도한 것도 잠시, 그는 나에게 태블릿을 건넸다.

"그러면 이케우치, 여기에 사인받아."

"네……?"

"쇠뿔도 단김에 빼랬다고, 나쓰메 씨도 바쁠 테니까. 참고로 8일간의 유예기간이 있는 점 양해―."

"잠시만요." 더 이상 설명을 이어가게 둬서는 안 되겠다 싶어 이부키 씨의 입을 막았다.

"저기, 나쓰메 님은…… 현재 파견 사원으로 근무하고 계시죠?" 신청서에 쓰여 있는 파견업체는 저번에 확인해 두었다. 현재 파견직으로 스마트폰 판매 창구를 담당하는 듯하다.

"그런데요, 무슨 문제라도 있나요?"

"예전 직업은—."

"시간이 없어서 그러는데 서둘러주시겠어요?" 초조해하는 것 같다.

"이전에는 내과의사셨죠?"

"네?" 앞머리를 쓸어 올리는 나쓰메 씨에게 진단서가 보이도록 꺼내 들었다.

"나쓰메 내과는 고객님의 아버님께서 개업하신 병원이네요. 나쓰메 님은 그곳에서 근무하셨고요. 이건 그때 받은 건강진단서입니다. 즉 본인의 것을 스스로 작성하신 셈이죠." 서면을 들여다보니 진단받은 사람과 진단한 의사의 이름이 동일하게 '나쓰메 마사미'로 되어 있다.

"냥." 언제 이동했는지 소파 위에서 왓슨이 "정답."이라고 말하듯이 울음소리를 냈다.

"……그게 문제가 되나요?"

"그럼요." 컴퓨터 화면에 시선을 주자 옆자리의 이부키 씨가 벌써 내용을 읽었는지 어깨를 축 늘어뜨리고 있다.

"건강보험법상 의사는 자가 진단을 내리거나 자가 진료를 해서는 안 됩니다." 의사법에 관한 기사를 출력해 나쓰메 씨 앞에 두었다.

"그건 보험을 사용하는 경우에 해당해요. 자비로 지불했으니 문제없어요." 곧은 나쓰메 씨의 눈동자가 불안하게 떨리고 있다.

"아니요. 여생 은행 심사에서는 문제가 있어요. 그렇죠?" 옆을 바라보자 이부키 씨가 머리를 숙인 채 고개를 한 번 끄덕였다.

"즉, 이 진단서는 무효라는 겁니다." 재차 강조하자 나쓰메 씨가 천천히 도리질했다.

"그렇군요……."

"나쓰메 님은 전 남자 친구인 후유노 마사키 님에게 여생을 주고 싶다고 하셨어요. 여생이 얼마 남지 않은 후유노 씨에게 조금이라도 가족과 함께 지낼 수 있는 시간을 나누어 주고 싶다면서요. 그런데 그건 거짓말이죠?"

나쓰메 씨는 서류를 보지도 않고 미소 지었다.

"쉽지 않네요."

"나쓰메 님……."

"죄송했습니다. 계약은 없던 일로 해주세요." 깊이 머리를 숙이는 나쓰메 씨. 자리에서 재빠르게 일어선 이부키 씨는 열리지 않는 문 안으로 사라졌다. 계약 자체가 무효화된다면 본디 여기서 마무리해야 할 것이다. 하지만 진단서에 기재되어 있는 '소견 없음'이라는 글자가 아무래도 거슬렸다.

"괜찮으시면 무슨 일이 있었는지 알려주시겠어요?"

"아니요. 이제 됐어요." 자리에서 일어서려고 하는 나쓰메 씨에게 무심코 "안 돼요." 하고 내뱉었다.

"아, 안 된다기보다는…… 제가 개인적으로 알고 싶어서요."

"……."

"다들 누군가에게 말하고 싶어도 말할 수 없는 사정이 있잖아요. 저도 그랬어요. 누군가에게 말해도 해결되지 않는다면 말할 필요 없다고 생각했어요." 침묵을 지키면서 나쓰메 씨는 의자에 다시 앉았다.

"하지만 용기를 내서 이야기해 봤어요."

"그래서 어떻게 됐나요?" 나쓰메 씨의 질문에 머릿속으로 떠오른 것은 도모코 씨와 가스미의 얼굴이었다.

"역시 해결되지는 않았어요. 하지만 마음이 한결 홀가분해졌죠. 나쓰메 씨가 그렇게 되리라는 보장은 없지만 고민을 함께 짊어지고 싶어요." 잠시간 나의 눈을 가만히 쳐다본 뒤 나쓰메 씨는 "훗." 하고 웃었다.

"당신은 묘한 사람이군요." 그렇게 말하고는 눈을 내리깔았다.

"……마사키하고는 대학 시절부터 사귀었어요. 의사라는 꿈을 함께 좇아왔죠. 하지만 그는 의사가 되지 않았어요. 의사의 길을 포기하고 예전부터 관심을 갖던 문구류 제조업체에 취직했어요. 그 시점에서 우리는 바라보는 방향이 달라졌던 거죠." 그리워하는 듯 이야기하는 나쓰메 씨가 눈앞의 진단서를 꽉 쥐었다.

"제가 레지던트로 일하는 동안 그는 회사에서 알게 된 여성과 사귀게 됐어요. 그 사실을 전혀 눈치채지 못하고, 어떻게든 시간을 내서 만나러 갔는데…… 지금 생각하면 바보 같아요." 얼마 전에 들었던 이야기와는 전혀 다르다. 그토록 행복한 기분이 들었던 사랑 이야기는 거짓이었구나…….

"어느 날 그가 그러더군요. 좋아하는 여성이 생겼다고. 나중에 그이의 친구에게서 듣고, 계속 바람을 피웠다는 사실도 알게 됐어요. 믿을 수 없었죠. 결국 결혼을 하더니 이번에는 출산까지. 우습지도 않죠." 아직 할 말이 남았는지 나쓰메 씨는 "게다가……." 하고 말을 이었다.

"나는 처음부터 문구 관련 일을 하고 싶었어. 그런데 의사를 그만두겠다고 했을 때 너에게 인격을 부정당했어. 너는 네 일로만 머리가 가득해서 나를 쳐다봐 주지 않았어. 그딴 소리나 지껄이더라고요. 비겁한 핑계를 어찌나 잘도 내뱉던지!" 점점 어조가 거칠어지고 있다. 스스로도 느꼈는지 나쓰메 씨는 크게 숨을 내뱉었다.

"……몸이 안 좋아요."

"……."

"의사니까 알아요. 검사해 보면 생명에 치명적인 병일지도 몰라요. 그때 제가 무슨 생각을 했을 것 같아요?" 자조하는 듯 묻는 나쓰메 씨에게 아무런 대답도 하지 못했다.

"'어째서 나만?' 그런 생각이 들었어요. 마사키가 나를 배신했으니까, 버렸으니까 이런 일이 일어난 거예요." 또렷한 나쓰메 씨의 목소리에 오싹 소름이 돋았다. 발끝에서부터 내달린 그것은 나에게서 해야 할 말을 빼앗은 듯했다.

"그래서 그에게 여생을 넘기려고 했어요." 그렇게 말하고 나쓰메 씨는 진단서를 반으로 찢었다.

"여생을 이관할 때 병도 같이 이관된다고 소문으로 들

었어요. 그래서 그에게 제 병을 넘겨주려고…… 진단서를 작성한 후, 부모님의 반대에도 아랑곳 않고 의사를 관두었어요. 어쨌든 진단서를 위조했으니 의사법에 걸리거나 하면 의사를 계속할 수도 없으니까요." 한 번 더 찢긴 진단서는 잘게 조각나 눈보라처럼 팔랑팔랑 공중을 배회하다 떨어졌다.

"죄송했어요. 제정신이 아니었나 봐요." 머리를 숙이는 나쓰메 씨에게 "바보로군." 하고 이부키 씨의 목소리가 날아왔다. 대체 언제 이쪽으로 온 거지.

"넌 전혀 몰라." 의자에 기대앉아 긴 다리를 꼰 이부키 씨가 나쓰메 씨를 '너'라고 칭했다.

"잘 들어. 복수를 하고 싶다면 더 좋은 방법이 있을 거다. 진단서에 부모 이름을 대충 적어뒀다면 신입인 이 녀석이 눈치채지 못했을 텐데." 이번에는 나를 '이 녀석'이라고 부른다. 이건 아니다 싶어 욱했지만 나쓰메 씨가 가소롭다는 듯이 웃는 바람에 입을 다물었다.

"아무리 그래도 부모님을 끌어들일 수는 없으니까요. 게다가 지금은 이런 짓을 벌이려고 한 스스로에게 놀라고 있어요. 아니, 후회하고 있어요." 고요한 그 말은 처음 듣는 그녀의 본심이리라.

"이봐." 이부키 씨가 내 옆에 섰다.

"바람은 절대 용납되지 않아. 네가 필사적으로 레지던트로 일하던 기간에 그놈은 바람을 피웠지. 그런 자식, 복수하지 않아도 반드시 천벌이 내려질 거다." 자못 진지한 말투에 나뿐만 아니라 나쓰메 씨도 멍한 표정으로 귀담아듣고 있다.

"네가 정말로 용납하지 못하는 건 자기 자신이겠지. 남자 친구의 관심사를 전혀 알려고도 하지 않은 것, 그가 의사를 포기하던 때 던진 말, 자신의 일에만 정신이 뺏긴 것도 그렇고. 복수를 하려면 스스로에게 해."

"네." 깊이 고개를 수그린 나쓰메 씨에게 지점장님은 한껏 얼굴을 들이댔다.

"너, 병에 걸렸다고 의심한 이후로 아무런 검사도 받지 않았나?"

"복수를 결정하고 나서는 한 번도······. 그야 병을 진단받으면 진단서를 쓰지 못할 것 같아서요."

"요컨대 위조 진단서는 만들고 싶지 않았다는 말이군. 의사다운 생각이야." 이부키 씨는 칭찬인지 비방인지 알 수 없는 말을 하고는 팔짱을 끼었다.

"이봐. 너는 시한부 선고를 받을 만한 병에 걸리지 않앉어."

"네……?" 나쓰메 씨보다도 내가 먼저 소리를 지르고 말았다. 처음부터 나쓰메 씨의 착각이었다는 건가? 뜻밖의 전개에 놀라움을 감추지 못하고 이부키 씨를 바라보자 시치미 떼는 얼굴로 마주 바라본다. 분명 열리지 않는 문 안에서 이미 조사를 끝냈으리라. 의아한 표정을 짓고 있는 나쓰메 씨에게 "저기." 하고 말을 걸었다.

"지점장님이 그렇게 말씀하시면 심각한 병은 아닐 것 같아요."

"정말이요? 그렇지만 제 여생은……." 목소리가 갈라진 나쓰메 씨가 자신의 배 언저리를 만지고 있다. 여생 은행의 원리는 아직도 모르지만 이럴 때 이부키 씨가 거짓말을 하지 않는다는 사실은 알고 있다.

"한번 제대로 검사를 받아보세요. 진단서는 이제 필요 없으니까요. 그리고 저는…… 의사를 계속하셨으면 좋겠어요."

"하지만……."

"후회하지 않기 위해서라도 복귀해서 의사로서 많은 생명을 구해주세요." 더 이상 전 남자 친구에 대한 복수 따위 하지 않았으면 좋겠다.

"괜찮아요. 인생은 몇 번이든 다시 시작할 수 있으니까요." 그렇게 말하자 나쓰메 씨가 부끄러운 듯 기쁜 표정을 지었다. 처음 보는 나쓰메 씨의 진짜 미소였다.

"에―휴." 이부키 씨가 일부러 들으라는 듯 한숨을 내쉬었다.

"모처럼 대형 계약이었는데 누구 씨의 예리한 관찰력 덕분에 도로 아미타불이 됐군." 주머니에서 주섬주섬 꺼내 책상 위로 펼친 것은 갖가지 과자였다. 아무래도 분노의 먹방을 할 모양이다.

"외람되지만 가짜 진단서를 간파하지 못하는 게 더욱 크나큰 실수라고 생각하는데요."

"그런 정론(正論)은 필요 없다." 몸을 던지듯 의자에 앉은 이부키 씨가 우마이봉을 먹기 시작했다.

"뭐…… 그래도 하나가 알아차린 건 파인플레이였을지도." 웬일로 칭찬을 다 하는 이부키 씨를 보며 얼굴을 찌푸렸다.

"뭐야, 이래 봬도 나도 맹렬하게 반성 중이라고. 설마 의사가 자기 진단서를 쓸 줄 알았겠어?"

"방법은 틀렸지만 정말 남자 친구를 좋아했나 보네

요." 반론을 기다렸지만 이부키 씨는 울컥한 얼굴로 침묵을 지켰다. 우마이봉을 바삭바삭 씹는 소리만이 울려 퍼지고 있다.

"결국 인간은 연애나 사랑에 휘둘리는군."

"네?"

"보면 알아. 하나도 최근 누군가를 사랑하잖아. 눈에 보이지 않는 감정에 어째서 끌리거나 뒤흔들릴까." 마치 스스로를 향해 던지는 질문 같았다.

"지점장님도 사랑을 하시나요?" 한쪽 눈썹을 씰룩 들어 올린 이부키 씨가 나를 째려보았다. 괜한 질문을 했나 후회하는 찰나, "그럼." 하고 조용히 인정했다.

"줄곧 사랑하고 있지. 아무리 시간이 지나도 말이야. 그 정도로 좋아해."

"······짝사랑이에요?"

"엄연한 연인이 있어. 하지만 짝사랑이나 마찬가지지. 이제 두 번 다시 만날 수 없다는 의미에서는." 쓸쓸하게 말한 후 이부키 씨는 "악—!" 하고 소리 지르며 일어섰다.

"괜한 질문 하지 마. 속이 느끼해지니까." 발악하듯 말하고는 열리지 않는 문 너머로 도망쳐 버렸다. 이부키 씨의 연인은 어쩌면 죽었을지도 모르겠다. 왠지 직감적으로 그런 것 같았다. 처음 알게 된 사실이 너무나 충격적이어서 머리가 망가진 듯했다.

왓슨에게 시선을 주었더니 조금 전과 같은 위치에서 느릿하게 눈을 깜빡이고 있다. 사무실 곳곳에 흩뿌려진 진단서를 주워 들며 생각했다. 나쓰메 씨, 그리고 이부키 씨의 사랑이 제대로 끝맺어지기를.

Chapter 6

☾

네가 마지막을 향해 나아갈 때

올해 첫 매미 울음소리가 들린다. 오늘은 아침부터 햇볕이 따갑다. 미야자키 씨는 오늘도 데이트 장소로 단골 카페를 골랐다. 큰길 가까이에 있지만 바로 앞에 카페 정원이 있어 사적인 공간이 확보되어 있다.

결혼을 전제로 사귀기 시작한 지 한 달이 지나 조금씩 그와의 거리도 가까워지고 있다. 하지만 지붕 딸린 찻집이 좋다고 제안하지 못할 정도의 거리감이기는 하다. 아니야, 이제는 용기를 내어 말해볼까…….

옆에서 미야자키 씨는 아까 전부터 친구 결혼식에 참석한 이야기를 하고 있다.

"아무튼 주변에는 커플 천지라서 나는 싱글석에 배정받았거든. 이른바 '소개팅 테이블' 같은 거지. 물론 나에게는 하나 씨가 있으니까 그 누구와도 연락처는 교환하지 않았지만." 가슴을 펴는 미야자키 씨를 보니 미소가 지어졌다. 이런 순간 행복을 느낀다. 장소 이동은 포기하고 이따가 선크림을 다시 바르자.

아이스커피를 마신 미야자키 씨가 큰일 났다는 듯이 얼굴을 찌푸렸다.

"또 나만 떠들었네."

"정말 괜찮아. 미야자키 씨 이야기, 재미있거든."

"아니야, 안 돼. 서로에 대해 알아가고 싶단 말이야." 손가락을 획획 젓더니 간식을 바라는 강아지처럼 지그시 쳐다본다.

"음, 그러니까." 이번 주에 있었던 일을 머릿속에 떠올렸다.

"웬일로 일이 바빴어. 수요일엔 처음으로 야근했을 정도로."

"은행을 총괄하는 곳이라고 했나? 평소에는 야근이 없도록 조율하나 봐." 애매하게 동의했다. 여생 은행에서 근무한다고는 털어놓을 수 없으니 쓸데없는 말은 하지 말아야 해. 그러나 괜한 걱정이었는지 미야자키 씨는 테이블에 양 팔꿈치를 올린 채 정원을 뛰노는 아이를 바라보았다.

"나, 아이들을 엄청 좋아하거든. 귀엽잖아."

"아…… 나도 좋아해." 천천히 나에게 시선을 돌린 미야자키 씨의 눈이 부드럽게 곡선을 그린다.

"다음에 만나주었으면 하는 사람이 있어. 쓰구미라고, 내 여동생인데."

"여동생?" 가족 이야기를 듣는 건 처음이었다. 미야자키 씨가 스마트폰 속 사진을 보여주었다. 고등학생 정도 됐을까, 가녀린 인상의 귀여운 여자아이가 교복 차림으로 미소 짓고 있다.

"나이 차이가 많이 나는 동생이라서 귀여워. 주변에서는 시스터콤플렉스라는데, 막상 본인은 이런 내 마음도 몰라주고 반항기의 절정을 달리고 있지."

"그 나이에는 그랬던 것 같아." 나로 말할 것 같으면 최근 겨우 반항기가 끝난 셈이고.

"우리 집은 어머니가 안 계셔서 남자들뿐이거든. 하나씨라면 이야기도 잘 통할 것 같아."

"우리 집에는 줄곧 아빠가 없었는데, 엄마가 3년 전에 재혼했어."

"그렇구나. 만날 날이 기대되네." 그 미소에 가슴이 고동쳤다. 미야자키 씨는 언제나 즐겁게 웃는다.

 이제까지는 상대방을 알아가는 게 망설여졌다. 알면 알수록 상대방의 좋은 점뿐만 아니라 싫은 부분도 보이는 데다, 지금껏 경험한 바로는 멋대로 기대하다가 실망한 적도 많았으니까.

 하지만…… 이렇게 조금씩 이해해 나가는 것도 괜찮을지 몰라. 여기저기서 울려대는 매미 소리조차 신기하게도 부드럽게 귓가에 닿았다.

"결혼하면 아이는 많았으면 좋겠어."

"……응."

 그는 종종 미래에 대해 이야기한다. 연애 경험이 적은 나는 이해하기 어렵지만, 결혼을 갈망하는 사람은 만난 지 얼마 지나지 않아도 그런 생각을 하는 모양이다.

"왜 그래?" 고개를 갸우뚱하는 미야자키 씨에게 "아니야." 하며 고개를 저어 보였다.

 때때로 생각한다. 나는 미야자키 씨를 진심으로 좋아할까. 아플 때 도와줘서 좋아하게 된 것뿐이라면? 두려워서 스스로에게 질문조차 못 하고 있다.

 사람을 좋아한다는 건 어떤 것일까? 감별사가 있어서 "이건 사랑입니다." 하고 판정해 준다면 자신감을 더 가질 수 있을 텐데. 언젠가 여생 은행에서 근무한다는 사실도 전할 수 있으면 좋으련만. 아니야, 그보다도 내 병에 대해 고백하는 게 우선이야. 미래 이야기까지 나왔으니 서두르는 편이 낫겠지.

"저기, 미야자키 씨……." 입을 떼자마자 "그러고 보니." 하며 미야자키 씨가 무언가 떠올린 듯 말했다.

"여생 은행 말인데―." 두근, 가슴이 뛰었다.

"아아…… 일전에 말했던 데?" 동요를 감추기 위해 가벼운 말투를 의식한다.

"여생 은행에서 서로 여생을 주고받는 건 최고의 애정 표현인 것 같아. 저번에도 말했었나." 쑥스러운 듯이 웃은 미야자키 씨가 진지한 표정을 지었다.

"소문으로는 1년 미만의 여생을 선물하는 경우라면 상대방과 계속 만날 수 있대." 정확하게 아는구나. 뭐라고 대답해야 할지 몰라 감탄한 듯이 눈을 동그랗게 떴다. 어째서 그는 여생을 주고받는 데 이토록 집착할까. 나에게는 선물할 만큼 여생이 없는데.

"아아, 언젠가 여생 은행을 발견하고 싶어." 반짝이는 눈으로 그렇게 말하는 그는 마치 소년 같다. 병에 대해 털어놓으려던 결심은 바람 빠진 풍선처럼 쪼그라들었다.

"들떠 있군."

오늘 이부키 씨의 점심은 쿠피 라무네. 매번 과자만 먹는데 아침과 저녁 메뉴는 뭘까? 설마 삼시 세끼 과자만 먹지는 않겠지?

"들떠 있지 않은데요." 컴퓨터 화면과 눈싸움을 하면서 대답했다.

"내 눈은 못 속여. 한 달 정도 유난히 기분이 좋아 보이는데."

"항상 똑같아요."

"목소리 톤이 밝잖아. 하지만 오늘은 평소보다 근심에 빠져 있군. 싸웠나?"

"기분 탓이겠죠."

이부키 씨하고도 이런 대화를 나눌 수 있게 됐구나, 하고 새삼 생각했다. 입사했을 때는 인생이 최악이었는데 지금은 이렇게 활기차고 충만하다.

"그래도 기운이 생긴 건 지점장님 덕분이에요." 솔직하게 감사의 마음을 전했다. 상대방을 알려면 자신의 마음을 솔직하게 말로 표현하는 것이 중요하다. 머리를 숙이자 이부키 씨는 "켁!" 하고 괴상한 소리를 냈다.

"솔직하면 부담스러운데."

"네네." 인쇄한 서류나 확인하자. 최근 오랜만에 방문한 고객은 계약 직전에 마음을 고쳐먹었는지 취소했다. 지금은 이른바 사후 처리 중이다.

처음에는 혼란스럽기만 했던, 여생을 준다는 비현실성도 요즘 들어 익숙해졌다. 여전히 다음 계약은 따내지 못한 채 제자리에 머물러 있지만.

"지점장, 그렇게 참견하면 미움받아요." 양치를 마친 도모코 씨가 옆자리에 앉았다.

"하나 짱은 지금 남자 친구가 생겨서 러브러브 절정기이니까요. 벌써 프러포즈 같은 것도 받았대요."

"잠깐만요, 도모코 씨."

"뭐 어때, 행복한 이야기는 다 함께 공유해야지. 내 아들도 하나 짱에게 소개해 주고 싶었는데." 아쉬워하는 도모코 씨로부터 이부키 씨에게로 슬쩍 시선을 옮기니 검은 안경에 손을 댄 채 신비로운 동물이라도 보는 것처럼 관찰해 온다.

"만난 지 얼마 안 됐잖아? 너무 빠르지 않나?"

"그, 그야 그렇지만…… 그런 건 오래 사귀었다고 해서 되는 게 아니잖아요."

"그래요, 지점장은 현역에서 멀어졌으니 이해가 안 가

겠죠." 가세해 오는 도모코 씨의 말에 "맞아요." 하고 맞장구치면서 마주 웃었다.

"그 사람, 여생 은행에 흥미가 있는지 여생을 주고받고 싶다고 하더라고요." 그렇게 말한 순간 두 사람이 딱딱하게 굳어버렸다. 고요가 내려앉은 사무실에 "냥." 하는 왓슨의 울음소리가 들렸다. 고객용 소파에서 눈을 가느다랗게 뜨고 이쪽을 응시하고 있다. 어라…… 해서는 안 될 말이라도 했나.

"아, 그게 아니라…… 물론 1년 미만의 여생을 주고받자고요." 추가 정보를 주었음에도 지점장님은 마뜩잖은 표정을 지었고 도모코 씨까지 곤혹스러운 표정을 짓고 있다.

"음, 저기……."

"에라, 모르겠다." 이부키 씨가 일어서서 쓰레기통에 라무네 상자를 버렸다.

"하나, 그건 아마 여생 사기일 거다."

"사기요? 아, 아니에요!" 아무리 여기에 없는 사람이라고 해도 해서 될 말과 해서는 안 될 말이 있다. 사납게 항의했으나 도모코 씨도 동조하고 있다.

"하나 짱 남자 친구에 대해 잘 모르니까 뭐라고 말하

기는 그렇지만 여생 사기가 요새 늘고 있거든."

"……무슨 말이에요?" 처음 듣는 단어에 가슴이 술렁거렸다.

"서로 여생을 주고받자는 약속을 하고 여기에 함께 찾아오는 거지. 그리고 계약서를 쓴 다음 마지막 개인 면담은 혼자 하는 거야. 그러다 마지막의 마지막에 한쪽만 계약을 파기해. 물론 상대방에게는 알리지 않고."

"아……."

"여생 은행에는 비밀 엄수 의무가 있으니까 파기 사실에 대해서는 말 못 해. 상대방의 여생 계약이 완료되고 은행을 나서면 파기한 쪽만 여생을 손에 넣을 수 있지." 한참 설명한 후에 도모코 씨는 자신의 컴퓨터를 만지더니 무언가를 출력했다. 전달받은 용지에는 '여생 사기에 주의'라는 제목과 해당하는 사기범의 특징이 적혀 있었다.

- 붙임성이 좋고 인상이 쾌활하다.
- 만난 지 얼마 지나지 않았음에도 약혼이나 결혼 이야기를 한다.
- 서로 여생을 주고받자고 강조한다.

- 타인의 눈에 띄지 않는 장소에서만 만나려 한다.
- 여생 은행을 발견하는 것이 꿈이라고 한다.

  머릿속에서 경고음이 울렸다. 내용이 지나치게 들어맞아서 무서울 정도다.
  "저기, 하나 짱. 원하면 조사해 볼까? 이제까지 여생 사기를 친 사람의 정보는 미수까지 포함해서 남아 있으니까." 도모코 씨의 목소리가 귀를 스치고 지나간다. 조사하면 알 수 있을지도 몰라. 그렇지만 그 행위 자체가 미야자키 씨를 의심한다는 방증이 될 수도 있어.
  "괜찮아요. 여차하면 부탁하겠지만 지금은 그를 믿을래요." 바닥이 흔들린다. 마치 촉촉한 스펀지케이크 위에 올라서 있는 것 같다. 명백한 이유도 없는데 미야자키 씨에게 의구심을 품고 싶지 않았다. 이것이 사랑인지 묻는다면 대답하기 난처하지만, 이런 나를 좋아해 준 그를 의심하고 싶지 않아.
  "물론 그렇지. 여생 은행 직원에게 사기 칠 생각을 할 리가 없으니까. 그렇죠, 지점장?"
  "우어오으이." 심장이 튀어나올 것 같았다. 양치질하고 있는 이부키 씨가 뭐라고 했는지는 모르겠지만 나는 그에게 여생 은행에서 일한다는 사실은 전하지 않았다. 가까스로 찾은 사랑이니까.

"그러고 보니 어머니께 병에 대해서 이야기했어?"

"지난주 본가에 들렀을 때 겨우 털어놨어요."

"그래서, 어땠어?" 불쑥 얼굴을 들이대는 도모코 씨는 걱정하기보다 흥미진진해하는 모습이었다.

"그게, 엄청난 소동이 벌어져서……. 특히 엄마랑 재혼하신 분이 더 난리였어요." 검사 결과를 보고 최근 안정 상태에 접어든 듯해 안심한 엄마와는 대조적으로 요시히토 씨는 신기할 정도로 근심하는 모습을 보였다. 인터넷에 검색하여 병명을 조사하더니 비관하거나 화색을 띠기도 했다. 다음 날에는 내 주치의에게 들이닥쳐 정말로 수치가 개선되었는지 확인했다고 한다. 물론 본인이 아니기에 아무 말도 듣지 못하고 쫓겨났지만.

도모코 씨가 "후후." 하고 소리 내어 웃었다. "왠지 하나 짱, 기뻐 보여." 그 말을 듣고 깨달았다. 심각한 이야기를 하는데도 해사한 표정을 짓고 있었다는 것을.

"이상하게도 가족과 거리가 가까워졌다고 해야 하나……. 두 분께 매일같이 전화나 문자메시지가 와요." 조금 전에도 엄마가 "다음 진료에는 셋이서 갈 거야."라는 일방적인 결정을 통보하는 문자를 보냈다.

　여생 은행에서 근무하여 여생을 얻으려는 생각은 이제 없다. 그보다도 친구나 가족의 소중함을 깨달아 감사한 마음으로 가득하다.

"가족이란 참 굉장해." 중얼거리는 도모코 씨에게 "네." 하고 대답했다. 그녀는 싱글 맘으로 아들이 한 명 있다. 반면 이부키 씨는…….

　슬그머니 뒤쪽을 보는데 지점장님은 무슨 일이 있는지 서류를 들여다보면서 곤혹스러운 표정을 짓고 있었다. 예전에 이부키 씨는 '사랑하고 있다'고 했다. 그리고 '두 번 다시 만나지 못한다'고도. 아마 죽었다는 의미이겠지만 지금도 그녀를 사랑하고 있으리라……. 나도 그만큼 미야자키 씨를 사랑할 수 있을까.

"캬앗!" 이제까지 들은 적 없는 소리로 왓슨이 입구를 향해 날카롭게 포효했다. 이부키 씨와 도모코 씨가 동시에 일어서더니 서로 자리를 바꾸었다. 쿵 소리를 내며 옆에 앉은 이부키 씨가 자동문 쪽을 가만히 쳐다보고 있다.

"방금 울음소리는 왓슨의 경고다."
"네? 예감 같은 건가요?"

"엄청난 게 온다. 마음, 단단히 먹어."

자동문 열리는 소리와 함께 남성 한 명이 허겁지겁 안으로 들어왔다.

"엇……." 나도 모르게 소리를 내뱉은 건 남성의 몰골 때문이었다. 체크무늬 셔츠는 군데군데 찢어졌고, 안에 입고 있는 흰색 티셔츠에는 흙과…… 저건 피?

"이쪽으로." 침착하게 오른손을 든 이부키 씨의 앞으로 남성은 몇 번이나 넘어질 듯 휘청거리며 달려왔다.

"저, 저기……! 이곳이 여생 은행이죠?" 내 또래로 보이는 남성의 얼굴은 창백했고 이마와 뺨에는 찰과상이 있었다. 게다가 청바지 무릎 부분이 새빨갛게 물들어 있다.

"보다시피. 여생을 예치하시겠습니까?" 이부키 씨가 차분하게 질문하자 남성은 금붕어가 산소를 마시듯 입을 뻐끔뻐끔 움직였다.

"……주세요." 겨우 내뱉은 말은 약하디약했다. 남성은 카운터에 양손을 얹고 거칠게 호흡했다.

"제발…… 부디 제 생명을 여자 친구에게 나누어 주세요. 지금 당장, 바로요!" 비통한 절규가 사무실에 울려 퍼지는 가운데, 이부키 씨가 태블릿을 내밀었다.

"앉으세요. 그래야 상담도 할 수 있습니다."

"이러고 있을 때가 아니에요! 부탁입니다. 당장 여자 친구에게……!" 눈물을 뚝뚝 흘리는 남성의 셔츠에 유리 파편이 반짝이고 있다. 언제 사무실을 나갔다 왔는지 도모코 씨가 카운터 위에 차를 올려두었다.

"차라도 마시면서 한숨 돌리세요." 그 목소리에 남성은 느릿하게 고개를 들더니, 이윽고 힘없이 의자에 앉았다.

"신분증을 주시죠." 남성은 더러워진 청바지 뒷주머니에서 지갑을 꺼내어 손바닥을 내민 이부키 씨에게 면허증을 주었다. 마치 최면술에라도 걸린 듯한 더딘 움직임이었다.

"하나, 입력해."

"네."

건네받은 면허증에는 오오시게 다쿠미라고 적혀 있다. 나이는…… 나와 동갑이다. 뜨거운 찻잔을 들어 단숨에 들이켠 그는 사레들렸는지 캑캑거렸다. 면허증 스캔을 마치고 이부키 씨에게 넘길 무렵에는 차분함을 조금은 되찾은 모습이었다.

"그래서." 이부키 씨가 팔짱을 끼었다.

"누구에게, 왜, 어느 정도. 이 세 가지에 대한 설명을 들어볼까." 접객업자라고 여겨지지 않는 거만한 태도. 최근 이부키 씨는 한층 더 천상천하 유아독존이 된 느낌이다.

"후미카…… 구마키리 후미카를 살려주세요. 사고를…… 당했어요." 목멘 소리로 말하는 오오시게 씨의 볼에는 눈물인지 땀인지 알 수 없는 물방울이 흐르고 있다.

"네가 일으킨 사고인가?"

"아, 아니에요! 나란히 걷고 있는데 차가……."

"수상하군. 예전에도 그렇게 여생 사기를 치려는 녀석이 있었거든." 내 쪽을 슬쩍 보기에 매섭게 째려보며 응수해 주었다. 그런 농담을 할 때가 아니잖아요.

"그럴 리가……. 아닙니다." 부들부들 떨면서 오오시게 씨는 부인했다.

"여생을 손에 넣고자 하는 녀석은 우리가 예상치도 못한 시나리오를 짜 오니까. 요전에 온 녀석도−." 이래서는 진전이 없다.

일각을 다투듯 불안에 오들오들 떠는 남성의 모습은 연기가 아닐 것이다. 건너편에 있는 왓슨이 이쪽을 지그시 바라보고 있었다. 이부키 씨를 흘끗 보고 다시 시선을 돌리니 마치 "그래."라고 말하는 듯 왓슨이 천천히 눈을 깜빡였다.

"지점장님, 제가 할게요."

"뭐?" 내가 나서자 이부키 씨가 심기가 불편한 듯이 으르렁댔다.

"일각을 다투는 일일지도 몰라요. 제가 담당할게요."

"너—."

"실례합니다." 노려보는 이부키 씨를 무시하고 억지로 자리를 빼앗았다. 분명 오오시게 씨가 태블릿에 정보를 입력하는 건 불가능하겠지. 자판에 손을 올리고 "오오시게 씨." 하고 불렀다.

"담당자, 이케우치 하나라고 합니다. 잘 부탁드려요."

"아, 네……."

고개를 끄덕이는 그를 관찰했다. 짤따란 머리에도 유리 파편이 붙어 있어 불과 얼마 전에 사고가 일어났음을 알 수 있다.

"수혜자분의 성함은 이 한자가 맞을까요?" 기입한 이름을 태블릿에 띄우자 오오시게 씨는 로봇처럼 삐걱삐걱 고개를 끄덕였다.

"그럼 생년월일과 주소를 알려주세요."

"생년월일…… 아, 그러니까 4월…… 안 돼, 어쩌지. 어떡하면……." 혼돈에 휩싸인 그를 어떻게든 진정시키고 입력을 진행했다. 사무적인 질문을 할 때마다 오오시게 씨는 차분함을 되찾아 갔다.

"오늘은 우리 둘 다 저녁 타임 근무였어요. 퇴근하고 만나서 역으로 걸어가고 있는데 갑자기 무언가가 폭발한 듯한 소리가 나서ㅡ. 정신을 차리고 보니 눈앞에 차가 있었고 엄청난 통증이……." 그때를 떠올리는지 시선을 좌우로 내두른 오오시게 씨가 눈을 꼭 감았다.

"눈을 뜨자 병원이었고 간호사가 제 이름을 불렀어요. 주변을 둘러봐도 후미카가 없었어요……."

"네."

"걱정되어서 찾아다니다 후미카의 어머니를 발견했어요. 목 놓아 울면서 하필이면 왜 이런 일이 일어났냐고 하더군요." 아아, 하고 목소리를 떠는 오오시게 씨가 눈에 눈물을 가득 담고 나를 바라보았다.

"뇌사 판정을 받았대요. 지금은 인공호흡기를 달고 있지만 얼마나 버틸지 모르겠다고. 말도 안 돼요. 조금 전까지 같이 있었는데, 웃으면서 이야기를 나누었는데……

말도 안 된다고요!" 무심결에 울컥했지만 지금은 눈물을 흘릴 때가 아니다. 자판을 두드리는 손을 멈추지 않고 상황을 입력했다.

"그래서 어떻게 하셨나요?"

"아, 그러니까…… 정신을 차리고 보니 병원 밖이었어요. 여생 은행 이야기는 여자 친구에게 종종 했어요. 후미카는 믿어주지 않았지만 저는 기필코 있다고 믿었고…… 믿었는데……." 신음하듯 흐느끼는 오오시게 씨. 구마키리 씨를 살리기 위해 필사적으로 헤매다 이곳에 다다랐으리라.

"계좌를 개설하려면 건강진단서가 필요해요."

"알고 있어요. 이거, 여기요……." 청바지 앞주머니에서 꾸깃꾸깃 구겨진 몇 장의 종이를 꺼내 건네주었다.

"회사에서 건강검진을 했어요. 추가로 종합검진도 받았거든요. 지금 집에 가지러 가서……." 뒤편에서 대기하고 있는 이부키 씨에게 전달하자 일별한 후에 동의했다. 우선 신청서를 내는 건 가능한 것 같다.

"긴급 시에는 대기 기간 8일이 면제되죠?" 분명 그런 전례가 있었는데.

"어어." 탐탁잖은 듯한 대답에 뒤돌아보자 지점장님은

허리를 쭉 펴고 열리지 않는 문으로 향하고 있었다. 왜 그러지? 의구심이 들었지만 지금은 계약을 서두르는 데 집중하자.

"구마키리 후미카 님께 여생을 어느 정도 주실 건가요?"

"전부, 전부 다요!"

"오오시게 님, 전부 넘기시면 당신이 죽게 돼요. 게다가 여생을 주면 구마키리 님과는 앞으로 단 한 번밖에 만나지 못하시는데도요?" 정확히는 유예기간 하루가 있지만 그 부분은 생략하자.

"아…… 그렇죠. 그럼…… 어쩌지. 후미카 곁에 있고 싶어요. 그렇게 하려면 어떻게……."

"11개월의 여생을 예치하는 건 어떠세요? 그러면 계속 만나실 수 있어요." 그 말에 오오시게 씨는 커다란 눈물방울을 떨구며 고개를 가로저었다.

"그럼 그 후에는 같은 상태로 돌아가잖아요. 그래서는 의미가 없어요. 저희, 다음 달에 결혼식을 올릴 예정이고 앞으로 행복하게―." 꺼질 듯한 작은 목소리임에도 당장이라도 고함을 지를 듯한 분노가 느껴진다.

"그러면 정기 적립으로 여생을 맡기시는 방법은 어떨

까요?"

"정기……?"

"1년 미만, 즉 364일의 여생을 예치하면 구마키리 님과 만나실 수 있어요. 1년의 마지막 하루만은 구마키리 님의 몸이 현재의 상태로 돌아가지만요." 그가 이 설명을 과연 납득할지는 모르겠다. 가까이 다가온 도모코 씨에게 눈길을 주고 확인을 구했지만 웬일인지 내키지 않는다는 표정을 짓고 있다.

"도모코 씨, 어때요?" 이제야 내 시선을 눈치챘는지 약간 당황하며 전송된 견적서로 눈길을 돌렸다.

"……그러네. 이 경우라면 정기 적립이 제일인 것 같아." 가까스로 안도의 표정을 지은 오오시게 씨에게 재차 정기 적립에 대해 설명했다.

"지점장님, 지금 시간을 개인 면담으로 대체해도 될까요?" 마침내 돌아온 이부키 씨에게 묻는데 그는 팔짱을 끼고 생각하는 자세를 취한 채 굳어 있었다.

"지점장님?" 한 번 더 부르자 "아아." 하고 짤막하게 대답했다.

"개인 면담까지는 완료한 걸로 하지."

"네."

"하나, 혹시 모르니 병원에 함께 가봐. 여자 친구의 상황이 이 녀석이 말한 대로라면 태블릿으로 계좌 개설 완료 버튼을 누르면 돼. 여기서도 확인할 테니까." 사무적인 말을 하는 목소리가 왠지 힘이 빠진 것처럼 들렸다. 도모코 씨도 평소와는 분위기가 사뭇 다르다. 왓슨에게 시선을 주자 태블릿에 입력하는 오오시게 씨를 가만히 응시할 뿐이었다. 그 눈동자는 왜 그런지 서글퍼 보였다.

유리 벽 너머 구마키리 씨는 상처 따위 조금도 없는 것처럼 보였다. 파란색 환자복을 몸에 두르고 침대 위에서 그저 잠들어 있는 것 같다. 기다란 밤색 머리와 옅은 화장이 잘 어울렸는데, 다른 점은 그녀가 기계로 생명을 유지하고 있다는 것뿐. 얼굴을 덮는 인공호흡기는 병상 옆에 있는 기계에 연결되었고, 화면에는 혈압과 맥박이 표시되어 있다.

"후미카, 후미카!" 유리 벽에 손을 대고 오오시게 씨가 그녀의 이름을 애타게 불렀다. 의식이 없는데도 몇 번이고. 간호사가 병원에 다시 돌아온 오오시게 씨에게 주의를 주었지만 마치 귀에 닿지 않는 듯 그는 필사적으로 여자 친구의 무사를 빌고 있다. 만약 내가 같은 입장이 된다면 미야자키 씨는 어떻게 반응할까. 오오시게 씨처럼 울면서 이름을 불러줄까……. 이런 상상을 하고 있을 때가 아니야.

"오오시게 씨." 손에 든 태블릿을 켜고 부르자 그는 나를 잠시 쳐다보더니 금세 구마키리 씨에게 시선을 돌렸다.

"저…… 여자 친구와 만난 날 결심했어요. 반드시 행복하게 해주겠다고요. 여생을 정기적으로 적립하면 적어도 우리 두 사람, 비슷하게는 살 수 있겠죠?" 매년 꾸준히 이관하면 이론상으로는 그렇다.

"가혹한 말씀이지만 여생을 정기 적립으로 364일 아슬아슬하게 예치하셔도 365일째 되는 날은 지금 상태로 돌아갑니다. 그날 사망하실 가능성 또한 부정할 수 없어요. 그리고 구마키리 씨는 인공호흡기를 달고 계세요. 만약 오오시게 씨가 먼저 생을 다할 경우, 홀로 수명이 다할 때까지 의식이 없는 채로 누워 계실 수도 있습니다."

"……그렇군요."

"그리고 고객님의 수명은 알 수 없어요. 오오시게 씨

가 만약 정기 적립을 하다가 도중에 수명이 다하면 그 시점에서 고객님에게 남은 생은 하루가 되어 돌연사할 가능성도 있어요." 내 말을 곱씹듯이 나지막이 읊조린 그가 세차게 고개를 끄덕였다.

"그래도 저는 여자 친구와 함께 살아가고 싶어요. 이런 이별은 후미카도 바라지 않았을 겁니다. 그러니까 부디 제 여생을 예치하게 해주세요." 이제 그의 눈동자에 눈물은 고여 있지 않았고 강한 의지만이 느껴졌다.

만약 내가 구마키리 씨였다면 사랑하는 연인의 목숨을 받고 싶어 할까? 상대방의 여생이 줄어든다고 해도 함께 살아가고 싶어 할까……. 조금이라도 같은 시간을 보내고 싶다는 건, 달리 보면 오오시게 씨의 이기심이라는 생각도 든다.

"하나."

태블릿에서 이부키 씨의 목소리가 들렸다. 온라인으로 상황을 지켜보고 있었는지 끄트머리 분할 화면에 이부키 씨가 보였다.

"구마키리 후미카를 비춰줘."

"네. 구마키리 씨, 실례할게요." 태블릿에 달린 카메라를 병실 쪽으로 향하게 했다.

"좋아, 오케이. 화면 돌려도 돼."

"지점장님, 질문 하나 해도 될까요?"

"어."

"여생을 줄 때 상대방에게 이야기해도 되고, 안 해도 되는 거잖아요. 예전부터 궁금했는데 받는 쪽이 바라지 않는 경우도 있을 것 같아서요. 만약 구마키리 씨가 바라지 않아도 강제적으로 이관되나요?"

보통은 누군가에게 생명을 받는 건 더없이 기쁜 일이리라. 하지만 생명을 받는 사람이 상대방을 사랑한다면 '받지 않는다'는 선택도 존재해야 하지 않을까.

"이번 경우는 수혜자가 여생을 받았다는 사실조차 눈치채지 못할 테니까." 여생 이관을 알려줄 수 있는 건 여생을 예치한 사람뿐. 심지어 1년 이상의 여생을 예치한다면 그 사실을 알릴 수 있는 기회는 오직 한 번뿐이다.

"그 부분이 여생 은행의 어려운 점이지." 평소처럼 차갑게 반응할 거라 생각했는데 웬걸, 화면 속 이부키 씨는 동조하듯이 한숨을 쉬었다.

"다만 예전에 그 아저씨…… 누구였더라?" 미나미야마 씨를 말하는 듯한데 오오시게 씨 앞에서 언급해도 될지 모르겠다.

"그분이라면 기억하고 있어요."

"그 사람의 부인은 여생 수령을 거부하는 대신 고작 일주일의 이관을 받아들였지."

기억을 떠올려보니 그랬던 것 같다. 가나코 씨는 단 일주일을 더 살고 하늘나라에 갔다.

"하지만 그건 그녀가 첫 번째로 여생을 받았을 때 눈치챘기 때문이잖아요? 일반적으로는 도시 전설이라고 여겨지고 있으니, 여생을 받을지 거부할지 미리 수혜자가 정할 수 없어요."

"하나." 이부키 씨의 목소리에 흠칫했다.

"여기서 오래 일하면 언젠가는 본인만의 답을 찾을 거다. 그러니까 지금은 계약자가 바라는 대로 해줘." 계약자…… 그래, 지금은 오오시게 씨의 소망을 이루어줘야 해.

"알겠어요. 오오시게 씨, 괜찮으시겠어요?" 나는 전화를 끊고 오오시게 씨를 마주 보았다.

"부탁합니다." 태블릿에 계약 최종 확인 화면을 띄웠다.

"이걸 누르면 여생 정기 계좌가 열려서―." 설명 도중에 오오시게 씨가 중앙에 표시된 버튼을 눌러버리는 바람에 그대로 계약이 완료되었다. 오오시게 씨의 여생 일부가 바로 구마키리 씨에게 이관되었다.

탕—!

갑작스러운 엄청난 소리에 얼굴을 들자 오오시게 씨가 유리 벽에 손을 대고 있었다. 믿기지 않는 듯 부릅뜬 눈. 그 시선 끝에 있는 구마키리 씨가 눈꺼풀을 들어 올리고 있다. 눈을 깜빡거린 뒤 서서히 시선을 이리저리 돌리기 시작하는 모습을 나는 묘한 기분으로 쳐다보았다.

"후미카, 후미카!" 오오시게 씨의 목소리를 들은 구마키리 씨가 행복한 듯이 가늘게 눈을 떴다. 숨을 쉬는 것도 잊고 나는 그저 그 광경을 바라볼 수밖에 없었다.

그녀는 인공호흡기가 삽입된 걸 느꼈는지 고통스럽게 기침을 하기 시작했다.

"간호사 선생님!" 허둥지둥 뛰쳐나가는 오오시게 씨. 구마키리 씨는 오른손을 더듬어 호출 버튼을 눌렀다. 자신이 살아 있음을 알리기 위해 강하게, 힘차게.

단골 술집 '도비마루'는 오늘도 한산하다. 평일 저녁, 영업시간이 시작됨과 동시에 들이닥친 나는 맥주 두 잔을 단숨에 해치웠다. 뒤늦게 도착한 가스미는 술 마시는 내 모습을 보고 눈을 동그랗게 떴던가.

"하나가 술을 마신다는 건 상당한 문제가 있었다는 건데." 분명 그런 말을 들었던 것 같다.

점장에게 한 잔 더 주문했지만 웬일인지 우롱차가 두 잔 카운터 위에 놓였다.

"잠깐, 다른 게 나왔는데."

"내가 주문을 바꿨어. 아무래도 너무 많이 마시는 것 같아서."

타이르듯 말하는 가스미를 샐쭉하게 쏘아보았다. 항상 자기는 코가 비뚤어져라 마셔대면서…….

"그러니까 보험 조사를 하러 갔더니 구마키리라는 여자가 눈을 떴다고? 그래서 어떻게 됐는데?"

"아— 그게……."

취기에 그만 푸념을 늘어놓고 말았다. 여생 은행에 대해서는 말할 수 없기에 은행이 취급하는 보험 조사에 끌려갔다고 둘러댔던가. 우롱차로 바꿔줘서 다행이다. 지금보다 더 취하면 솔직하게 털어놓을 것 같아.

"구마키리 씨…… 말 그대로 기나긴 잠에서 깨어난 것처럼 상쾌해 보였어. 무척 예쁜 사람인데 긴 머리가 찰랑찰랑해서."

"네네, 그 말은 아까도 들었거든요."

튀긴 두부 요리를 먹으면서 가스미는 점장인 마모루 씨와 눈짓으로 대화를 나누고 있다. '취했네.' '역시 그렇지?'라는 느낌으로.

뭐야, 둘만 알콩달콩하게. 나도 애인 있는 사람이야…….

"하나, 아까부터 생각을 그대로 말로 내뱉고 있거든. 우린 알콩달콩하지도 않고, 너한테 애인이 있는 것도 안다고."

"엥?"

평소 술을 마시지 않는 건 이렇게 돼버리기 때문이다. 정신 차려, 속으로 중얼거리고 심호흡을 한번 하며 취기를 몰아냈다.

"그래서 구마키리 씨가 눈을 뜨니까 오오시게 씨가 환희에 차서 통곡하더라."

"잘됐네."

"거기서부터가 문제였어."

우롱차가 담긴 유리잔을 탕, 소리 나게 내려놓고 볼을 부풀렸다.

"계속 의식불명이었잖아. 의사도 엄청 놀라서 정밀검사를 하기로 했어." 입 안으로 쓴 물이 올라왔다.

"그런데 두 사람이 사라졌어."

"사라졌다고?"

"도망간 것 같아. 그 이후로 계속 연락 두절. 오오시게 씨 스마트폰은 전원이 꺼져 있고 집으로 간 흔적도 없어. 간호사가 오오시게 씨 납치설을 입에 담는 바람에 경찰을 부르게 돼서……." 몹시 곤혹스러웠다. 여생 은행에 대해서는 이야기할 수 없으니 병원 사람들에게도, 경찰에게도 사정을 말할 수 없었다. 결국에는 화장실 창문으로 탈출하는 지경에 이르렀다. 지금쯤 나도 용의자가 됐을지 모른다.

"뭐야, 그게. 두 사람 불륜 관계였나?" 흥미로운 듯이 웃은 가스미가 아무래도 말이 심했다 싶었는지 입을 꼭 다물더니 나에게 감자튀김이 담긴 접시를 갖다 바쳤다.

"상사분은 뭐라서?"

"그게, 이상하게도 두 사람 다 태평해. 전화로 보고했을 때도, 사무실로 돌아갔을 때도 극히 평범했어. 마치 그렇게 되리라는 걸 알았다는 눈치였어." 지금 생각해 보면 이부키 씨와 도모코 씨의 태도는 면담 도중부터 어딘가 이상했다. 도모코 씨는 영혼이 탈출한 분위기였고, 이부키 씨는 모처럼 계약을 따낼 수 있는데도 전혀 기뻐하는 것 같지 않았다.

"어쨌든 야단맞지 않았으니 됐잖아. 때가 되면 불쑥 나타나겠지."

"뭐…… 그렇겠지."

여생을 이관한 이상 우리들이 할 수 있는 건 이제 없다. 그건 그렇지만 두 사람이 감쪽같이 자취를 감춘 건 불만스러웠다.

"하나 짱, 이건 서비스."

조금 전 불평을 늘어놓아서일까. 점장이 내가 좋아하는 달걀말이가 담긴 접시를 건넸다.

"감사합니다. 아까는 죄송했어요."

"괜찮아. 돈 워리, 돈 워리." 이를 드러내며 씩 웃고는 주방 안쪽으로 들어가는 점장. 달걀말이를 젓가락으로 가르니 좋은 냄새가 하얀 김과 함께 모락모락 피어올랐다.

"가스미가 점장을 좋아하는 이유를 알 것 같아."

"뭐? 내가 아니라 저쪽이 먼저 좋아했거든."

"어느 쪽이 먼저든 상관없잖아."

입 안에 넣으니 달걀이 사르르 녹으면서 감칠맛이 배어난다.

"하나도 행복한 거 아니야?"

"그런데…… 너무 오랜만이라서 좋아한다는 감각을 잘 모르겠어." 의문을 품기 시작하면 무언가 손가락 사이로 빠져나갈 것 같았다. 좋아하는 마음인지, 위화감인지 구분하지 못한 채 한숨을 쉬었다.

"곧 알게 될 거야. 정 뭐하면 그만 만나면 돼. 하나는 지나치게 어렵게 생각한다니까."

"그야—."

반박하려던 때였다. 카운터에 놓인 스마트폰이 울렸다. 미야자키 씨에게서 문자메시지가 왔다는 알림이었다. 대화창을 열자 "하고 싶은 말이 있어."라는, 한마디뿐이었다. 매번 건네던 인사말도, 날씨 이야기도 없다. 이렇게 짧은 문자메시지는 미야자키 씨답지 않았다.

"그러고 보니 아직 남자 친구 사진 안 보여줬잖아."

"응……?" 가스미의 추궁에 애매하게 대답하면서 미야자키 씨에게 답장을 보냈다.

"다음에 찍어 온다고 약속했으면서."

"그런 약속, 안 했거든. 그보다 아직 한 장도 없어

서…….." 말하면서 떠올렸다. 그러고 보니 그 카페에서 한 장 찍었구나. 스마트폰을 열고 멍한 표정으로 의자에 앉아 있는 미야자키 씨의 사진을 보여주었다.

"어라?" 미간을 찌푸린 가스미가 "잠깐 이리 줘봐." 하고는 바로 스마트폰을 빼앗아 갔다.

"어라라?"

"왜 그래?" 가스미는 손끝으로 사진을 크게 확대하더니 만면에 씨익 웃음을 띠었다.

"뭐야, 나 이 사람 알아."

"뭐?"

"너도 알잖아."

"뭐어?"

그렇게 가스미가 예상치도 못한 말을 꺼냈다.

역 앞 벤치에 미야자키 씨가 앉아 있었다. 스포트라이트 같은 가로등 아래서 나를 발견하고 안도한 표정을 지었다.

"갑자기 불러내서 미안해."

"아니야. 마침 근처에 있었거든……."

미야자키 씨 옆에 앉았다. 밤인데도 매미 소리가 울려

퍼졌다. 취기는 벌써 온데간데없이 사라졌지만 머리가 띵하다.

그는 양손을 깍지 끼고 역사 쪽으로 눈길을 주었다. 조금 전 보낸 문자메시지와 마찬가지로 무거운 공기에 휩싸여 있다. 먼 곳을 바라보는 옆얼굴은 평소와 같았다.

"아무래도 하나 씨에게 말하고 싶어서— 아니, 사과하고 싶어서." 나를 향한 표정도 여느 때와 다를 바 없다.

아, 그렇구나……. 부드러운 미소를 보고 이제야 알았다. 미야자키 씨는 한 번도 나를 바라보지 않았구나. 나를 통해 다른 누군가를 그리고 있었구나. 무의식중에 알고 나도 그간 망설였던 건지도 모른다.

"아까 가스미랑 만났어요. 미야자키 씨 사진을 보여주니 아는 얼굴이라고 하더라고요." 짚이는 데가 있는지 그는 가볍게 고개를 끄덕였다.

"저는 기억이 전혀 없는데, 미야자키 씨가 이자카야에서 옆자리에 앉았다고요." 꽃미남을 좋아하는 가스미가 잘못 봤을 리 없다.

"얼마 전에 옆자리에 앉았던 꽃미남이잖아. 와, 엄청난 우연이네!" 가스미는 기쁘다는 듯 말했지만 그런 동화가 존재하지 않는다는 것을 나는 알고 있다.

"미야자키 씨는 그날 도비마루에서 우리 이야기를 들었을 거예요. 그렇죠?" 그날 밤 일은 지금도 기억하고 있다. 가스미에게 내가 시한부 선고를 받았다는 사실을 전한 날이니까.

"그게……."

"미야자키 씨는 제가 병에 걸렸다는 걸 알고…… 그래서 접근한 거예요?" 체념한 듯이 눈을 내리깐 미야자키 씨는 "미안." 하고 사과했다.

"이야기를 듣다 가슴이 아파서……. 하지만 두 번째 만남은 정말 우연이었어." 거리에서 도와줬을 때를 말하는 거구나. 그래, 나에게는 그게 첫 만남이었지.

"이자카야에서 봤다고 말 못 해서, 입 다물고 있어서 미안해."

"그 일뿐만이 아니죠?" 내가 캐묻자 미야자키 씨는 놀란 듯 눈을 크게 떴다. 그 표정만으로도 앞으로 던질 질문에 어떤 대답이 나올지 확신할 수 있었다.

"우연히 술집에서 만난 나를 동정한 이유는 분명 미야자키 씨도 같은 처지에 있기 때문이니까. 여동생…… 쓰구미 씨도 어디 아파요?"

"아아……." 고개를 떨군 채 미야자키 씨는 조용히 끄덕였다.

"쓰구미는 선천적으로 심장이 약해."

"그래서 만나게 하고 싶다고……."

"난치병을 앓고 있는데도 얼굴에 미소가 가득한 하나를 보고 나는 금세 사랑에 빠졌어. 쓰구미와 만나게 해서 기운을 불어넣어 주고 싶었어. 말은 그럴싸하지만 결국은 너를 이용하려 한 거지. ……난 형편없어."

희한했다. 가스미의 말을 들었을 때에는 더욱 최악을 상상했었다. 미야자키 씨가 내 뒤를 밟아 여생 은행에서 일한다는 사실을 알았다. 그래서 도와주는 척 접근해서 고백했다. 그렇게 하면 여동생에게 여생을 나누어 줄지도 모르니……. 그런 계획을 세웠다고 의심했다. 하지만 그 생각을 곧장 떨칠 수 있던 건 이제까지 미야자키 씨가 보여준 자상함을 알고 있으니까. 여생 사기가 아니라 다행이야.

미야자키 씨가 나를 가만히 바라보았다. 이토록 쓸쓸하고 슬픔에 젖어 있는 눈동자라니. 감정을 떨쳐내듯이 미야자키 씨는 느리게 머리를 가로저었다.

"만날 때마다 점점 좋아졌어. 하지만 처음의 동기를

이야기하면 미움받을 것 같아서. 그게 무서웠어." 쥐어짜듯이 말한 미야자키 씨에게 문득 의문이 생겼다.

"여생을 주고받는다는 말은……?" 서로에게 11개월씩 선물하는 꿈이 있다고 했을 터.

"그건 본심이야. 만약 여생 은행을 발견하면 나는 하나와 쓰구미에게 내 여생을 주고 싶다고 지금도 생각해. 11개월이라면 앞으로 계속 만날 수도 있고."

"하지만 나는 건강진단에서 걸리니까 여생을 줄 수 없어요. 그걸 아는데도요?"

"그래도 괜찮았어. 해줄 수 있는 건 전부 해주고 싶어. 그 정도로 하나 씨를 사랑하게 됐거든."

마치 스스로를 다잡듯이 미야자키 씨는 담담히 이야기했다. 분명 그가 말하는 '사랑'은 일반적인 그것과는 다르다. 감정의 밑바닥에 나와 여동생이 아프다는 사실이 공통적으로 깔려 있다. 문득 오오시게 씨와 구마키리 씨의 일이 머릿속에 떠올랐다.

"미야자키 씨의 생명을 빼앗는 걸, 쓰구미 씨는 찬성해 줄까요……."

"아니, 분명 반대하겠지. 정의감만은 쓸데없이 강하니까." 조금 온화한 표정으로 바뀐 미야자키 씨 쪽으로 몸을 돌렸다.

"저도 같은 마음이에요. 미야자키 씨의 여생을 빼앗을 만한 일은 하고 싶지 않아요." 이것이 지금 내 솔직한 심정이었다. 정말로 좋아하는 사람에게 생명을 받았다는 사실을 안다면 누구나 스스로를 책망할 것이다. 나도 여생 은행에서 일하기 시작했을 때에는 여생을 누군가에게 받았으면 좋겠다는 이기적인 생각을 했었다. 그러나 지금은 그렇지 않다.

고객들과 팽팽하게 맞서면서, 여생을 주고받는 데에는 진지한 마음이 필요하다는 걸 알게 됐다. 순조롭지 않은 일투성이였지만 저마다 애절한 사랑에 감명하거나 감동하기도 했다. 설령 계약이 이루어지지 않아도 그들의 인생을 엿보고 깊이 생각해 볼 수 있었다.

미야자키 씨에게 여생을 받을 수 있다니. 이전의 나였다면 덥석 물었겠지만 그럴 수 없는 건…… 내가 그를 아주 조금은 좋아하기 때문이다.

"미야자키 씨가 정말로 좋아하는 사람은 쓰구미 씨인 것 같아요." 그렇게 말하자 미야자키 씨는 깜짝 놀라더니 얼굴을 숙였다.

"아니야. 처음에는 쓰구미만을 생각했어. 하지만 하나

도······." 들리지 않을 정도로 말끝이 희미해졌다.

"같은 처지인 나에게서 여동생을 겹쳐 봤던 거죠. 그래서 제 목숨도 구해주고 싶었고요." 자상한 미야자키 씨는 분명 여동생을 살리기 위해 백방으로 힘쓰는 사이 그녀를 사랑하고 말았으리라. 그 눈동자에 비친 사람은 항상 여동생이었던 것이다.

이제야 위화감의 정체를 알게 된 나는 속이 후련했다. 여동생을 향한 마음이 진짜 사랑인지는 모르지만 내가 이 사랑에 흠뻑 빠지지 못했던 건 무의식적으로 그걸 감지했기 때문인 것이다.

"여동생에게 여생을 나누어 주는 일이 과연 옳은지는 모르겠어요. 하지만 미야자키 씨 마음은 잘 전해졌어요." 눈물을 참으면서 얼굴을 새빨갛게 물들이는 미야자키 씨. 자신의 사랑이 맺어지지 않는다는 걸 알면서도 수명을 줄여서까지 그녀를 살리려 한 그를 비난할 수는 없었다.

"우리, 여기서 끝내요." 헤어짐을 고하자 그는 "다시 연락할게."라는 말을 남기고는 떠나갔다. 하지만 내가 그를 만날 일은 더 이상 없을 것이다.

언젠가 미야자키 씨가 여생 은행을 발견한다면 그때

나는 어떻게 반응할까. 지금은 나도 답을 낼 수가 없다. 찾기를 바라는 마음과 찾지 않기를 바라는 마음이 교차하는, 그런 밤이었다.

평소보다 이르게 집을 나서 은행으로 향하는 아침. 그런 일이 있었기에 당연히 어제는 한숨도 자지 못했다. 미야자키 씨가 불면에 크게 한몫하기는 했지만 오오시게 씨와 구마키리 씨가 아직 행방불명인 것도 원인이다. 그 밖에 이부키 씨나 도모코 씨의 태도도……. 이 세상은 의문투성이다. 기분이 가라앉은 탓인지 매미 소리조차 거슬렸다.

은행 뒷문은 열려 있었다. 조심스럽게 문을 여는데 이부키 씨가 탕비실에서 나오던 참이었다.

"오우, 커피 마실래?"

"……좋은 아침입니다."

"얼굴을 못 봐주겠군." 여전히 무례한 사람이다. 울컥한 와중에도 짐을 내려놓고 책상으로 향했다. 컴퓨터를 켜고 출근 등록을 하고 있는데 이부키 씨가 옆자리에 걸터앉았다. 어김없이 덥수룩한 머리에 항상 매던 세련된 넥타이는 어디로 갔는지 밋밋한 예복을 입고 있는 것 같았다.

"여기." 불쑥 내민 머그 컵을 받아 들었다. 오늘 아침 커피에서는 연한 맛을 좋아하는 이부키 씨의 취향치고는 희한하게 짙은 향이 났다.

"감사해요."

"많이 잤는데도 졸려." 한가한 소리나 늘어놓는 이부키 씨의 무릎 위에 어느새 왓슨이 앉아 있었다. 나에게는 관심도 두지 않고 우아하게 혀로 털을 고르고 있다. 그 이후 왓슨은 쓰다듬는 걸 다시 허락해 주지 않고 있다.

"오오시게 씨와 구마키리 씨는 찾았나요?"

"아니, 아직."

"……태평하시네요." 빈정댔지만 고양이와 그 주인은 감지하지 못한 모양이다.

"지극히 평범한 반응이다."

"그게 아니라 걱정되지 않아요? 우리가 여생을 이관한 후에 사라진 게 명백하잖아요. 지점장님은 참 차가운 것 같아요." 발끈하기는커녕 이부키 씨는 이상하다는 듯이 쿡쿡 웃는다.

"남자 친구와 싸우기라도 했나."

"그 말은 성적 발언—." 가슴속에 슬픔이 차츰 퍼지는 느낌이 들어 입을 닫았다. 어제의 이별을 후회하지는 않지만 가슴이 계속 술렁거린다. 언젠가 내가 낸 답이 옳았다고 생각할 날이 올까.

가만히 미동도 않는 나를 보고 이부키 씨가 진지한 표정으로 커피를 마셨다.

"미안하군. 헤어진 줄은 몰랐어."

단박에 알아맞히는 바람에 무심결에 숨을 들이켜고 말았다.

"……어떻게 알았어요?"

"나처럼 여기서 오래 일하다 보면 인간의 생각을 읽을 수 있거든."

"본인도 인간이면서." 뾰로통한 얼굴을 한 채 커피를 마시는데, 예상보다 훨씬 맛있었다.

"맞아요. 헤어졌어요."

"뭐, 흔히 있는 일이지." 이부키 씨가 말하면 정말 그런 것 같아 신기할 따름이다.

"헤어진 원인, 듣고 싶어요?"

"흥미 없어." 역시. 그럼에도 실연의 아픔이 조금 줄어든 것 같다. 얄밉지만 이부키 씨에게는 타인의 마음을 누그러뜨리는 재주가 있다. 커피에서 피어오르는 뜨거운 김 너머로 공허해 보이는 이부키 씨가 어른거렸다.

"지점장님은 별난 사람이에요."

"나도 종종 정체를 모를 때가 있어. 도모코 씨 정도이려나, 이해해 주는 사람은."

"도모코 씨는 이곳에서 20년 일했다고 하셨어요. 이전 지점장님은 어떤 분이셨어요?" 무심코 던진 질문인데 분위기가 바뀌는 게 온몸으로 느껴졌다. 소리도 없이 이부키 씨의 무릎에서 내려온 왓슨이 내 옆으로 다가와 커다란 눈동자로 응시해 왔다. ……혹시 실례되는 질문이었나?

"이전은 없다. 일본에서 여생 은행을 시작한 사람은 나니까."

"네……?"

왓슨에게 시선을 고정한 채 의문을 표한 건 왠지 이부키 씨의 얼굴을 바라봐서는 안 될 것 같아서였다.

"그러면 지점장님은 20년 이상 이곳에서 일하셨다는 말이네요. 잠시만요. 아니, 지점장님은 스물아홉이잖아요?"

"스물여덟이다. 조금 긴 이야기가 되겠지만…… 뭐, 아직 영업 전이니까 괜찮겠지." 이부키 씨가 다리를 꼬는 것이 시야의 끝에 보였다.

"스물다섯 살 때 나는 아시아의 한 국가에서 봉사활동을 했다. 수도에서 300킬로나 떨어진 작은 마을에서 우물을 만드는 작업이었어." 갑작스러운 이야기 전개에 머리가 혼란스러웠다.

"당시에는 한창 분쟁 중이라 상공에는 전투기가 시도 때도 없이 날아다녀 상당히 위험한 지역이었지. 함께 갔던 동료들은 잇따라 활동을 단념하고 귀국했다. 최종적으로는 나만 남았고……. 아, 왓슨은 그 마을에 있던 들고양이였어."

"냐아." 왓슨이 나를 바라본 채 대답했다.

묻고 싶은 건 태산 같았다. 이 여생 은행을 이부키 씨가 만들었다면 도모코 씨 이야기와 모순된다. 애초에 3년 전 해외에 있었다면 연도 계산도 맞지 않는다. 하지만 끼어들어서는 안 될 것 같았다.

"3년이 지나고 겨우 물이 나왔을 때 기뻐서 마을 사람들과 끌어안고 울었어." 가까스로 볼 수 있게 된 옆얼굴에는 미소가 피어 있었다.

"마을은 기근으로부터 구제되었고 나도 마침내 일본

으로 돌아올 수 있었어. 보답으로 나를 잘 따르던 왓슨을 양도받아서……." 갑자기 이부키 씨가 입을 닫았다. 어느 정도 시간이 지났을까. 10초로도, 10분으로도 느껴질 정도의 시간이 지나고 지점장님은 한숨을 흘렸다.

"공항까지 배웅해 준 마을 사람들이 그러더군. 감사의 뜻으로 여생 은행에 다 함께 갔다고."

"아…… 여생 은행이 그 나라에 있었어요?"

"그런 모양이야." 남 이야기를 하듯이 어깨를 으쓱거린 이부키 씨는 조용히 눈을 내리깔았다.

"나는 무슨 뜻인지 몰랐어. 여생 은행이라는 단어도 그날 처음 들었거든." 예감이…… 터무니없는 예감이 가슴속에서 부풀어 오른다.

"설마, 지점장님이 마을 사람들에게 여생을 이관받았다는 건가요?"

"마을 사람들은 그렇게 설명했어. 내가 외로워하지 않도록 왓슨에게도 이관했다고. 각각 몇 년씩, 백 명 가까이 되는 마을 사람들이 여생을 주었다고. 그런 일이 가능하다고 믿을 리 없잖아. 틀림없이 사원이나 어딘가에서 기도를 해줬다는 의미겠거니 했어." 숨소리를 내는 것도 조심스러워 무의식적으로 몸을 작게 옹송그렸다.

이부키 씨는 안경을 카운터에 놓고 허공으로 시선을 돌렸다. 그 눈동자는 복잡한 감정의 색채를 띠고 있었다. 조용히 분노하면서도 슬픔이 넘쳐흐르는 듯한…….

"뉴스에도 나왔지. 그곳은 해마다 발전을 거듭해 지금은 작은 동네 정도가 되었다더군. 하지만 아무리 편지를 보내도 반송되더라고. 신경이 쓰여서 2년 후에 방문해 봤어. 그런데 그 마을 사람들은 아무리 찾아봐도 볼 수 없었어."

"두 번 다시 만나지 못하게 된 거네요……." 대답하는 대신 이부키 씨는 콧숨을 내쉬었다.

"바보 같아. 여생 따위를 받는 것보다도, 나는 다시 그들 모두와 만나고 싶었는데. 또 만날 날을 기대하고 있었는데."

"지점장님……."

"그 사람들, 공항에서 엉엉 울었어. 영원한 이별이라는 걸 알았겠지. 나는 금방 만날 수 있다는 허튼소리나 하고……. 다시는 보지 못한다는 걸 나만 몰랐어. 정말 바보 같군."

마지막 '바보'라는 말을 이부키 씨는 스스로를 향해 던졌다. 눈시울을 누르고 이부키 씨가 자조하듯이 말했다.

"여생 은행을 조사하기 시작한 건 그 이후다. 자세한 건 말할 수 없지만 나는 일본에도 여생 은행을 만들기 위해 필사적이었어. 지금으로부터 몇십 년도 더 된 이야기이지만." 눈앞에 있는 이부키 씨의 말이 사실이라면 그는 벌써 노령일지도 모른다. 예상도 못 했던 사실에 무겁게 짓눌렸다.

"그럼 지점장님은 스물여덟 살 때부터 누군가의 여생을 살고 있고, 그때부터 계속 스물여덟인 채 살아가고 있는 거네요."

"그렇지. 앞으로 몇 년 남아 있는지 가늠도 안 가. 친구들은 점점 나이를 먹고 가족들도 모두 죽었다. 그래서 다른 곳으로 이사 와서 이렇게 누구와도 엮이지 않는 삶을 살고 있지. 어차피 죽지 않으니까 삼시 세끼 과자만 먹으며 생활하고 있고."

타의로 여생을 받은 탓에 고독해지고 말았구나…….

"왜 여생 은행을 만들었어요?" 식어버린 커피로 입술을 축인 나에게 지점장님은 손가락 세 개를 세워 보였다.

"세 가지 이유가 있다. 첫 번째는 여생 은행의 힘을 사용하면 마을 사람들에게 여생을 돌려줄 수 있을지도 모른다고 생각했어. 하지만 그러지는 못했다. 지금 그 방법을 찾았다고 해도 살아 있는 마을 사람은 적을 테고."

 그만큼의 시간이 흘러버렸구나……. 분명 마을 사람들은 마지막 순간까지 이부키 씨에게 여생을 준 사실을 자랑스럽게 생각했겠지. 하지만 받은 사람은 계속 죄악감을 안고 살아가게 됐으니…….

 "두 번째는 나 같은 괴물을 만들고 싶지 않았으니까. 일본인은 무른 편이잖아? 무슨 일이든 여생을 예치하는 걸로 해결하면 엉망이 될 거다. 그걸 저지하려면 내가 관리하는 수밖에 없다고 생각했어."

 미야자키 씨의 일이 뇌리를 스쳤다. 누군가를 살리기 위해 자신의 여생을 주고자 하는 사람은 그 말고도 있을지도 모른다. 만약 마을 사람들처럼 집단으로 생명을 맡긴다면……? 불로불사의 존재가 늘어나 사회는 혼란해진다.

 "그러면……." 무심코 말을 내뱉었.

 "오오시게 씨는요? 정기 적립을 계약한 그분은 앞으로 계속 여생을 주어야 하잖아요."

 "본인의 의사다. 게다가 나는 일부러 세상에 여생 은행에 대한 소문을 흘리고 있어. 요컨대 수지를 맞추고 있는 셈이지."

"무슨 의미인지 잘……."

"금방 알게 될 거다. 자, 슬슬 개점할 시간이야." 자리에서 일어선 이부키 씨가 내 머그 컵도 함께 들고 간다. 아직 세 번째 이유를 듣지 못했는데.

상상도 못 한 이야기를 듣고 심장이 벌렁거렸지만 이제 은행을 열어야 한다.

"좋은 아침! 늦어버렸네." 도모코 씨가 달려옴과 동시에 시곗바늘이 9시를 가리켰다.

"응응. 그래, 사실이야." 조금 전부터 도모코 씨는 손수건으로 눈두덩이를 누르며 훌쩍이고 있다. 티슈 상자를 건네자 그녀는 세차게 코를 풀었다.

"지점장은 정말 고생하고 있어. 하나 짱은 지점장이 완고하다고 생각하는 것 같지만 어쩔 수 없어. 그야 지점장은 옛날 사람이니까. 외모는 젊어 보이지만 사실은 완고한 노인이지."

감싸고돈다고는 생각되지 않는 발언을 하는 도모코 씨.

"그만큼이나 여생을 받아 고초를 겪고 있는데 어째서 지점장님은 여생 은행에서 근무하시나요? 게다가 계약을 따내면 기뻐하시고요." 지금도 매출 외에는 관심이 없는 것 같고.

"아아." 도모코 씨가 열리지 않는 문을 확인했다. 조금 전부터 이부키 씨는 저 방에 틀어박혀 있다.

"지점장이 여생을 적극적으로 모으는 사연이 있어. 그게 세 번째 이유야."

"그건—." 입을 떼자마자 자동문 열리는 소리가 났다.

"안 되겠다. 화장 고치고 올게." 다급히 탕비실로 사라진 도모코 씨에게서 정면으로 얼굴을 돌리다 화들짝 놀라고 말았다.

"오오시게 씨……." 손을 붙잡고 들어온 것은 오오시게 씨와 구마키리 씨였다. 오늘 오오시게 씨는 감색 정장, 구마키리 씨는 흰색 셔츠에 하늘색 스커트 차림을 하여 인상이 꽤 달라 보였다.

어제의 심각한 얼굴과는 생판 다른, 화사한 표정의 오오시게 씨. 옆에 있는 구마키리 씨는 정중하게 고개를 숙여온다.

"아, 당신이군요. 어제는 갑자기 미안했어요." 종잇장처럼 가볍게 인사하는 오오시게 씨를 보고 발끈하고 말았다.

"그렇게 사라지면 곤란해요. 병원 사람들도 걱정하고

있고 경찰도 행방을 찾고 있어요." 구마키리 씨는 여생을 받았다는 사실을 모를 가능성이 있기에 신중하게 말을 골랐다. 하지만.

"죄송해요. 다 제 탓이에요."

옆에 선 당사자인 그녀가 그렇게 말해서 깜짝 놀랐다. 눈썹을 찌푸리는 내 앞에 앉은 구마키리 씨는 재차 머리를 조아렸다.

"이번에 여생 절차 밟아주셔서 감사했습니다."

"아…… 여기가 여생 은행이라는 걸 알고 계셨나요?" 오오시게 씨에게 시선을 주자 무죄를 주장하듯이 고개를 저었다.

"저, 눈뜨자마자 다쿠미가 여생을 나누어 주었다는 사실을 알았어요. 그래서 그에게 부탁해서 데려와 달라고 했어요."

"그게 무슨……." 말문이 막힌 사이 오오시게 씨도 의자에 앉았다.

"나도 무슨 영문인지 몰랐지만 후미카가 부탁한 대로 병원에서 빠져나와 데이트를 했어요."

"데이트라니……." 대체 무슨 말이지.

"우리 두 사람의 추억 장소인 유원지에 갔죠. 저녁에

는 이제까지 머문 적 없는 고급 호텔에 숙박하고, 아침에는 시장에도 갔어요. 즐겁더라고요." 따뜻한 표정의 오오시게 씨와 달리, 구마키리 씨는 진지한 표정을 무너뜨리지 않았다.

"그런데." 오오시게 씨가 구마키리 씨를 바라보았다.

"시장을 떠나 끌려온 곳이 여기였죠. 설마 다음 장소가 여생 은행일 줄이야."

……뭔가 나쁜 예감이 든다. 오오시게 씨는 눈치채지 못했지만 그녀의 표정은 조금 전 지점장님처럼 슬픈 표정으로 가득했던 것이다. 그녀는 아마…….

그때 열리지 않는 문이 열리고 지점장님이 모습을 드러냈다. 내 옆으로 의자를 가지고 와서 앉더니 구마키리 씨의 눈을 직시했다.

"드디어 왔군."

"오랜만이에요, 이부키 씨." 구마키리 씨가 지점장님에게 머리를 숙였다. 분명 나도 오오시게 씨만큼이나 놀란 얼굴을 하고 있으리라.

"5년 만인가?"

"스무 살 때였으니 그렇겠네요."

오오시게 씨는 대화를 나누는 두 사람을 그저 바라볼

뿐이었다. 내가 대표로 질문하는 편이 낫겠어.

"저기, 죄송한데 구마키리 님은 이곳을 이용하신 적이 있나요?"

"네, 5년 전에요."

"그러니까…… 고객으로서 말인가요?" 거듭되는 질문에 그녀가 긴 머리를 귀 뒤로 넘겼다.

"어머니가 말기암 진단을 받으셨어요. 너무 갑작스러운 데다 발견했을 때는 손쓸 수 없을 정도로 악화되어 있었어요."

컴퓨터로 과거 정보를 조회했다. 아아, 정보가 여전히 남아 있다. 어머니에게 11개월의 여생을 이관한 내용이 적혀 있다.

"구마키리 후미카. 이름만 들었을 때는 몰랐는데 나중에 조사하고 나서야 알았어. 병원에서 도망치겠다 싶었지." 지점장님의 말을 듣고 있는데, 어느새 차를 내온 도모코 씨가 고개를 끄덕였다.

"여생 계좌를 개설한 다음 날, 어머니가 그러셨어요. 꿈속에서 여생을 주겠다는 이야기를 너에게 들었는데, 무척 현실적인 꿈이었다고요. 예치하는 사람이 이야기하지 않아도 수혜자에게 확인하는 거죠?"

"그래, 우리 지점만의 특별 방침이다. 여생 은행에 대해 들은 적 있는 녀석만이 볼 수 있는 예고편 같은 셈이지. 그렇게까지 해줘도 눈치를 못 채는 녀석이 태반이지만." 팔짱 낀 자세로 가슴을 펴는 이부키 씨를 보고 그녀는 머리를 숙였다.

"저, 어머니와 열한 달을 보낼 수 있어서 행복했어요. 그렇지만 그만큼 슬펐어요. 헤어지기 위한 준비를 하다니, 끝이 다가오고 있다니…… 마지막에는 괴로운 마음이 더 컸던 것 같아요."

"……잠깐만." 침묵을 지키던 오오시게 씨가 갈라진 목소리로 말했다.

"후미카…… 혹시……."

"다쿠미에게 말 못 해서 미안해. 나, 그때 이렇게 생각했어. 더 이상 누군가에게 내 여생을 주지도, 받지도 않겠다고. 운명은 거스를 수 없다고." 쓸쓸한 미소를 지은 채 그녀는 나를 쳐다보았다. 바람 없는 호수 같은 맑은 눈동자였다.

"어머니 장례식에 와주셨던 도모코 씨에게 여생 수령을 거부하는 절차를 밟고 싶다고 부탁드렸어요. 그리고 한 번 더 이곳에 방문해 계약했죠."

"즉." 이부키 씨가 말을 받았다.

"이곳 여생 은행에서는 여생을 받지 않는다는 계약을 맺을 수도 있다."

"잠시만!" 의자를 덜컹거리며 오오시게 씨가 반쯤 몸을 일으켰다.

"그럼 후미카는 여생을 받지 않았어? 그렇다면 지금 이렇게……." 동요하는 그의 손을 그녀가 꽉 쥐었다.

"여생을 받지 않는다는 계약을 할 때 지점장님이 그러셨어. 24시간은 받을 수 있는 걸로 계약해 두겠다고." 시선을 받은 이부키 씨가 흥, 하고 콧방귀를 뀌었다.

"여긴 여생 은행이니까, 전혀 받지 않는 건 곤란해. 여생을 받고 싶어 하지 않는 고객에게는 24시간만 이관하기로 했어."

벽에 걸린 시계를 보았다. 아침 10시가 지난 참이었다. 어제 오오시게 씨가 이곳에 온 건 점심시간이 지났을 때고, 병원에서 확정 버튼을 누른 건……. 어제 계약서를 컴퓨터에 띄우자 시각은 15시로 되어 있다.

"아아." 나도 모르게 앓는 소리를 낸 것은 화면 비고란에 '본인 희망에 따라 24시간만 이관'이라고 기재되어 있었기 때문이다. 그녀의 희망이 우선시되어 계약 내용도 수정되었구나.

"그럼 후미카와 함께 있을 수 있는 시간은……? 앞으로 다섯 시간밖에 없다는 말이야?" 떨리는 목소리로 말하는 오오시게 씨를 보며 지점장님이 어깨를 으쓱했다.

"구마키리 씨가 갑자기 쓰러지면 큰일이니까 아슬아슬할 때까지 밖에 있는 건 삼가도록 해. 한 시간 전에는 병원으로 돌아간다고 생각하면—."

"어째서!" 처절한 절규가 사무실에 울려 퍼졌다. 주먹을 꽉 쥔 채 오오시게 씨가 눈물을 줄줄 흘리고 있다.

"말도 안 돼. 후미카, 왜 그런 계약을 한 거야."

"다쿠미." 그녀가 손을 뻗어 그의 손을 잡아끌었다. 도리질 치며 거부하는 그를, 이번에는 머리째 감싸 안아 끌어당겼다.

"다쿠미, 잘 들어."

"싫어, 싫다고……."

"내가 열한 달간 슬픈 마음으로 지냈으면 좋겠어?" 아이처럼 우는 그의 귓가에 그녀가 속삭였다.

"……."

"이별 준비는 몹시 고통스러웠어. 점점 헤어질 순간이 다가오는 와중에 몇 번이나 함께 죽고 싶었거든. 그 정도로 절망스러운 끝이 기다리고 있는 거야. 그런 생각을 우리 두 사람이 하는 게 싫었어."

"하지만……!" 번쩍 얼굴을 들었지만 뒷말을 찾지 못했는지 오오시게 씨는 고개를 떨구었다.

"오오시게, 잘 들어." 지점장님이 나지막하게 말했다.

"단 24시간만으로도 넌 이렇게 반응하는군. 기간이 늘어난다고 해도 마지막에는 분명 이렇게 굴겠지. 잘 봐. 구마키리 씨는 필사적으로 이별과 맞서고 있어."

"아아, 아악……!" 아이처럼 우는 그를 구마키리 씨가 끌어안았다. 가장 슬픈 건 그녀일 텐데 남겨질 사람을 배려하고 있다. 죽음을 받아들인 사람은 이토록 강하구나……. 지점장님이 흰 봉투를 한 장 꺼내어 구마키리 씨에게 건넸다.

"어제 부탁받은 거다."

"여생 은행 번호를 적어둬서 다행이었어요." 싱긋 웃는 얼굴로 그녀는 아직도 울고 있는 오오시게 씨를 일으켜 세웠다.

"다쿠미, 이제 그만 울고 마지막 추억을 만들러 가자."

"……어디로?"

"알고 가면 재미없지. 자, 그럼 이만 갈게요." 지점장님과 나에게 시선을 보낸 그녀는 오오시게 씨를 데리고 자동문을 통해 밖으로 나섰다.

"미안한데 도모코 씨, 따라가 줘. 혹여나 동반자살을 할 수도 있으니까." 한숨 섞인 이부키 씨의 말에 도모코 씨는 정리하던 찻잔을 나에게 부탁했다.

"알았어요. 다녀올게요." 가방을 손에 든 도모코 씨는 두 사람을 쫓아갔다. 불현듯 적막이 내려앉은 은행에서 이부키 씨는 아직 자동문 쪽을 바라보고 있었다.

"구마키리 씨는…… 강한 사람이네요." 나라면 앞으로 몇 시간 뒤에 죽는다는 걸 알면서도 의연하게 처신할 자신이 없다. 어떤 행동을 취할지 상상도 가지 않는다. 막상 그 상황에 처하게 되면 달라질까.

"그녀는 강한 의지를 가지고 있었어. 스스로 경험하고 얼마나 괴로운지 알았겠지. 반대로 여생을 받아 고마운 마음으로 죽는 사람도 있으니 사람마다 제각각일지도 모르지." 누구나 사랑하는 사람이 있기에 서로 생명을 주고받는다.

"결국 인간은 연심(戀心)이나 애정에 휘둘리네요."

이전에 이부키 씨가 했던 말을 따라 해 보았다. 나에게도 언젠가 사랑하는 사람이 나타날까. 사랑이 끝난 지 얼마 안 된 나에게는 도저히 그런 일이 일어날 것 같지 않다.

"지점장님도 그런 경험이 있다고 하셨죠? 다시는 만날 수 없다고……." 힐끔 이쪽을 보며 이부키 씨가 고개를 끄덕였다.

"뭐, 그렇지. 아주 오래전 딱 한 명 사랑한 사람이 있었어." 좋아하는 사람에 대해 이야기할 때 모두가 부드러운 표정을 짓는다. 이부키 씨도 분명 그 사람을 진심으로 사랑했을 것이다.

"그분에게 여생을 주셨나요?" 이부키 씨의 여생은 다른 사람의 몇 배나 남아 있다. 그렇다면 좋아하는 사람에게 나누어 주어도 이상하지 않다. 하지만 그는 "아니." 하고 쓸쓸하게 목소리를 낮췄다.

"내가 해외에 있는 동안 사고로 죽었거든."

"아……."

"오지에서 활동했으니 연락을 받았을 때는 장례식도 끝나 있었다. 당장이라도 돌아가고 싶었지만 당시에는 전쟁 영향으로 공항도 폐쇄되어서— 어쩔 수 없었어." 예상치도 못한 이야기에 그저 놀랄 수밖에 없었다.

"그러던 사이 우물이 완성되어 일본으로 돌아오게 됐

어. 그때 마을 사람들에게 여생을 받은 사실을 알았다고 이야기했지? 여생 은행이 있다는 사실도 알게 됐고 말이야."

하아, 크게 숨을 내뱉은 뒤에 지점장님은 앞머리를 일부러 내려 표정을 감추었다.

"난 괴물이야."

"지점장님……."

"사랑하는 사람은 이제 없는데, 남들보다 오래 살지 않으면 안 돼. 저세상에서 재회할 날만 줄곧 기다리는 괴물이 되어버렸어." 이부키 씨가 또 손가락 세 개를 들어 보였다.

"내가 여생 은행에서 일하고 있는 세 번째 이유는 여생을 많이 모으면 언젠가 죽은 사람에게도 여생을 이관할 수 있지 않을까 기대하기 때문이다."

"설마……." 사람의 생사에까지 개입하게 되면 이 세상은 혼돈에 빠지고 말 거다.

"사실 지점장 위치쯤 되면 여생 은행의 시스템은 꽤나 자유롭게 바꿀 수 있거든. 우리 지점 고유의 방침도 잔뜩 있고. 뭐, 나는 저 방에 항상 틀어박혀 있으니까."

열리지 않는 문을 흘끔거린 지점장님에게 나는 무슨

말을 건네야 할까. 죽은 사람에게 여생을 줘서 되살리는 것이 옳다는 생각은 들지 않는다. 하지만 그의 고독은 나의 상상보다 무겁고 아득하겠지……. 당장이라도 눈물이 날 것 같다.

"만약 지점장님이 여생을 줄 수 있다고 해도 결국 한 번밖에 못 만나잖아요?"

"그렇지." 이부키 씨는 힘없이 웃었다.

"그래도 상관없어. 한 번이라도 만나고 싶으니까. 그 이후로 그녀가 이 세상 어딘가에서 살아간다면 그것만으로도 행복할 거다." 눈시울이 뜨거워지는 걸 필사적으로 억누르고 있는데 이부키 씨가 자리에서 일어섰다.

"그럼 우리도 가볼까."

"앗, 어디를요?"

"두 사람을 잘 지켜봐 주자고. 구마키리 씨와 약속했으니까 말이야."

"저기." 하고 뒷문으로 향하는 이부키 씨를 불렀다.

"지점장님은 괴물 따위가 아니에요. 오히려 지금까지 본 모습 중에 가장 인간적이라고 생각했어요."

그는 곤혹스러운 표정을 짓더니 "시끄러."라는 말만 내뱉고 나가버렸다. 셔터를 내리고 문단속을 한 뒤에 쫓아가는데 이부키 씨가 길 맞은편에서 기다리고 있었다. 달리기 시작하자 내 심장은 부응하듯이 또렷하게 고동쳤다.

에필로그

"감사했습니다."

오오시게 씨와 구마키리 씨는 우리를 향해 정중히 인사했다. 넓은 로비는 오후의 부드러운 햇살이 드리워져 반짝반짝 빛나고 있다. 결혼식장의 직원은 결혼식을 취소하고도 다정히 손을 붙잡고 있는 두 사람을 이상하다는 듯이 멀리서 바라보고 있다. 그토록 흐느꼈던 오오시게 씨도 운명을 받아들였는지 편안한 얼굴로 미소 짓고 있었다.

"함께 식장을 한 번 더 보고 싶었어요. 같이 버진 로드를 걷자니까 후미카가 싫다네요." 토라진 표정으로 말하는 오오시게 씨에게 그녀가 부드럽게 눈웃음을 지어 보였다.

"제가 아니라, 다른 누군가를 찾아서 함께 걸으라고

부탁했어요. 너무 많이 울어서 저 직원분, 당황하셨거든요."

"어쩔 수 없잖아. 나는 후미카만큼 강하지 않아." 오오시게 씨가 그렇게 말하자 "나 말이야." 하고 그녀가 입을 열었다.

"그렇게 강하지 않아. 하지만 다쿠미가 행복했으면 좋겠다고 진심으로 바라고 있어. 그래서 예식장만큼은 꼭 직접 취소하고 싶었어."

예식장 취소는 이부키 씨가 알아봐 주었고, 그 김에 이곳 레스토랑의 점심 식사를 예약해 주었다고 한다.

"앞으로 어떻게 할 거예요?" 그렇게 묻자 두 사람은 찰나 쓸쓸한 표정을 짓더니 동시에 미소를 지었다. 두 사람 몫의 쓸쓸함과 슬픔, 그리고 그 이상의 결의가 존재했다.

"병원으로 함께 돌아갈 거예요. 따끔하게 혼나고 오겠습니다." 지금까지 말을 아끼던 도모코 씨가 두 사람 곁에 섰다.

"나도 동행해서 납치가 아니었다고 증언하고 올게요. 그럼, 혼란한 나머지 도망친 구마키리 씨를 오오시게 씨가 겨우 붙잡아 왔다는 시나리오는 어떨까요?"

"그거 괜찮네요. 저, 연기가 특기거든요." 쿡쿡 웃는 두 사람에게 오오시게 씨는 못 말린다는 표정을 지어 보였다. 한편 가장 쓸쓸한 표정을 하고 있는 건 이부키 씨였다.

"어쨌든 오오시게 씨도 누군가에게 여생을 받을 기회가 있을 때 본인은 어떻게 하고 싶은지 생각해 둬. 그리고 남자는 쉽게 우는 거 아니다."

"저번에는 죄송했습니다." 도모코 씨가 "어머." 하며 사과하는 오오시게 씨를 옹호했다.

"지점장이야말로 누구 이야기를 할 때는 울잖아요."

"나…… 나는 안 울어."

"그럼 나중에 하나 짱에게 물어볼게요."

"으윽."

마지막을 앞둔 두 사람과, 긴 여생을 선물받은 이부키 씨. 어느 쪽이 행복한지 나는 모르겠다.

"이케우치 씨, 감사했어요." 구마키리 씨가 인사를 건넸다.

"아니요, 저는 전혀……."

"이야기도 잘 들어주시고 병원까지 와주셨다고 들었어요. 무척 기뻤어요." 우물쭈물하는 사이에 두 사람과 도모코 씨는 병원을 향해 떠났다. 나는…… 나는 어떤 말을 해줘야 할까? 망설이는 나의 등을 누군가 떠밀었다. 쳐다보니 이부키 씨가 후련한 표정을 짓고 있다.

"할 말을 못 하고 후회하기보다는 하고 후회하는 편이 나아."

무뚝뚝하게 건네는 충고를 감사히 받아들이기로 하고 나도 두 사람을 쫓아갔다. 기척을 알아차리고 멈춰 선 구마키리 씨의 손을 붙잡았다.

"저기…… 이상하게 들릴 수 있지만, 힘든 선택을 한 구마키리 씨 덕분에 용기를 얻었어요. 정말 감사했어요."

"저야말로 감사했어요. 마지막 담당자분이 당신이어서 다행이에요."

"오오시게 씨가 무너져 내리려 할 때는 온 힘을 다해 응원할게요." 내 말에 그녀는 진심으로 기쁘다는 듯 웃어주었다.

사무실에 돌아오자 왓슨이 못마땅하다는 듯이 그르렁거렸다. 또 자동 급여기의 플러그가 빠진 모양이다.

"이런, 또 빠졌군." 서둘러 탕비실로 뛰어 들어가는 이부키 씨. 그사이 정문 셔터를 올렸다. 아직 낮인 하늘은 조금 후에 구마키리 씨를 데리고 가버리겠지. 지금쯤 병원에서는 소동이 났을까.

밥을 다 먹은 왓슨이 우아하게 걸어왔다. 뒤이어 머그컵을 양손에 든 지점장님이 사무실로 돌아와 그중 하나를 건네주었다. 인사를 하고 자리에 앉았다. 희한하다. 이제까지 느낀 적 없는 사명감 같은 것이 내 안에서 생겨나고 있다.

"지점장님."

"응?"

선 채로 커피를 홀짝대는 이부키 씨를 향해 의자를 돌렸다.

"저, 앞으로도 이곳에서 열심히 일할게요."

"뭐야, 갑자기."

이부키 씨의 안경알에 김이 뿌옇게 서려 있다.

"지점장님의 꿈이 이루어지도록 열심히 할 거예요."

이곳에서 일하고 난 후로, 여생을 주는 사람뿐만 아니라 받는 사람에게도 저마다 상념이 있다는 걸 알게 됐다. 그 사람들이 언젠가 웃을 수 있도록, 최선을 다해 내가 할 수 있는 일을 해나가자. 이 일은 내 생명을 연장하기 위해서가 아니라, 남은 나날을 후회 없이 살아가기 위해 하는 거니까.

"좋은 생각이군."

"그런데 여생을 예치하러 온 사람에게 자꾸 제 의견을 드러내게 돼요. 그 점은 반성할게요." 그렇게 말하자 이부키 씨가 의외라는 표정을 지었다.

"그걸로 됐어. 나 역시 여생을 모으고 싶다는 목표는 있지만 실제로는 잘 풀리지 않아. 그리고 도모코 씨도 막판에 거부하기도 하니까." 예전에 도모코 씨가 했던 말은 사실이구나.

"그럼 여기서 일하기 위한 마음가짐으로는 무엇이 정답인가요?"

"열심히 하지 않아도 된다. 하나가 하나답게 살아가고, 즐겁다고 생각하면 그게 정답이다. 인생이란 그런 거야."

"네." 이부키 씨는 씨익 웃고는 내 머리에 살며시 손을 올렸다.

"그러지 않으면, 내 여생을 나누어 준 의미가 없어지거든."

"네? 그럼, 제가 계속 몸 상태가 좋았던 건 지점장님

덕분……?" 놀라는 나를 보고 이부키 씨가 소리 내어 웃었다.

"이곳에서 일하기 시작한 뒤로 나는 직원들에게만 여생을 나누어 줄 수 있는 모양이라서." 그렇게 말하고 이부키 씨는 웃었지만 분명 그건 '우리 지점 고유의 방침'이리라. 그럼 내 수명은 얼마나 늘었을까? 아니야, 그건 어찌 되든 상관없어.

"저기, 저…… 뭐라고 해야 할지……." 설마 이부키 씨가 생명을 나누어 주다니. 놀라움 뒤로 눈물이 흐를 만큼 기쁨이 북받친다.

"아무 말 안 해도 돼." 머리에서 손을 뗀 이부키 씨가 쑥스러운 듯이 안경을 가운뎃손가락으로 밀어 올렸다.

"참고로 직원에 대한 여생 이관은 한 달 갱신제다. 그만두면 거기서 끝. 요컨대 하나는 괴물에게 사육당하는 애완동물인 셈이지."

"애완동물이라니……." 아연실색하는 나를 뒤로하고 크하하 웃으면서 열리지 않는 문 안으로 사라지는 이부키 씨. 그럼에도 마음은 마냥 포근했다.

"냥." 발밑으로 다가온 왓슨이 폴짝 무릎 위로 올라왔다.

"엇, 만져도 돼?" 머그 컵을 내려두고 까만 머리를 쓰다듬자 그르릉, 하고 목에서 소리를 냈다. 오랜만에 손바닥에 느껴지는 따스한 체온. 왓슨이 이제야 받아들여 준 것 같아 흐뭇해진다. 나는 앞으로도 이곳에서 많은 여생 이관을 목도할 것이다. 그때마다 고심하거나 격려하거나 반대하기도 하겠지. 하지만 나답게 마음을 전하면 분명 무언가가 보일 것이다. 그게 이부키 씨의 꿈을 이루는 데 보탬이 되면 좋겠다.

드르륵 자동문 열리는 소리가 들리고, 젊은 여성이 불안한 듯 사무실로 들어왔다. 그녀가 짊어진 인생의 고민을 덜어주고 싶다. 힘이 되고 싶다. 뜨거운 마음을 품은 채, 나는 고개를 숙였다.

"어서 오세요, 여생 은행입니다."

어서 오세요, 여생 은행입니다

초판 발행일	2023년 12월 28일

지은이	이누준
옮긴이	서지원

펴낸이	서지원
펴낸곳	모노하우스
출판등록	제 2022-000282호 (2022년 10월 31일)
주소	서울시 마포구 양화로 186 LC타워 5층
전자우편	monohouse.editor@gmail.com
인스타그램	monohouse_insta

기획편집	김정이, 서지원
교정	채혜원

© Inujun 2023

ISBN 979-11-982723-1-7

- 잘못된 책은 구입하신 서점에서 교환해드립니다.
- 이 책 내용의 전부 또는 일부를 재사용하려면 반드시 저작권자와 출판사 양측의 동의를 받아야 합니다.